## 대성
## 臺城

강 위에 비 흩뿌리고 강가의 풀은 가지런한데
육조의 영화는 꿈과 같고 새만 부질없이 울고 있다
무정한 것은 궁성에 늘어진 버드나무이건만
변함없이 연기처럼 십 리 제방을 감싸고 있다

江雨霏霏江草齊
六朝如夢鳥空啼
無情最是臺城柳
依舊煙籠十里堤

# 사자후 8
설봉 新무협 판타지 소설

초판 1쇄 찍은 날 § 2006년 1월 27일
초판 1쇄 펴낸 날 § 2006년 2월 7일

지은이 § 설봉
펴낸이 § 서경석

편집장 § 문혜영
편집책임 § 김민정
편집 § 이재권 · 서지현

펴낸곳 § 도서출판 청어람
등록번호 § 제1081-1-89호
등록일자 § 1999. 5. 31
어람번호 § 제2-0823호

주소 § 경기도 부천시 원미구 심곡1동 350-1 남성B/D 3F (우) 420-011
전화 § 032-656-4452  팩스 § 032-656-4453
http://www.chungeoram.com
E-mail § eoram99@chollian.net

ⓒ 설봉, 2004

ISBN 89-5831-962-3 04810
ISBN 89-5831-331-5 (SET)

※ 파본은 본사나 구입하신 서점에서 교환하여 드립니다.
※ 저자와 협의하여 인지를 붙이지 않습니다.

Fantastic Oriental Heroes

설봉 新무협 판타지 소설

# 사자후
獅　子　吼

황룡비행(黃龍飛行)

완결

도서출판 청어람

# 목차

第五十章 황천부부고심인(皇天不負苦心人) ... 7

第五十一章 비상부족(比上不足), 비하유여(比下有餘) ... 53

第五十二章 차지호리(差之毫釐) 유이천리(謬以千里) ... 99

第五十三章 재가천일호(在家千日好) 외출일일난(外出日日難) ... 143

第五十四章 수재불출문(秀才不出門), 능지천하사(能知天下事) ... 185

第五十五章 열과상적마의(熱鍋上的螞蟻) ... 231

第五十六章 가화불여야화향(家花不如野花香) ... 279

第五十章
황천부부고심인(皇天不負苦心人)
하늘은 뜻이 있는 자를 돕는다

황천부부고심인(皇天不負苦心人)
…하늘은 뜻이 있는 자를 돕는다

 능완아는 청화장 문도들의 안위에 영향을 미칠 수 있는 가장 중요한 인물이다.
 현재 청화장에 머물고 있는 문도들은 한결같이 능완아로부터 연락을 받았다고 했다. 청화장으로 돌아가라고.
 그것은 무엇을 의미하는가.
 능완아의 마음이 삼명 백가로부터 멀어졌다는 것을 뜻하지 않는가.
 그녀의 뜻이 어디에 있는지는 알 수 없으나 청화장 문도들을 복귀시키고 있는 것만은 의심할 여지가 없다.
 그러면 복귀하지 않은 문도들은 어찌 된 것인가.
 여기에는 두 가지 추측을 할 수 있다.
 하나는 능완아가 필요하기 때문에 삼명 백가에 남겨두었다는 것이다. 삼명 백가에 영향력을 미치려면 모두를 남겨두는 것이 훨씬 좋으니 그것은 아닐 게다. 알지 못하는 어떤 것…… 그것을 위해서 남겨두었을 게다.

두 번째는 연락을 취하지 못했을 경우다.

이런 경우라면 문제가 심각해진다. 능완아와 청화장 문도들이 서로 연락을 주고받지 못할 처지에 놓여 있을 테니까. 또한 이런 경우는 역류밖에 생각할 수 없으니까.

두 번째 경우라면 청화장 문도들은 위험에 처해 있을 공산이 크다.

삼명 백가에 눌러앉아 있지도 못할 것이다. 무림 어딘가를 떠돌며 의식조차 못하는 사이에 암살당할 가능성이 농후하다. 그들을 암살할 가치가 있다면. 그렇다. 그들이 아직까지 살아 있는 것은 암살할 가치가 없기 때문이다.

어쨌든 두 번째 경우라면 무림을 떠도는 청화장 문도들은 바람 앞에 등불처럼 위태롭다.

첫 번째 경우는 생각하기 어렵다.

금하명이 얻어온 정보가 있다.

금하명이 손수 얻어온 정보이니만치 상당히 신빙성있다. 하나 역정보도 고려하지 않을 수 없고…….

역정보는 아니다.

청화장으로 복귀한 문도들에게서 흘러나온 이야기들을 종합해 보면 능완아는 삼명 백가의 주축이면서도 청화장 문도들과 자유롭게 연락을 주고받지 못할 정도로 행동을 제약받았다고 했다.

어느 날 갑자기 벌어진 현상도 아니고 몇 년 동안이나 지속되어 온 상황이라면 믿을 수 있다.

금하명이 얻어온 정보보다도 청화장 문도들의 입에서 나온 말이 더 확실하다.

틀림없이 두 번째 경우다.

상황이 급박해졌다.

청화장이 삼명 백가와는 양립할 수 없는 적대적 관계를 맺었다면, 지금까지는 암살할 가치가 없던 청화장 문도들이 하루아침에 가장 먼저 척살해야 할 대상으로 부각된다.

동원할 수 있는 모든 역량을 발휘해서 복건 무림에 흩어져 있는 청화장 문도들을 수습, 복귀시켜야 한다.

개방의 도움을 받을 수만 있다면…….

어쩌면 개방은 문도들의 행동뿐만 아니라 현재 위치까지 상세히 파악해 놓고 있을지도 모른다. 하나 개방과 인연이 끊어진 지금에 와서는 일말의 도움도 기대할 수 없다.

결론은 하나, 능완아를 빼내야 한다.

능완아가 아니고서는 청화장 문도들을 찾을 수 없다. 시간만 넉넉하다면 아무 문제될 것이 없는 일이지만 지금으로서는 촌각까지도 아껴야 할 판이다.

능완아는 어디에 있을까?

그녀는 자신 스스로 삼명 백가를 둥지로 삼았고, 키워왔다. 그러니 벽옥이란 곳에 있다고 해도 그녀가 반드시 구금되어 있으리란 예단은 하지 못한다.

그녀도 무인이니 그곳에서 폐관수련을 하고 있을지도 모른다. 혹은 또 다른 일을 위해 은신해 있는지도.

어쩌면 구해오는 것이 아니라 납치해 오는 경우가 발생할 수도 있다.

납치냐 탈출이냐를 구분 짓는 것은 그녀가 청화장 문도들을 삼명 백가로 끌어들인 동기가 무엇이냐를 파악한다는 것과 같다.

지금은 알 수 없다. 그런 것에 생각을 몰입시킬 만한 시간도 없다.

어떤 경우든 그녀를 청화장으로 데려와야 복건 무림 어딘가에 있을 청화장 문도들과도 연락이 닿는다면 수단 방법을 가리지 말고 데려와야 한다.

금하명이 침투하는 것은 위험하다.

백납도 한 사람만을 상대하기도 부담되는데 미지의 인물들까지 득실거리는 곳으로 들어가라는 소리는 죽으라는 소리와 진배없다.

백납도가 어떤 사람인지 알 수 있으면 좋을 텐데.

조금이라도 아는 사람이라면 행동을 추측할 수 있지만, 얼굴 한 번 보지 못한 자가 어떻게 행동할지 짐작해 낸다는 것은 하늘에 떠 있는 별을 따오는 것보다 어렵다.

백납도란 자에 대해서는 삼명성 사람들조차 자세히 모르는 형편이니 말해 무엇하랴.

한 가지 숨길 수 없는 것은 있다. 그가 지나온 행적.

백납도와 청화신군의 비무 모습은 모르는 사람이 없다.

말 한마디 나누지 않고 다짜고짜 검공을 펼쳐냈다고 했다. 청화신군 같은 거목을 단 일합에 쓰러뜨린 후에는 뒤도 돌아보지 않고 걸어갔다고 했다.

싸움을 무수하게 겪어온 자이고, 싸움이라면 자다가도 벌떡 일어날 사람이다.

청화신군의 장례 때는 그의 성격이 더욱 명확하게 드러난다.

길가에다 술판을 벌여놓고 창기들과 어울렸다고 했나?

일면 도전적이고 무례한 자라고 생각할 수도 있지만, 그런 행동이야 말로 삶과 죽음을 염두에 두지 않는 자만이 보일 수 있는 모습이다.

청화장은 철저하게 고립되어 있다. 보이지 않는 적들에게 포위당해 있다. 각종 물자들까지 차단당할 정도이니 삼명성 상인들을 쥐락펴락 하는 집단임이 분명하다.

백납도…… 그다.

아니다. 그 혼자만이라면 당당하게 싸움을 걸어왔을 터. 백납도조차 함부로 움직이지 못하게 만드는 자가 있다.

소름끼치는 일이지만…… 그런 자가 있다는 데 목숨을 걸 수도 있다.

하후는 며칠 동안이나 생각을 거듭한 끝에 가장 유효한 행동을 결정했다.

백납도와의 싸움은 금하명이 한다.

현재 청화장에 모인 무인들 중에서 백납도와 싸울 수 있는 사람이라면 해남 노선배들과 금하명, 그리고 빙후가 있지만 가장 승산이 높은 사람은 단연 금하명이다.

금하명이 물자를 구하고자 장원을 벗어난다면 틀림없이 백납도가 나타날 게다.

호전적인 인물이 하고 싶은 싸움을 하지 못했으니 절호의 기회를 놓칠 리 없다.

과연 생각은 맞았다.

금하명은 청화장을 벗어나기 전에 청화이걸과 대화를 나누며 충분히 시간을 끌었다. 백납도가 나타날 만한 시간은 주어야 하지 않는가.

백납도는 어김없이 나타났다.

금하명에게 화려하고 멋진 복수를 하게 해주고 싶었는데 그러지 못하는 것이 아쉽지만 어쩔 수 없다.

하후는 자신의 생각이 맞아 들어갔는데도 웃음을 짓지 못하고 치를 떨었다. 이것은 백납도가 숨도 쉬지 못할 만한 고수가 존재한다는 사실을 간접적으로 말해주는 것과 마찬가지였으니까.

그러나 능완아를 구해 와야 한다는 사실은 변함없는 것.

"두 분은 말씀드린 대로 해주세요. 어른들께 드리기는 건방진 말이지만… 제가 말씀드린 것에서 한 치라도 착오가 발생하면… 두 분 목숨은 장담할 수 없네요."

"글글… 걱정 마라. 글글… 아직은… 글… 죽고 싶지… 글글… 않으니."

천소사굉과 벽파해왕은 변수란 변수는 하나에서 백까지 모두 열어두고 잠입해 들어갔다.

하후의 예측대로 삼명 백가는 텅 비었다.

수많은 무인들이 서성거리지만 침입을 눈치채지 못하는 눈 먼 장님들은 있으나마나 한 존재들이다. 긴장할 만한 존재들은 모조리 금하명에게 달려갔으니 텅 비어 있다고 해도 과언이 아니다.

"태상전이군. 태상전까지 오는 동안 가로막는 자가 한 명도 없다니. 이래서야 어디 문파라고 할 수 있나."

벽파해왕이 한심하다는 듯 혀를 끌끌 찼다.

절대 무인이 한두 명쯤 존재하는 문파라면 적어도 서너 명쯤은 손발이 되어 줄 무인이 있어야 한다.

이건 아예 텅 빈 무주공산이나 다름없지 않은가.

"글글… 하후, 그 아이, 보통이 아냐. 글글… 남해검문에 해천객이 있고, 글글… 대해문에 귀제갈이 있다면 해남도에는 하후가 있었어. 글글…….”

"그렇게까지 보는 거요? 허허! 하후가 남해검문이나 대해문에 몸을 담았다면 벌써 해남 무림이 일통되었겠구려.”

"아무렴. 글글…….”

두 사람은 지붕 위에 몸을 숨긴 채 삼명 백가의 동정을 예의 주시했다.

하후의 당부가 없었다면 벌써 태상전으로 몸을 날렸을 게다. 능완아가 구금되었다는 벽옥이 태상전 지하에 있는 것을 알고 있으니 코앞까지 와서 들어서지 않는다면 체면이 서지 않는다.

하나, 삼명 백가에서 벌어지는 당금 상황은 이미 하후가 예측하고 있었던 것이니.

시간이 무심하게 흘렀다.

제법 쌀쌀해진 바람이 지붕을 훑는다. 짙은 구름은 한 조각 남은 태양의 열기까지 가둬 버린다.

두 노인은 무려 한 시진 동안이나 움직이지 않았다.

멀리서 웅성거리는 소리가 들려왔다. 미약했던 소리는 바짝 마른 나무에 불이 붙듯 순식간에 퍼져 나가 널찍한 장원 곳곳에 여울졌다.

"장주님께서 돌아가셨다!”

"장주님이 혈살괴마에게 당했다!”

"장주님!”

소란은 걷잡을 수 없이 커졌다.

무공은 빈약했지만 그래도 질서가 있는 무인들이었는데, 백납도의 시신이 정문을 들어서면서부터는 통제란 것을 찾아볼 수 없게 되었다.

"글글…… 이겼군."

"이겨야 하지 않소. 해남 무림을 발칵 뒤집은 놈인데, 복건 무림을 뒤집지 못한다면 무슨 낯으로 하늘을 보겠소."

두 노인이 말을 주고받는 동안에도 장원 곳곳에서 튀어나온 사람들이 백납도의 시신을 향해 달려갔다.

장원으로 들어서는 사람도 있었다.

쉬익! 쉭쉭쉭……!

바람처럼 표홀한 신법, 은밀한 행동.

그들은 천소사굉, 벽파해왕처럼 담장을 넘었고, 문도들의 눈에 띄지 않으려는 듯 으슥한 곳만을 골라서 움직였다.

그 모습이 거침없었다. 제집을 드나들 듯 머뭇거림이 없었다.

그들이 들어선 곳은 각기 다르다. 어떤 자는 동쪽 담장을, 어떤 자는 서쪽 담장을…… 그러나 그들이 향하는 곳은 똑같은 방향이다. 바로 태상전.

천소사굉과 벽파해왕은 백포인들이 태상전으로 스며드는 모습을 똑똑히 지켜보았다.

"대…… 단한 자들."

벽파해왕이 쉽게 말을 잇지 못했다.

하나를 보면 열을 안다고, 그들이 펼친 신법만 보고도 무공 수위를 짐작하기는 어렵지 않다.

태상전으로 사라진 백포인들은 전에 만났던 백포인들보다 한 수 위이거나 비슷한 수준이다.

그런 자들이 무려 삼십여 명이다.

엄청나다. 아니, 더 기를 질리게 만든 것은 금하명이 이들과 싸웠다는 점이다. 이들은 백납도와 함께 움직였다. 금하명과 마주 섰다. 틈이 한 치라도 보였다면 가차없이 검을 뽑았을 자들이다.
 도대체 금하명은 무슨 수로 이들을 물리쳤을까. 어떤 방법으로 백납도만 골라서 죽였을까.
 백납도만 죽고 다른 자들은 상처 하나 입지 않았으니 더 괴이하지 않나.
 그러나저러나 아무래도 이번에는 하후의 셈이 잘못된 것 같다.
 이들이 돌아오기 전에 움직였다면 훨씬 수월했을 거라는 생각을 떨칠 수 없다.
 "대충 된 것 같으니 움직여 봅시다."
 "글글…… 그래야지."
 두 노인은 뱀처럼 미끄러져 태상전으로 향했다.
 태상전은 조용했다. 삼십여 명이나 되는 사람들이 스며든 것을 두 눈으로 똑똑히 보았는데도 텅 빈 공동묘지처럼 을씨년스러웠다.
 삐걱!
 소리없이 열리는 문, 하지만 귀를 기울여도 들을 수 없을 만큼 작은 삐걱거림이 천둥소리처럼 크게 들리는 것은 마음이 긴장했기 때문인가.
 "음……!"
 벽파해왕이 들릴락 말락 한 비음을 토해냈다.
 아무도 없다. 텅 비었다. 널찍한 대청에 싸늘한 바람만 맴돈다.
 "글… 글… 글…… 글."
 천소사괭이 가래 끓는 소리를 쏟아냈다.

황천부부고심인(皇天不負苦心人) 17

"후우우우…… 후우……."

벽파해왕은 길게 이어지는 숨소리로 대답했다.

두 노인은 텅 빈 대청에서 적어도 여섯 가닥의 기운을 감지해 냈다.

사방 벽에 넷, 천장과 바닥에 하나씩 둘.

두 노인이 대청에 발을 들여놓아도 여섯 가닥의 기운은 움직이지 않으리라. 한 걸음, 두 걸음…… 걸음을 더해가도 죽은 기운들은 잠을 자고 있으리라.

움직임은 일곱 걸음에서부터 시작된다.

일곱 걸음이면 대청 절반에 절반도 못 미치는 곳이지만 육회망살진(六回輞殺陣)을 펼치기에는 최적의 요처다.

죽음의 기운은 과연 육회망살진을 펼칠까? 육합검진(六合劍陣)이나 파륜육사진(破輪六邪陣) 같은 진법은 아닐까?

여섯 명이 펼칠 수 있는 진법은 스무 가지도 넘지만, 두 노인은 동시에 육회망살진을 떠올렸다. 서로 상의를 한 건 아니다. 각각의 느낌일 뿐이다.

병기에는 냄새가 존재한다. 정병(正兵), 사병(邪兵)의 구분도 냄새로 알 수 있다. 갓 제되된 병기와 오랜 세월 동안 피를 머금은 병기의 냄새가 다른 것은 두말할 필요도 없다.

병기의 종류에 따른 냄새도 있다.

검의 냄새가 다르고, 창의 냄새, 도의 냄새가 다르다. 쇠로 만든 병기라고 다 같은 냄새를 풍기는 건 아니다. 어떤 종류의 철을 사용했느냐에 따라서, 제조한 불길의 세기에 따라서 냄새는 또 달라진다.

대청에서 풍기는 냄새는 지극히 절제되어 있다.

피를 묻힌 지 오래 된 병기다. 피딱지가 엉겨 붙은 것처럼 퀴퀴한 냄새가 난다. 방금 병기 손질을 끝낸 것처럼 풋풋한 숫돌 냄새도 난다. 냄새의 범위가 넓고도 날카로우니 둥근 것, 륜(輪)이다.

더욱 확실한 냄새도 있다. 은근히 풍겨나는 유황 냄새다. 유황 냄새가 베인 철이라면 토미산(土梶産) 철밖에 없고, 토미(土梶) 철륜공방(鐵輪工房)에서 만든 중륜(中輪)은 극상품으로 분류된다.

육합에 륜공(輪功)을 접목한 합격술이라면 육회망살진뿐이다.

한 걸음, 두 걸음…… 두 노인은 사방을 주시하면 소리나지 않게 걸음을 떼어놓았다.

여섯 걸음.

한 걸음만 더 떼어놓으면 공격이 시작된다. 사육은 이십사. 스물 네 개의 중륜이 살점을 헤집고자 쏟아져 들어올 게다.

팟! 파앗!

두 노인은 거의 동시에 신형을 띄웠다. 그런데…… 두 노인이 향한 방향은 나아가던 방향이 아니라 되돌아가는 방향이었다. 대청을 벗어나려는 의도!

쒜엑! 쒜에엑……!

참고 참았던 죽음의 기운이 일제히 일어섰다. 예측했던 대로 스물 네 개의 중륜이 일제히 폭사되었다.

벽파해왕은 낚싯대를 크게 휘둘러 일진광풍을 만들어냈다. 광풍과 중륜의 회선풍은 거침없이 부딪쳤고, 태상전을 날려 버릴 듯 굉렬한 폭음을 일으켰다.

까앙! 깡깡깡……! 콰콰쾅!

철륜공방의 중륜은 과연 극상품이다. 어지간한 병기에는 홈집도 나지 않는 낚싯대를 휴지조각처럼 찢어버렸다. 광풍의 틈바귀를 비집고

황천부부고심인(皇天不負苦心人) 19

날아온 중륜 몇 개는 실낱같은 차이로 육신을 스쳐 가기도 했다.
 육회망살진을 펼친 자들의 무공은 전에 만났던 백포인들 보다도 월등하다. 해남무림의 장로들도 일 대 일의 승부로는 버거울 상대들이다. 낚싯대를 찢어발기는 동통이 상당히 묵직하게 전달된다.
 하나 물샐틈도없던 윤막(輪幕)에도 미세한 틈이 열렸다. 두 노인이 몸을 빼내기에는 충분한 틈이다. 육회망살진 한가운데서 맞부딪쳤다면 결코 만들어낼 수 없는 틈이기도 했다.
 쉬익! 쉭!
 두 노인은 그 틈을 놓치지 않고 신형을 날렸다.
 태상전을 벗어나기까지는 숨 한 모금을 들이쉴 시간조차 필요하지 않았다. 가로막는 문짝을 부숴 버리고 밖으로 나오자마자 지붕 위로 솟아올랐다. 두 발이 기와를 밟았을 때는 벌써 또 다른 신법을 전개하고 있었다.
 스스슥! 스스슷……!
 태상전 네 귀퉁이에서도 작은 움직임이 일어났다.
 백포로 전신을 칭칭 동여 감은 사람들. 태상전 안으로 스며들었던 사람들이 언제 밖으로 튀어나왔는지 두 노인의 뒤를 바짝 따라 붙었다.
 "글!"
 천소사굉이 헛바람을 토해냈다. 그 순간 눈부신 섬광이 활짝 피어났고, 허공을 갈랐다.
 퍼억! 파앗!
 앞을 가로막던 백포인은 비명조차 지르지 못한 채 핏물을 뿌렸다.
 검을 소지할 필요조차 없었던 천소사굉, 해남제일의 기인이 살심을 품고 검을 뽑은 결과다.

벽파해왕도 가만히 있지 않았다. 부서진 낚싯대를 버리고 투명하고 가느다란 낚싯줄을 꺼내 사방으로 흩뿌렸다.

쉬익! 쒜에에엑……!

낚싯줄은 독기를 품은 뱀이 되어 날아갔다. 강철로 만든 창검이 뻗어나가듯 눈이 시릴 만큼 투명한 광채를 뿜어내며 쏘아져 갔다.

퍽! 퍼억! 퍽!

백포인들은 허공에서 강한 충격을 받고 꿈틀거렸다.

해남 무림에서도 단 한 명밖에 전승자가 없다는 사검(絲劍)이 출현했다.

채대나 구절편(九折鞭) 같은 병기들은 삼류무인들이나 사용하는 병기로 간주할 만큼 콧대 높은 병기. 돌돌 말면 한 주먹 안에 꽉 들어오고 길게 펼치면 삼 장에 달하는 장병.

사검은 병기라고 할 수 없다. 실이다. 목어(鶩魚)의 창자를 꼬아서 만든 것이라서 실보다는 강도가 강할 뿐이지, 실과 다를 바 없다.

사검은 평생 동안 고련을 해야 겨우 자유자재로 운용할 수 있다는 평이 나돌 만큼 고단한 병기다.

벽파해왕이 사검을 부지런히 떨쳐냈다.

파파팍! 파파팟!

백포인들은 반경 삼 장 안으로 스며들지 못했다. 하나 시간이 흐를수록 주위를 에워싸는 백포인들의 숫자는 불어만 갔다.

"글글!"

천소사굉이 신형을 곤추세운 후, 양손으로 검을 움켜잡았다.

'파단(波斷)……!'

벽파해왕이 마음속으로 중얼거리는 소리가 뇌리에 미치기도 전, 천소사굉의 검이 시퍼런 검광을 토해내며 하늘을 갈랐다.

쩌르릉……!

마른하늘에 뇌성벽력이 몰아치는 듯했다. 세상이 온통 시퍼런 검광으로 가득 찬 느낌이다. 천소사굉을 등진 사람들은 느끼지 못하겠지만, 적어도 마주 선 사람들은 항거할 수 없는 거력이 무엇인지 분명히 알았을 게다.

천지자연의 오묘한 이치를 깨달은 후에야 바다의 숨결도 아우를 수 있다.

형체가 있으나 손으로 잡을 수도 들어올릴 수도 없는 바다.

바다와 하나가 되어 숨결을 느낀 후에 일섬(一閃)을 토해내니 물방울이 갈라진다. 물방울들이 모여서 만들어진 바다가 갈라진다.

해남 무인들이라면 한 번씩은 도전했던 단해(斷海)와 맥을 같이하지만 감히 비교조차 할 수 없는 극상승 절공이다.

이 순간, 천소사굉은 백포인들의 숨결을 읽었다. 그들과 하나가 되어서 그들의 마음을 파고들었다. 그들의 움직임은 나의 움직임, 그들의 생각은 나의 생각.

섬광이 번쩍였다.

"크윽!"

"컥!"

백포인들은 변변한 대항조차 하지 못한 채 피분수를 뿜어내며 꼬꾸라졌다.

천소사굉과 벽파해왕은 백포인들이 잠시 주춤하는 순간을 놓치지 않고 신형을 날렸다.

사검이나 파단이나 아무 때나 사용할 수 있는 무공은 아니다.

실처럼 가느다란 병기에 살상력을 심어주기 위해서는 전신 진력을 한 점에 모아 쏟아내야 한다. 강에 제방을 쌓은 후 일시에 무너뜨리는 정도의 진력이 소모된다.

당연한 귀결이겠지만 사검을 사용한 후에는 일시적으로 탈진 현상이 찾아온다.

파단도 마찬가지다. 세상과 내가 하나로 동화되기 위해서는 집중된 심력(心力)이 필요하다. 스님들이 화두(話頭)를 붙잡고 참선에 매달리듯 자유자재로 튀어 다니는 마음을 하나로 묶어야 한다. 실오라기만한 틈이라도 벌어지면 '동화(同化)'는 깨진다.

티끌 하나 묻지 않은 심력의 순수 결정체가 발휘하는 효능은 절대적이라고 할 수 있다. 하나 심력이 풀어지며 찾아오는 허탈감, 공허함 또한 필설로 표현할 수 없을 정도다.

무인에게는 치명적인 정신적 공황 상태가 밀어닥쳤다고 할 수 있다.

천소사괭이나 벽파해왕에게는 머뭇거릴 여유가 없었다. 백포인들은 알지 못하겠지만 지금이야말로 두 노기인을 요절낼 수 있는 절호의 기회인 셈이다. 놀라운 신위에 압도되어 검을 뻗어내지 못하고 있을 뿐이지만 조금만 상황을 정확하게 읽을 수 있게 되면…….

'고비다!'

쉬익! 쉭!

두 노인은 마지막 힘을 모두 모아 신형을 뽑아냈다.

❷

빙사음과 당운미는 너구리굴처럼 좁은 토굴을 힘들게 기어갔다.
굴이 워낙 좁아서 체격이 적은 여인의 몸인데도 힘들게 바동거려야 일 장을 나아갈 수 있는 악전고투였다.
치지직……!
손에 든 횃불이 수명을 다하고 꺼졌다.
"불이 꺼졌으니 오십 장쯤 온 거네."
앞서서 길을 뚫어가던 당운미가 혼잣말처럼 중얼거렸다.
"거의 다 왔어. 조심해."
뒤따르던 빙사음이 말했다.
공기가 탁해서인지, 폐쇄된 공간에 있는 탓인지 호흡하기가 간단치 않다. 무엇보다 마음을 불편하게 하는 것은 금방이라도 토굴이 와르르 무너질 것 같다는 공포감이다. 실제로 토굴을 지나오는 동안 몇몇 곳에서는 흙 부스러기가 떨어져 내렸고, 큰 돌멩이라도 떨어지면 몸을 빼내기가 무척 힘들었다.
"마음에 안 들어. 조금 넉넉하게 파놓을 수도 있을 텐데. 무슨 놈의 사내자식들 체격이 이 모양이래?"
당운미가 양손을 이용해 앞으로 나아가며 말했다.
횃불마저 꺼지고 나니 칠흑같이 어둠밖에 존재하지 않는다.
앞에 무엇이 있는지, 뒤에 무엇이 있는지… 컴컴한 어둠 속에 홀로 있는 것 같은 적막감이 스며든다. 아니다. 그건 적막감이 아니라 공포라고 해야 한다.
"그 사람들도 최선을 다한 거야. 난 솔직히 이 정도까지 될 줄은 전혀 몰랐는데. 감탄이 절로 나와."

"흥! 그건 언니가 우리 사천당문을 몰라서 하는 소리야. 우리 눈에는 이런 건 강아지 굴로밖에 안 보이는데. 이럴 줄 알았으면 몇 명 보내달라고 했을 텐데."

두 여인은 말을 나누면서도 부지런히 몸을 놀렸다.

백팔겁의 근간은 은신술이다. 지둔술 또한 은신술의 일종이며, 땅을 파헤치는 일이라면 밥을 먹는 것처럼 능통하다.

그들 중에서도 특히 지둔술에 능통한 자들이 있다.

야괴는 최상의 지둔술을 소유한 수하 네 명에게 특별한 일을 명령했다.

길이 육십 장에 이르는 토굴을 파라. 기한은 이틀이며, 반드시 육십 장을 확보해야 한다.

그들은 최선을 다했다. 단 이틀 만에 피골이 상접할 정도로 초췌한 몰골이 되었으니 얼마나 힘든 일이었는지는 익히 짐작할 수 있다.

불행이라면 그들 네 명의 체격이 어린아이처럼 작다는 것.

정상적인 체격이었다면? 아마도 이틀 만에 육십 장 길이를 확보하는 것이 불가능했을지도 모른다.

"됐어, 언니. 다 왔어."

당운미가 손으로 앞쪽을 더듬으며 말했다.

빙사음은 당운미의 발을 밀치고 그녀의 옆으로 기어갔다.

육십 장 길이의 토굴이 끝났다. 종착지는 꽉 막힌 공간이며, 지나온 길과는 달리 서너 사람이 뒤척이며 돌아누울 수 있을 정도로 넉넉한 공간이 확보되어 있다. 높이도 넉넉한 편이다. 일어날 수는 없지만 앉아서 기지개를 힘껏 켤 정도는 된다.

조금 넓다 뿐이지 답답하기는 마찬가지였지만 그래도 한숨은 돌릴 수 있었다.

"옳게 뚫은 것 같아?"

빙사음이 바로 누워 위를 올려다보며 말했다.

당운미도 몸을 돌려 바로 누웠다.

"언니, 살수들의 감각은 믿어도 좋아. 실수는 죽음으로 이어지거든. 이런 일에 실수할 정도라면 백팔겁이라는 이름은 존재하지도 않았을 거야."

"그럼 여기서부터 벽옥까지는……?"

"반 장."

지척이다. 넉넉잡아도 일 다경이면 파고들어 갈 수 있다. 단지 저쪽 사정을 전혀 알 수 없다는 것이 마음에 걸리기는 하지만 다른 방도가 없으니…….

철컥! 철컥!

경쾌한 금속음이 어둠을 울렸다.

백팔겁이 사용하는 도구 중에 하나로 땅을 파는데 사용하는 철조(鐵爪)다.

"언니는 여기 있어."

몸을 다시 돌린 당운미는 말이 끝남과 동시에 철조를 사용하여 땅을 파헤쳐 들어갔다.

파낸 흙은 넓게 파놓은 공지에 밀어놓고, 다시 파들어 가고.

얼마 지나지 않아서 당운미의 몸은 종아리만 남긴 채 흙더미 속에 파묻혔다.

극! 그윽!

철조가 딱딱한 것에 부딪쳤다. 흙을 파던 소리와는 전혀 다른 소리가 들려온다.

당운미는 파들어 가는 것을 멈추고 무엇인가를 만지는 듯 꼼지락거렸다.

일 다경쯤 지났을까? 가만히 있던 종아리가 뒤로 슬슬 물러나더니 당운미의 몸이 빠져나왔다.

"휴우! 석벽이야. 좌우지간 큰언니 머리 하나는 귀신같다니까. 어떻게 벽옥이란 말에서 석벽을 떠올릴 수 있지?"

"언니는 그래."

"지금쯤 두 분은 꽁무니에 불이 붙었겠지?"

"언니 말대로라면 쉽지 않을 텐데······."

당운미와 빙사음은 반듯이 누워 작은 소리로 속삭였다.

스윽! 치지직······! 스윽······!

기이한 음향은 끊임없이 들려왔다. 개미가 기어가는 소리 같기도 하고 다람쥐가 밤을 갉아먹는 소리처럼 들리기도 했다.

소리는 시간이 흐를수록 미약해졌다. 그러다 마침내 모래가 무너질 때처럼 들리기는 하지만 인간의 귀로 포착할 수 없을 정도까지 잦아들었다.

"언니."

"지금?"

"응. 아주 바삭바삭해졌을 거야. 홍옥산(紅玉酸)은 바위를 삭이는 데는 아주 그만이거든."

"별걸 다 가지고 있네. 동생도 언니 못지않은 괴물이야."

"흥! 그런 언니는? 솔직히 내가 큰언니라면 이런 수단을 강구하기보다는 정면으로 돌파하는 방법을 택했을 거야. 그 사람과 언니가 있는데 뭐가 두렵나? 안 그래, 언니? 언니도 괴물이야. 팔두육비(八頭六臂)가 따로 있는 줄 알아? 언니처럼 말도 안 되는 무공을 지녔으면 팔두육비 괴물인 거야."

"호호. 칭찬으로 알아들을게."

빙사음은 당운미가 파놓은 토굴로 기어들어 갔다.

그녀의 몸이 완전히 들어가기도 전, 딱딱한 석벽이 만져졌다.

겉보기에는 수작을 부려놓았다고는 믿을 수 없을 만큼 단단하다. 홍옥산이 효능을 발휘하지 못할 것일까? 아니면 예상보다 훨씬 더 깊은 석벽인가.

스으웃……!

태극음양진기가 물밀듯이 흘러들어 양손에 운집되었다.

스윽!

가볍게 내뻗은 손길. 석벽은 갓 만든 두부처럼 푸석푸석 으깨져 나갔다.

석벽을 으깨는 데도 순서가 있다.

먼저 중지를 찔러 넣어 깊이를 알아본다. 그 다음에서야 넓게 으깨고, 굵은 모래처럼 부서진 바위들을 거둬낸다.

석벽 너머에서 어떤 상황이 벌어지고 있는지 알 수 없기에 조심을 기하는 거다.

얼마나 으깨 나갔을까…….

푹!

중지가 석벽을 뚫고 허공을 찔렀다.

빙사음은 잠시 눈을 감았다. 손가락 굵기의 작은 구멍에서 쏟아져 들어온 밝은 빛이 눈을 아린다. 태양도 아니고 횃불에 불과할 텐데도 눈이 부시다.

빙사음은 작은 구멍에 눈을 바짝 갖다 대고 석벽 너머를 관찰했다.

넓은 원형 석실이다. 사방으로 횃불이 십여 개쯤 밝혀져 있고, 한 구석에는 돌로 만든 좌대가 있다. 여인도 있다. 초췌한 모습이지만 단정함을 잃지 않으려는 듯 반듯이 앉아 있는 여인.

'능완아.'

빙사음은 여인이 누구인지 본능적으로 감지했다.

사람이라고는 여인 한 명뿐이다. 그토록 염려했던 절대고수는 보이지 않는다. 백포인들이 추풍낙엽처럼 나가떨어지고 있으니 석실에 틀어박혀 있지는 못할 것이다.

절대고수란 자와 해남 두 기인이 맞붙으면 두 명이 죽는다.

절대고수의 진면모를 확인해 본 것은 아니지만 하후가 그렇게 판단했으니 또한 그렇게 믿을 수밖에.

해남 두 기인은 절대고수가 나타나기 전에 몸을 빼내야 한다. 절대고수란 자는 헛걸음을 하게 될 것이고, 멍청한 자가 아닌 이상 갈 때보다 배는 빠른 속도로 되돌아오리라.

시간이 없다. 탈출하기에는 시간이 너무 촉박하다.

그런데도 빙사음은 바위를 뚫고 나가지 않고 여인의 진면목부터 살폈다.

금하명의 첫사랑. 지금도 마음 한편에 꽁꽁 틀어박혀서 떠나지 않고 있는 여인.

그럴 만하다. 미모도 뛰어나려니와 단정히 앉아 있는 모습에서 여인들에게서는 쉽게 찾아볼 수 없는 강단이 느껴진다.

소현 부인의 기질과 흡사하니 여장부라고 해야 할까?

거기에다가 머리까지 비상했다고 하니, 금하명인들 빠져들지 않을 수 없었을 게다.

'엇! 내가 지금 무엇을……'

빙사음은 은은히 피어나는 질투를 감지한 다음에야 자신이 지금 이러고 있어서는 안 된다는 사실을 깨달았다.

푸욱! 파앗!

석벽을 거침없이 으깨 버리고 석실 안으로 뛰어들었다.

여인이 고개를 돌려 쳐다봤다.

두 여인은 처음으로 눈과 눈을 마주쳤다.

"능완아예요?"

빙사음은 차분하게 말했다.

"하명. 아! 미안해요. 습관이 되어서. 혈살괴마의 정인(情人)이군요. 이름이?"

능완아는 낯선 사람의 느닷없는 출현에도 놀라지 않았다. 흔들림없는 부동심을 유지했고, 더군다나 빙사음의 존재까지도 눈치챘다.

'재녀(才女)라더니.'

"빙사음. 빙사음이라고 해요."

"예쁜 이름이네요."

"시간이 없어요. 가요."

뜻밖에도 능완아는 고개를 가로저었다.

"못난 사람을 데리러 와주셨으니 고맙기 이를 데 없지만, 안 되겠어요. 제가 가면 하명이 곤란해져요. 아! 미안. 혈살괴마가. 그 사람은 존주라고 불려요. 누구를 말하는지는……"

"알아요."

"존주는 절 탐하고 있어요. 소름이 끼칠 만큼 지독한 탐욕으로. 제가 가면 청화장은 한 시진도 되지 않아도 무너져요. 혈살괴마가 보기 드문 강자고, 그 사람 주변에 상당한 고수들이 모여 있어도 존주를 상대할 수는 없어요."

"혈살괴마를 믿어봐요."

"혈살괴마가 절 안광(眼光)만으로 제압할 수 있나요?"

빙사음은 숨이 턱 막혔다.

능완아의 말뜻이 진실이라면…… 금하명이 만날 수 있는 최강의 적이다. 먼 훗날이라면 몰라도 현재로서는 상대하기가 버겁지 않을까 느껴질 만큼 강한 상대다.

안광만으로 상대를 제압한다는 것은 의기(意氣)로 진기(眞氣)를 누를 수 있는 경지에서만 가능하다. 상대는 진기를 일으키는 데만도 고역을 겪어야 하니, 제 무공의 절반도 제대로 펼쳐내기 힘들게 된다.

말하기 좋아하는 사람들은 이런 경지를 가리켜 의기상인(意氣傷人)이라고 표현한다.

그야말로 무인으로서는 꿈에서나 그려보는 초상승경지다.

능완아는 존주라는 사람의 무공을 그런 식으로 말했다.

"청화장이 재건된다는 말을 들었을 때…… 그리고 백납도에게 초청장을 보냈을 때…… 이런 날이 올 것이라고 예상했어요. 제가 필요한 건 혈살괴마인가요? 아니면 청화장인가요?"

빙사음은 즉답을 피했다. 아니, 피했다기보다는 어떤 말을 해줄 수 없었다.

"그 사람 정인 앞에서 못할 말을 했군요."

능완아는 품에서 곱게 접힌 무명천을 꺼냈다.

"여기 연락되지 않은 문도들에 대한 기록이 있어요. 이걸 참고로 하면 빠른 시일 안에 찾을 수 있을 거예요. 제 연락도 닿지 않은 사람들이니 장담할 수는 없지만요."

빙사음은 또 한 번 망설였다.

당장 필요한 것은 무명천이다. 그 안에 적힌 청화장 문도들의 기록이다.

무명천만 받아들고 빠져나간다면 아무 탈이 없다. 벽옥을 침입한 소기의 목적은 달성했으니까. 그렇지만 능완아는…… 존주라는 사람을 알지 못하지만 이대로 두면 능완아의 인생은 나락으로 떨어질 것이 눈에 빤히 보인다.

"안광으로 당신을 제압할 수는 없지만, 이렇게는 제압할 수 있을 것 같군요."

쉬익!

매의 발톱처럼 웅크려진 손톱이 능완아의 완맥을 움켜잡아 갔다.

"절 너무 쉽게……."

능완아는 팔을 휘둘러 가볍게 뿌리치려다가 갑자기 기세가 돌변하는 응조(鷹爪)에 깜짝 놀라 벌떡 일어섰다.

미풍처럼 부드럽게 흘러오던 손길이 삭풍이 되어 몰아친다. 연공을 할 만큼 넓은 석실인데 응조의 그림자에서 벗어날 곳이 없어 보인다. 너무…… 너무 무공에서 현격한 차이가 난다.

팍!

능완아는 변변한 저항도 제대로 해보지 못하고 완맥을 움켜잡혔다.

"제발…… 제발 이러면 안 돼요."

능완아의 눈길에 간절함이 묻어났다.

"나도 이러고 싶지 않아요. 당신을…… 놓아두고 갔으면 하는 마음이 굴뚝같아요. 하지만 그 사람이 가는 길은 보보마다 죽음이 깔린 길. 어렵다고 피해가지 않을 거예요. 이번 일도 마찬가지예요. 그 사람을 믿어봐요."

빙사음은 다섯 손가락을 오므려 능완아의 정수를 찍었다.

혼자 몸으로도 힘들게 기어갔던 길을 의식 잃은 여인을 대동하고 빠져나온다는 것은 여간 힘든 노릇이 아니었다. 더군다나 의기상인의 경지에까지 오른 고수가 뒤를 밟고 있다고 생각하니 손발이 마음대로 따라주지 않았.

'그 사람을 믿어보라고? 내가 왜 그런 말을 했지? 더 이상 나눠 갖기 싫은데…… 휴우! 좌우지간 여복 하나는 타고난 사람이야.'

낭군의 첫사랑을 낭군에게 데려가는 여인의 심정은 어떻게 표현할 수 있을까?

어제저녁에 먹은 것이 얹힌 듯 답답했다. 그러면서도 이런 행동이야말로 옳은 행동이라는 홀가분함도 들었.

이중성, 양면적인 생각이다.

슥! 스윽! 철컥!

맨 뒤에서 따라오는 당운미는 지나온 길에 끊임없이 암기와 독을 설치했다.

무의미한 행동으로 여겨진다.

존주라는 사람이 정말 의기상인의 경지에 오른 자라면 금하명처럼 백독불침(百毒不侵)의 경지 또한 이뤄냈을 게다. 그런 자의 기감은 놀랍도록 발달되어서 암기의 예기를 정확히 읽어낼 게다.

눈 한 번 깜빡이는 정도의 시간은 벌어줄 수 있을지 몰라도 위협은 주지 못하리라. 그 시간이란 것 또한 이쪽에서도 암기와 독을 설치하느라고 그만큼의 시간은 소모하고 있으니 피장파장이 되어버리고.

그래도 만류하지는 않았다. 혼절한 능완아를 끌고 가는 시간만큼은 벌어줄 수 있을 테니까.

오십 장의 거리가 오천 장이나 되는 것처럼 길게 느껴졌다.

"이상하네. 뒤따라오는 기미가 전혀 없어. 언니, 아직 석실에 도착하지 않은 것 아닐까?"

당운미가 의아한 심정을 이기지 못하고 말했다.

그런 경우는 생각하기 싫다. 존주가 석실에 돌아오지 못할 경우는 해남도 두 기인을 직접 상대하는 경우뿐이다. 그럴 경우에만 약 반 각 정도의 시간차가 벌어진다.

'그분들…… 무사히 몸을 빼내셨을 거야.'

하후가 두려워했던 것은 백포인들의 합공이 아니다. 오직 하나, 이제야 알게 된 존주라는 사람의 존재다. 그 한 사람이 백포인 서른 명, 마흔 명보다 더 두려운 존재다.

어둠으로 가득 찼던 토굴에 빛이 스며들었다. 멀찍이 떨어진 곳에서 어린아이 주먹만한 빛이 일렁거린다.

"십 장 정도 남았어. 조금만 더 가면……."

그때, 토굴이 와르르 무너지며 좁은 토굴을 다시 암흑 천지로 만들어 버렸다.

"읍!"

빙사음은 급히 눈을 감고 숨까지 멈췄다.

뿌옇게 일어나는 흙먼지도 피해야 하고, 전신이 압사당하는 경우도 살펴야 한다.

"어, 언니! 무너진 거야?"

"응."

"얼마나?"

"아직 모르겠어."

"그 자식들…… 쥐새끼 같은 굴을 뚫어놓았을 때부터 알아봤다니까. 어떻게 굴을 팠기에 제대로 써먹지도 못하고 무너진 거야. 언니, 파헤칠 수 있겠어?"

당운미는 철조를 꺼내 들었지만 빙사음에게 건네줄 방도가 없었다. 몸을 돌이키는 것은 고사하고 팔을 뒤로 빼는 것조차 어려운 형편이니. 더군다나 두 사람 사이에는 능완아가 혼절한 상태로 누워 있으니.

그런데 하늘이 무너져도 솟아날 구멍이 있다는 옛말처럼 세 여인에게 기적이 일어났다.

"독후(毒后), 방금 한 말 취소하지 않으면 여기가 바로 독후의 무덤 자리가 될 것 같은데, 취소할 생각 없소?"

무너진 토굴 측면에 구멍이 뻥 뚫리며 낯익은 얼굴이 불쑥 나타났다. 야괴의 명을 받고 토굴을 뚫은 장본인들, 백팔겁 중 네 명이다.

"어! 어떻게 여길?"

"취소할 거요, 말 거요?"

"두더지가 따로 없네. 좋아. 취소할게."

"크크크! 사천당문의 독절에게서 취소를 받아낸 사람은 무림 천지에 우리밖에 없을 거야. 그렇지? 크크크!"

"이 사람아, 지금 그런 말을 할 땐가? 빙후, 이쪽으로 몸을 돌리실 수 있겠습니까?"

구멍 옆에 또 다른 구멍이 나타났다. 낯익은 얼굴 옆에 또 다른 얼굴이 나타났다.

두 사람이 나란히 얼굴을 내민 것으로 보아서 이번에 파놓은 굴은 조금 넉넉한 듯 보인다.

"돌릴 수 있어요. 네 분이 모두 오셨나요?"

"우리 네놈, 좆 먹던 힘까지 다 쏟았으니 술 한잔 거방지게 사서야 합니다."

말은 한 사내는 팽그르 몸을 돌려 토굴 저쪽으로 사라져 갔다.

그 뒤를 맨 뒤에서 따르던 당운미가 바짝 따랐다.

"아까 나보고 뭐라고 불렀어?"

"엥? 무슨 말을······?"

"내 말 취소하라며? 그전에 나보고 뭐라고 불렀냐고?"

"독후 말이오?"

"그래, 독후. 호호호! 그 말 다시 한 번 해봐."

"도, 독후, 왜 이러시오. 아까 한 말은 단지 농담으로······."

"언니, 언니도 들었어? 나보고 독후래."

간신히 몸을 돌려 새로 판 굴로 들어선 빙사음이 잔잔한 미소를 지으며 말했다.

"빨리 가, 숨 막혀 죽겠다."

    \*   \*   \*

백포를 입고 방갓을 눌러쓴 사내는 너구리가 기어들어 간 듯한 좁은 구멍을 쳐다보며 앉아 있었다.

시간이 흐른다.

해가 뉘엿뉘엿 서녘 하늘로 기울고 있다.

"간발의 차이란 건가."

사내의 입에서 살기가 듬뿍 담겨 핏물이 흐르는 듯한 음성이 새어나왔다.

"일진이 안 좋은 날이군. 한 놈은 제 몫도 못하고 죽고, 쥐새끼들은 눈앞에서 깝죽거리다가 사라지고, 창부(娼婦) 같은 계집도 놓치고. 일진이 안 좋았어."

사내는 자리에서 일어나 엉덩이에 묻은 흙을 툭툭 털어냈다.

백색(白色)…… 백색은 순결을 상징한다. 그런 옷을 입고 온갖 잡벌레들이 득실거리는 땅속을 헤집고 다닐 수야 있나. 무슨 수작인지는 환히 읽었으니 나오는 길목에서 기다리고 있으면 되는 것이지.

들어가기는 했는데 나오지는 않는다?

생각할 게 뭐 있나. 다른 길로 샌 거지.

사내는 미련없이 휘적휘적 걷기 시작했다.

"금하명…… 제법 괜찮은 놈이군. 하하하! 괜찮은 놈을 낳았어. 소현 부인이라…… 하하하! 좋은 현상이야. 괜찮으면 괜찮을수록 상실감도 클 테니까. 하하하하!"

초겨울의 어둠은 빨리 찾아왔다. 해가 기우는가 싶더니 어느새 어둠으로 뒤덮이기 시작했다. 그 속에서 사내의 웃음소리만 멀리 퍼져 나갔다.

❸

소현 부인은 오랜만에 만난 친딸을 만나는 것처럼 능완아를 반겼다.
"몸이 많이 상했구나."
"사… 모."
"이제는 어머니가 아닌 거니? 하명이와는 상관없이 난 널 내 딸로 여겼다만."
"어머님, 오랜만에 뵙습니다."
 능완아의 모습은 한 치도 흐트러지지 않았다. 소현 부인 앞에 무릎을 꿇고는 있지만 당당함과 꼿꼿함은 소현 부인을 빼다 박은 듯했다.
 청화장의 입장에서 보면 능완아는 대역 죄인이다. 사문을 버리고 사부를 해친 원수와 동거동락한 파렴치범이다. 소현 부인이 그녀의 심장에 검을 찔러 넣는다고 해도 말릴 수 있는 명분이 없다.
 "우리 셋째가 끓이는 차 맛이 아주 좋단다. 이리 와서 함께 마셔보자꾸나. 네 지난 이야기도 듣고. 셋째야."
 "네, 어머니, 준비하고 있어요."
 당운미가 화로의 불길을 조절하며 대답했다.
 놀랍다. 뭇 사내들을 발아래 두고 살던 화부용이 시녀나 다름없이 차 시중을 들고 있다는 사실이. 여러 여자와 한 남자를 섬기면서도 밝은 표정을 띠울 수 있다는 사실이.
 금하명의 여인들…… 한결같이 뛰어나다. 미색의 뛰어남도 중원 천지에서 찾아볼 수 없고, 재능이나 무공도 단연 엄지손가락을 추켜올릴 만 하다.
 그중 한 여인, 하후가 다가와 능완아의 완맥에 손가락을 살포시 댔다. 그리고 지그시 눈을 감았다.

잠시 후, 눈을 뜬 하후가 방긋 웃으며 말했다.
"푹 쉬어야겠어요. 한동안 아무 생각도 하지말고 쉬어요. 심신이 무척 허해요."
"누구……?"
"그 사람 첫 여자. 주책없죠?"
"하후…… 하부…… 인."
"그래요."
하후는 금박에 쌓인 단환을 꺼내 건네주었다.
"석실이란 자연스럽게 냉기가 형성되는데, 여인에게는 좋지 않아요. 이걸 복용해 봐요."
능완아는 하후가 건네주는 데로 받아 삼켰다.
'이 여자들…… 사람을 꼼짝 못하게 만들어.'

상옥추제(上屋抽梯).
실로 간단하면서도 확실한 방법이다.
백납도가 단순한 낭인이었다면, 만인이 생각하듯이 청화신군을 꺾고 삼명 백가를 일으킨 입지전적인 인물이었다면 능완아의 상옥추제는 성공했을 것이다.
삼명 백가를 일으켜 세우고 백납도를 가주위에 올림으로써 그는 단숨에 명사(名士)가 되었다.
그 밑바탕에는 청화장 문도들의 숨 가쁜 노력이 깔려 있다.
청화장 문도들은 복건 무림을 휘돌며 백납도를 복건 무림의 종주(宗主)로 만드는데 큰 역할을 했다.
백납도가 지붕 위로 올라가는데 사다리 역할을 해준 것이다.

백낙도 혼자서도 능히 해낼 수 있는 일이다. 시간이 흐른다면 자연스럽게 이루어질 성과다.

그런 일을 청화장 문도들이 도맡음으로써 복건 무림은 백낙도와 청화장 문도들을 한 무더기로 인식하게 되었다.

힘이 있으나 청화장 문도들을 배제해서는 안 될 처지로 몰아넣었으니 일단은 성공했다고 해야 할까?

이런 일에는 또 한 가지의 뜻이 숨어 있다.

청화신군을 잃고 방황하는 청화장 문도들을 하나로 묶는 일.

그들이 기꺼이 능완아의 뜻에 동참한 데는 복수라는 명분이 깔려 있다.

기습이나 암습은 시도하지 않는다. 백낙도 곁에서 그의 무공을 분석하고 허점을 파악해 내는 것이 주목적이다. 허점만 파악해 낸다면······ 백낙도는 죽은 목숨과 다르지 않다. 결정적으로 검을 휘두르는 사람은 능완아일 수도 있고, 이를 갈며 검을 수련하고 있는 청화이걸이 될 수도 있으며, 담정영이나 성금방, 혹은 조자부가 될 수도 있다.

능완아는 백낙도의 목에 검을 드리울 가능성이 있다고 판단한 문도들은 삼명 백가로 끌어들이지 않았다.

그들만은 어떻게든 살려야 한다. 복수의 검을 갈고닦을 수 있도록 여건을 조성해 주어야 한다.

백낙도에게 몸을 의탁한 초기에는 모든 활동의 초점이 청화장 문도들의 생존에 맞춰졌다.

그들이 나름대로 수련처를 찾고 수련에 맹진하는 모습을 확인한 후에는 본격적으로 상옥추제를 펼쳤다.

그런데 여기서부터 일이 틀어졌다.

청화장 문도들은 숱한 나날을 백납도와 함께했지만 그의 무공을 견식할 기회조차 주어지지 않았다. 뿐만 아니라 그가 어디선가 끌어온 무인들이 대거 거주하면서부터는 밖으로 휘둘리기만 했다.

백납도는 혼자가 아니었다. 캐고 캐도 끝이 보이지 않게 딸려 나오는 칡뿌리였다.

더군다나 기가 막힌 것은 백납도가 수족처럼 부리는 무인들이 청화장 문도들로서는 어찌해 볼 수 없는 강자들이라는 점이다. 그들 중 몇몇은 백납도와 필적할 만한 고수이니 말해 무엇하랴.

모든 희망이 좌절되었다.

백납도에게 검을 겨눌 수 있다고 판단했던 몇몇 사람들에 대한 기대도 버렸다. 백납도가 그들의 일거수일투족을 낱낱이 파악하고 있는 이상은 어쩔 도리가 없는 부분이었다.

그들은 강해져서는 안 된다. 위협이 된다 싶으면 가차없이 제거될 테니 그냥 현 상태로 만족하는 것이 최선이다.

백납도를 지붕 위에 올려놓는 데는 성공했지만 사다리가 바뀌 버린 것이다, 능완아가 손댈 수 없는 사다리로.

능완아는 자신의 계획이 철저하게 좌절되었음을 깨달았지만 포기하지는 않았다.

어떤 무인이든 설혹 천하제일이라는 소리를 듣는 무인일지라도 민심에 이반(離反)되면 종말이 좋지 않다.

능완아는 이반을 생각했지만 민심까지는 손댈 수 없는 처지였다. 그때쯤, 백납도는 삼명 백가를 수족처럼 움직이고 있었으니까.

그녀가 할 수 있는 일이라고는 양민을 구제한다는 명목으로 복건 무림에 가혹한 짐을 안겨주는 정도에 불과했다.

복건 무림이 가혹한 무게에 허덕이다가 일치단결하여 분노의 검을 뽑아들기만 기다리면서.

더러운 년이라는 욕까지 얻어먹으며 시행했던 상옥추제는 이렇게 허무했다.

"당랑지부(螳螂之斧)였어요. 분수를 몰랐던 거죠."

"백납도를 몰랐을 뿐이에요. 지피지기(知彼知己)면 백전불태(百戰不殆)라고 하지만 그게 쉽나요. 쉬우면 그런 말도 생기지 않았겠죠. 적을 안다는 것은 정말 힘들어요."

능완아가 백궁의 존재를 눈치라도 챘다면 청화장 문도들을 삼명 백가로 끌어들이는 행동 따위는 하지 않았을 게다. 아마도 그와는 정반대로 복건 무림을 떠나 타지방에서 둥지를 틀었을 게다.

능완아를 욕할 사람은 아무도 없다.

구파일방 중 하나인 해남파조차도 정체를 파악하지 못한 무리들이 백궁이다.

능완아가 그들의 존재를 짐작조차 못한 것은 당연하다.

"가급적이면 빨리…… 흩어져 있는 청화장 문도들에게 연락을 취해 주실래요?"

"그럴 거예요."

"흩어지라고요. 숨어서 살 길을 찾으라고요."

"……"

"부탁 하나 더 드려도 되나요?"

"……"

"절 삼명 백가로 돌려보내 주세요."

소현 부인, 하효홍, 빙사음, 당운미…… 그녀들은 아무 소리도 못하고 능완아의 얼굴만 쳐다봤다.

공포로 물들어 있는 눈망울.

그녀도 무인이다. 청화이걸과 버금가는 무공을 소유한 여걸이다. 지략도 뛰어나고 생각한 바를 과감하게 실천하는 행동력까지 보유했으며, 죽음을 초개같이 여길 줄도 안다.

그런 여자가 공포를 느끼고 있다.

자신이 존주라는 사람에게 돌아가야만 청화장이 무사하리라고 생각한다. 백납도를 죽인 혈살괴마가 청화장을 받치고 있건만 존주를 이길 수 있다는 신뢰를 주지 못하고 있다.

그녀의 공포가 어디서 기인한 것인지는 안다.

의기상인의 경지에 이른 무공이라면 누구라도 고개를 내저을 수밖에 없는 것일진대.

하후가 입을 열었다.

"갈 때는 가더라도 그 사람은 만나보고 가야죠. 안 그래요?"

금하명은 활짝 펼쳐진 화선지를 뚫어지게 쳐다보다가 힘차게 붓을 놀렸다.

흔히 그림을 두고 무(無)에서 유(有)를 창조하는 작업이라고 한다.

맞는 말이다. 백지에 먹을 입히면 글씨가 되기도 하고 그림이 되기도 한다. 붓을 놀리는 사람이 어떤 마음을 지녔느냐에 상관없이 먹과 백지는 이 세상에 하나밖에 없는 존재를 탄생시킨다.

틀린 말도 된다. 글을 쓰든 그림을 그리든 먹이 백지에 묻기 전에 이미 마음속에서 일차적으로 영상을 그린다.

붓을 든 손은 마음으로 그려낸 영상을 재현하는 일을 하는 것이니,

만들어진 유를 복원하는 뜻에서는 새로운 창조가 아니다.

금하명의 손은 거침없이 움직였다.

대필(大筆)을 잡았을 때는 힘차게, 중필(中筆)을 잡았을 때는 깨끗하게, 세필(細筆)로는 꼼꼼하게.

산수(山水)를 그린 한 폭의 수묵화(水墨畵)는 자연을 그대로 옮겨놓은 듯 생동감있었다.

금하명이 그림을 그리는 동안 능완아는 차를 마시며 화려하게 움직이는 손놀림만 쳐다봤다.

오랜만에 만난 사람들. 한때는 장래를 기약했던 남녀.

오늘 다시 만났건만 어디서부터 말을 꺼내야 할지 모르겠다.

"오랜만에 그렸는데…… 괜찮은지 모르겠네."

금하명이 먼저 말문을 열었다, 씩 웃음을 지으며.

"그렇게 혼났는데도 수련은 안 하고 그림만 그린 거야?"

능완아도 마주 웃었다.

"그 좋던 얼굴이 많이 상했다."

"풋! 너답지 않게 왜 이래. 간지러워."

"넌 이게 잘못됐다니까. 진심을 바로 들을 줄 몰라요. 쯧! 어느 놈이 채갈지 모르지만 고생깨나 하겠어."

"호호호! 많이 들어본 소리네. 그래서 네가 희생하겠다고?"

"나란 놈이 워낙 착해서 말이지."

옛날 같았으면 안아볼 수도 있었다. 열여덟 살이 되면 가슴을 만져도 좋다는 낯부끄러운 말까지 주고받았다. 하지만 지금은…… 몇 마디 말로 지난 세월을 덮어버리기에는 서로 너무 멀리 떨어져 있다.

"놀라워. 네가 혈살괴마라는 사실을 알았을 때, 떨 듯이 기뻤어. 이것만은 진심이야."

"……."

"정말… 정말 꿈에서도 생각지 못했어, 네가 사부님을 능가하는 무인이 되리라고는. 어느 곳에 숨어서 그림이나 그리고 있겠지 하는 생각은 했어도 무인이 되리라고는……."

"실은 말이야. 나도 잘 모르겠어. 어느 핏줄을 타고났는지. 무인의 핏줄인지 예인의 핏줄인지. 둘 다 소질이 탁월하니."

"잘난 체는……."

"몰랐어? 나 잘난 것."

"그래, 잘 났어. 내가 눈이 삐었지. 이럴 줄 알았으면 네게 붙는 건데. 백납도가 제일 잘난 줄 알았지 뭐야."

"총관께서 돌아가셨다."

금하명은 능완아를 쳐다보지 못했다. 자신이 방금 완성한 수묵화에 눈길을 주며 말했다.

"…그래."

이미 알고 있었다는 듯 담담한 음성.

순간 금하명의 눈가에 이채가 일렁였다.

마음이 표면으로 드러나는 것은 조심만 하면 속일 수 있다. 능완아 정도라면 속마음을 숨기는 정도는 얼마든지 할 수 있다. 하지만 금하명같이 천지기통(天地氣通)한 무인을 속이지는 못한다.

능완아의 음성에서는 어떤 떨림도 묻어나지 않았다. 이것은 능완아가 능 총관의 죽음을 이미 알고 있었다는 의미다.

'그랬구나. 완아…….'

이채는 애잔함으로 바뀌었다. 측은함도 떠올랐다.

"네 얼굴 봤으니…… 이제는 가봐야겠어. 차 맛있다. 셋째 부인이 끓여온 것 맞지? 엉큼하기는. 세상에 여자는 나밖에 없다고 하더니 미인이란 미인은 죄다 끌어 모았잖아. 호호!"

"……"

"잘 살아. 갈게."

능완아가 몸을 일으켰다.

한 걸음, 두 걸음…… 그녀가 몸을 돌려 문가로 걸어간다. 치맛자락이 바닥을 쓰는 소리만 사박사박 들려온다.

"완아."

수묵화만 쳐다보던 눈길이 미미하게 떨렸다. 능완아를 부르는 음성도 떨려나왔다.

"됐어. 이렇게 본 것만으로도……."

능완아는 말을 이어가지 못했다. 기척도 없었는데…… 어느새 다가와 허리를 두른 팔이 억센 힘으로 그녀를 끌어당겼다.

"이, 이러지……."

도대체 말을 이어갈 수가 없다.

본능적으로 거부라는 것을 하려고 했지만 빙글 돌려진 몸은 사내의 가슴에 밀착되어 꽉 조여졌다. 강렬한 체취를 풍기는 입술이 덮쳐 오고 사내의 혀를 받아들였다.

말이, 말이 나오지 않는다.

사지에서 힘이 쭉 빠진다. 두 손을 들어 사내를 부둥켜안고 싶다. 사내가 조여오는 힘만큼 자신도 껴안고 싶다. 자신도 혀를 움직여 사내의 혀와 뒤엉키고 싶다.

그러나 안 된다. 그래서는 안 된다.

능완아는 힘을 풀고 금하명이 하자는 대로 내버려 두었다.

한동안 입 안을 휘젓던 혀가 빠져나갔다. 달콤한 맛, 황홀한 여운이 남는다. 미인을 셋이나 부인으로 두더니, 입맞춤만은 정말 잘하는 사내가 되었다.

금하명이 억세게 조인 팔을 풀지 않고 말했다.

"그때 그 움막에서 한 말 기억해?"

"혈마독은 기억해. 널 죽이려고 했으니까."

"그것 말고."

"기억해. 너 때문에 나까지 초라해지는 것 같아서 싫다고. 그래서 죽이기로 했다고."

"그 말 말고."

"많은 말을 해서……."

"이 말도 했어. 백납도를 죽인 사람이 한 가지 청을 하기로. 백납도는 내가 죽였으니 빚을 받아야지."

"풋!"

능완아는 피식 웃었다.

그런 말을 하기는 했다. 하늘이 무너져도 일어날 수 없는 일이었지만 정말 그런 일이 벌어지면 얼마나 좋을까 하는 생각도 했다. 그 말을 할 때는 그런 날을 꼭 만들고야 말겠다는 결심도 했다. 금하명에게 한 말이 아니다. 자신의 마음을 다지고자 한 말이다.

"청을 말하지."

"쉿!"

능완아가 손가락을 들어 금하명의 입을 막았다.

"날 갖겠다는 말이라면…… 줄 수 있어. 언제 어디서든 네가 원하면

줄 수 있어. 하지만 처녀는 주지 못해."

"……."

"놀란 표정이네? 호호호! 백납도와 산 날이 하루 이틀이 아냐. 설마 아직까지 처녀지신(處女之身)이라고 생각한 건 아니지? 난 애도 가졌었어. 유산을 했는데, 그 후부터는 애가 들어서지 않더라고. 이래도 가질 마음이 생겨?"

금하명은 손을 들어 능완아를 볼을 쓰다듬었다.

손길에 촉촉해진 마음이 스며 있다. 측은함과 가련함으로 가득 물들어 있다.

'이래서는 안 돼!'

"백납도만 받은 것도 아냐. 존주…… 존주도 날 가졌지. 풋! 처녀가 아닌 것을 알고는 수하들에게 노리개로 던져 버리더라고. 존주와 백납도가 지켜보는 앞에서 다섯이나……."

금하명은 다시 입술을 덮쳤다. 그러나 이번에는 능완아가 응하지 않았다. 고개를 돌려 입술을 피하고는 말을 이어갔다.

"난 더럽혀질 대로 더럽혀졌어. 그래도 쓸모는 있어. 존주는 정상이 아냐. 창부 취급을 하며 수하들에게 노리개로 던졌지만 손에서 놓으려고 하지 않아. 이상한 탐심이지? 날 보내줘. 나만 보내주면 청화장은 시간을 벌 수 있어."

금하명은 억지로 고개를 젖혀 깊은 입맞춤을 했다. 그리고 차분하게 가라앉은 음성으로 말했다.

"됐어. 네가 할 건 다했어. 이제 정말 네가 할 건 다했어. 넌 빚을 갚아야 돼. 평생 내 곁에 있으면서 싸움이 벌어질 때마다 가슴을 조려야 돼. 그게 네가 갚을 빚이야."

진심으로 한 말이다.

백납도가 죽이고자 했던 인물들 중에는 자신도 포함되어 있었다.

청화신군의 아들이라고는 하지만 무공도 변변치 않았던 자신을 굳이 죽이려고 할 이유가 있었을까? 있었다. 능완아와 장래를 약속했다는 것만으로도 죽어야 한다.

자신은 백납도의 생각 여하에 따라 죽고 사는 문제를 맡길 수밖에 없는 처지였다.

혈마독(血痲毒).

능 총관이 해독할 수 있다는 확신이 섰기에 벌인 일이지만, 능 총관의 손길이 조금이라도 늦었다면 염라대왕과 직면해야 할 위험천만한 일이었다.

혈마독이 자신을 살렸다.

정확히 말하면 백납도의 눈길에서 벗어나게 해주었다.

아주 잠깐 동안이라고 해야 하나? 결국은 백궁의 이목에 걸려들었고, 금하명은 이마를 석부에 찍히고 능 총관은 죽임을 당하는 사단까지 벌어졌으니까.

능완아는 할 수 있는 행동을 다했다.

질투심이 강한 백납도에게서 자신을 지켜주었다.

그때는 확신하지 못했지만 지금도 모른다면 바보 멍청이다.

능 총관의 죽음을 말할 때, 능완아는 이미 알고 있는 일인 듯 담담하게 받아들였다.

아비의 죽음조차도 모른 척할 만큼 감정이 메마른 것일까?

아니다. 세상에서 단 한 명, 그녀가 온 정성을 쏟을 사람이 있다면 바로 능 총관이다. 능 총관과 능완아의 부녀지정(父女之情)은 어떤 것으로도 베어낼 수 없는 굳건한 것이다.

그런데 담담하게 받아들였다.

그녀는 어떻게 해서 능 총관의 죽음을 알고 있는 것일까?

능 총관의 죽음을 알고 있는 사람은 단 세 사람. 노수어옹과 봉자명 사형, 그리고 자신이다. 노수어옹은 행방이 묘연하고, 봉자명 사형은 능완아와 만난 적이 없으니 소식을 전할 사람은 없다.

후후후! 적어도 백포인에게 피습을 받을 때까지는 능완아가 곁에 있었다. 능완아는 아비의 죽음을 바로 알았다. 뿐만이 아니라 백포인에게 치명상을 당한 자신을 구해주기까지 했다.

노수어옹(櫓水漁翁)과의 만남은 결코 우연이 아니다. 능완아의 치밀한 준비가 없었다면 노수어옹에게 치료도 받지 못했을 것이고, 노수어옹을 만났더라도 이어지는 백포인의 공격에 죽임을 당했을 게다.

능완아는 아버지의 죽음을 그때 알았다.

얼마나 비통했을까. 누구에게 말도 못하고 혼자서 천붕(天崩)을 삭혔으니 찢어지는 마음인들 오죽했을까.

"풋! 처녀가 아니라는데도 놀라지 않네? 하기는…… 백납도와 부부지연을 맺었다는 소문이 파다하게 났으니 짐작하고 있었겠지."

금하명은 하후의 말을 떠올렸다.


"차분하게 들어요. 진맥을 해보니…… 음부가 망가진 것 같아. 강간을 당했는지, 무자비한 관계를 강요당했는지. 앉아 있기도 힘이 들 거야. 기혈이 들끓는 것으로 보아서 근래에 벌어진 일로 생각되고. 청혈안기단(淸血安氣丹)을 복용시켰지만 한동안 조신해야 될 거예요."

처녀가 아니라도 상관없다. 뭇 사내들에게 능욕을 당했어도…… 능완아는 깨끗하다. 그녀는 예전과 마찬가지로 곁에 있어야 할 여인이다.
"그만. 이제 그만 말해. 넌 내 곁에 있어야 돼. 아무것도 하지말고, 아무 생각도 하지 마. 네가 할 건 다했어, 바보야."
금하명은 능완아의 가녀린 몸을 꼭 끌어안았다.

# 第五十一章
## 비상부족(比上不足), 비하유여(比下有餘)
### 위와 비교하면 부족하고, 아래와 비교하면 남는다

비상부족(比上不足), 비하유여(比下有餘)
…위와 비교하면 부족하고, 아래와 비교하면 남는다

백납도의 죽음은 세상을 한 번쯤은 뒤집을 수 있는 큰 사건이다.

복건 무림을 좌지우지했던 절대고수의 죽음을 어떻게 이용하느냐에 따라서 향후 판도가 달라진다.

야괴는 본능적으로 기회가 찾아왔다는 것을 감지했다.

머리가 뛰어나서 상황 판단을 한 것이 아니다. 얻어들은 정보가 많아서 생각을 정리할 수 있었던 것도 아니다. 살수집단의 수괴로서 백납도의 죽음 소식을 접하는 순간 솜털까지 곤두섰다. 즉각 '이거닷!' 하는 판단이 섰다.

야괴는 즉시 취정관원으로 탈바꿈한 백팔겁을 소집했다.

백팔겁은 소집령을 하달한 지 일 다경도 지나지 않아서 한 사람도 빠짐없이 모였다.

개중에는 낯선 자도 보인다.

청화장이 포위되었을 적에 백팔겁의 이름으로 죽어간 사람들을 대신해서 자리를 메운 사람들이다.

며칠 전까지만 해도 목수로, 마당을 쓰는 하인으로 청화장에 머물렀던 사람들. 그들이 살기가 번뜩이는 눈초리를 가지고 소집에 응했다.

백팔겁은 이런 존재들이다.

하인이 되었든 마당쇠가 되었든 기본적인 은신술은 구비하고 있다. 언제든지 백팔겁의 일원으로 죽음을 맞이할 준비가 된 사람들이다. 차이점이 있다면 백팔겁은 죽음이 예정된 사람이고, 기타의 사람들은 아직 삶을 향유할 수 있다는 것뿐.

"시신 다섯 구."

야괴는 백팔겁을 쳐다보지도 않고 말했다.

쉭! 쉭쉭……!

일단의 무리들이 자리를 박차고 나섰다.

신법까지 펼치며 야괴 앞에 늘어선 사람들의 숫자는 거의 십여 명.

"너희 다섯."

야괴는 제일 먼저 도착한 다섯 명을 가리켰다.

"정문으로 청화장을 나서라. 청화장 무복을 입고, 검을 패용해라. 지금부터 하루 동안 삼명성을 쏘다니다가 돌아와. 혹, 싸움이 벌어져도 절대 은신술은 사용하지 마라. 청화장 문도로 죽으란 말이야."

"존명!"

"너희들의 주군은 내가 아니라 청화장 장주님이시다. 문을 나서니 당연히 장주님께 보고부터 해야겠지만…… 너희는 시신이니 굳이 보고 나부랭이를 할 필요가 없겠지. 지금 이 길로 바로 나가라."

"존!"

다섯 사내가 허리를 굽히며 포권지례를 취했다.

장주님께도 보고할 필요가 없다는 말이 무슨 뜻인가. 제일 첫 순위로 만나야 될 사람을 만날 필요가 없다는 것이니, 인연이 닿아 있는 사람들도 만나지 말고 떠나란 소리다. 부모, 형제, 처, 자식, 벗들…… 살아 있을 적에나 혈육이요, 지인이지 죽으면 남남이나 마찬가지다. 남남보다도 더한 사이가 된다. 영원히 만날 수 없으니.

쉬익! 피잇!

다섯 사내는 허리를 펴자마자 신법을 펼쳐 대청에서 사라져 갔다.

"다음은 너희 다섯이다."

야괴는 다섯 사내를 한 명씩 손가락으로 가리켰다.

"저들이 내일 이 시간까지 돌아오지 않으면 너희가 나간다. 행동 방침은 동일하고. 너희들의 시신 접수는 이 시간부로 한다."

"존명!"

다섯 사내도 허리를 굽히며 포권했다.

'백팔겁이 손도 못 써보고 죽는 경우는 처음일 것 같군.'


청화이걸은 십 일이라는 봉파 기간이 끝났음에도 정문에서 물러나지 않았다.

나가는 사람은 막지 않는다. 하나 들어오는 사람은 그 누구를 막론하고 신분을 확인받아야 한다.

노태약은 더 이상 검을 갈지 않았다. 기완도 풀잎을 내뱉었다. 대신 가부좌를 틀고 앉아 바위처럼 굳어갔다.

금하명이 전수해 준 대삼검의 요결은 청화이걸을 새로운 세계로 이끄는 중이었다.

"사형들, 바람 좀 쐬고 오겠습니다."

청화장 무복을 입은 다섯 사내가 포권을 취하며 말했다.

청화이걸은 눈도 뜨지 않았다. 말하는 사람은 있지만 듣는 사람은 없었다.

다섯 사내도 대답을 기다리지 않았다. 그들은 정문을 나서자마자 서로 간에 눈인사조차 건네지 않은 채 각기 다른 방향으로 신형을 쏘아냈다.

"이 인간이 무슨 짓을 한 거야!"

당운미는 정문을 통해 문도 다섯 명이 나갔다는 소리를 듣고 자리에서 벌떡 일어서며 고함쳤다.

지금이 어떤 상황인가. 백납도가 죽었다. 삼명 백가와 청화장이 외나무다리에서 검을 맞대고 있는 형국이다. 이럴 때 문을 나선다는 것은 호랑이에게 고기를 던져 주는 것과 진배없지 않은가. 아무리 야괴의 명에 죽고 사는 백팔겁이라고 해도 청화장 무복을 입혔으면 청화장 문도다. 그들의 죽음은 청화장 문도의 죽음이 되는 거다.

"이제야 균형이 팽팽해졌는데 이 인간이!"

당운미는 눈초리까지 위로 치켜세우며 여과없이 분기를 토해냈다.

금하명이 능완아의 침소에 틀어박혀 나오지를 않는다. 아무리 첫사랑이라고 해도 그럴 수가 있나. 자신은 아직 손도 잡아보지 않았는데 백납도와 부부지연까지 맺은 헌 여자에게 쏟는 지극 정성이라니.

분기의 근원은 금하명에게 있었으나 폭출시키지 못하고 꾹꾹 눌러 참던 참에 일이 터졌다.

분기가 걷잡을 수 없이 터져 나올밖에.

"셋째는 사내가 많이 따랐다던데…….."
하후가 빙긋이 웃으며 말을 건넸다.
"그 성질 다 받아주는 사내도 있든?"
"언니! 지금 그런 말을 할 때가…….."
"질투란 숨긴다고 숨겨지는 게 아니지. 셋째, 다 보여."
하후는 정곡을 찔렀다.
당운미는 빙사음을 쳐다보며 구원을 청했다. 그런데 빙사음마저도 빙긋 웃으며 고개를 끄덕이는 게 아닌가.
"홍! 언니들은 부처님이우!"
결국 당운미는 더 이상 우기지 못하고 자리에 털썩 주저앉았다.
"한 사람을 여러 사람이 나눠 가질 때는 욕심을 버려야 돼. 오면 오는 거고, 오지 않으면 그런 거고. 마음을 주기만 해야 돼. 주는 만큼 받을 생각을 하면 처음에는 섭섭해지다가 나중에는 미워하게 되지. 무조건 주도록 해봐. 무엇을 바라지말고. 그러다 보면 그 사람… 정말 사랑하게 돼. 이 세상 무엇보다도."
"정말 부처님이네."
당운미는 그럴 수 없다는 듯 팽 돌아 앉았다.
하후와 빙후는 두고두고 연구해 볼 대상이다. 하후의 말대로 그녀들은 정말 금하명에게 바라는 것이 전혀 없어 보인다. 몸속에 뜨거운 피가 흐르고 있나 싶을 정도로. 그러면서도 오직 한 사람, 그만을 쳐다보며 사랑의 눈길을 보낼 수 있다는 것이 믿기지 않는다.
금하명과 같이 있으려면 자신도 그래야 한다는 것을 안다. 알면서도 하지 못하는 여심을 누가 헤아려 주랴.
당운미는 급히 화제를 바꿨다.

"지금 문제는 그게 아니잖아요. 야괴는 백팔겁을 죽음 속으로 몰아넣고 있어요. 그것도 청화장 이름으로. 정작 문제는 이거라고요."

하후는 고개를 살래살래 흔들었다.

"이건 나도 생각 못한 건데…… 아마도 죽음과 붙어 사는 사람들의 본능이겠지. 밖에 나간 사람들은 죽으러 간 거야. 아마도 살아서 보기는 힘들지 싶어."

"일부러… 죽이는 거라고요?"

"삼명 백가가 저들을 공격한다면… 저들은 죽겠지만 사람들 눈길은 우리에게 돌아와. 상대가 안 되는 무인을 죽이는 문파와 죽을 줄 알면서도 태연히 나돌아 다니는 문도. 별것 아닌 것 같겠지만 복건 무림인들이 청화장을 보는 눈은 단번에 달라질 거야."

"그래서 얻는 건……."

"존주와 금하명의 대결. 상대가 되고 안 되고는 차후 문제고, 야괴는 정면 돌파를 해야 할 시기라고 판단한 거야. 이미 주사위는 던져졌고."

"그래서 우리에게 말도 안 하고……."

"말했다면 만류했겠지. 백팔겁이 죽는 순간 삼명 백가는 비열한 문파가 되고 청화장은 복수할 명분을 얻어. 그동안 쌓아왔던 백납도의 영향력이 단번에 무너지는 거야."

"흥! 돌대가리도 뛰는 재주가 있네. 자기가 나서서 싸워야 한다고 해도 그런 짓을 했을까?"

"했을 거야, 야괴라면. 여기서 존주에게 청화장이 무너져도 복건 무인들은 삼명 백가를 달리 볼 테니까. 백궁이나 존주의 존재도 드러나게 되고. 저들이 그게 무서워서 싸움을 피한다면 꿩 먹고 알 먹기고. 전부를 건 도박이야."

"그럼 우리는 뭘 해야 되요?"

"이번 일은 야괴에게 맡겨야지. 그가 시작했으니까."

하후의 미간에 깊은 골이 패였다.

말은 편하게 했지만 지금이라도 물릴 수 있다면 물리고 싶다. 이번 일은 책사나 모사라면 절대 하지 않을 행동이다. 오직 승부사만이 던질 수 있는 도박패다.

승률은 반반.

손해 볼 것이 없을 시점에서 스스로 나서서 도박을 벌이는 경우가 어디 있단 말인가.

'이것이 무인의 본능…… 배워야 할 부분이야, 상공 여자가 되려면.'

하후는 금하명을 찾았다.

금하명은 그림을, 능완아는 운공조식을. 어떻게 보면 냉랭한 기운이 흐른다고 생각할 수도 있으나 하후는 전각 안에 가득 메우고도 남는 따뜻함을 느꼈다.

사랑은 표현해야 한다. 하지만 표현하지 않아도 가슴 깊이까지 스며드는 사랑도 있다.

누가 봐도 금하명과 능완아는 정겨운 한 쌍처럼 보인다.

"잠깐 이야기 좀 하려고요."

금하명은 묵묵히 다가와 하후의 두 손을 감싸 쥐었다.

"고마워."

"뭐가요?"

"전부 다."

금하명은 하후의 어깨를 감싸 쥐고 살포시 안았다.

"어멋! 동생이······."

"당신을 만난 건 천복(天福)이야."

"제가 고마워해야죠. 부인에서 여자로 만들어주셨잖아요."

하후는 청초하다. 맑고 깨끗하다. 그러나 품 안에 안겨 눈을 흘길 때면 꽉 끌어안고 정염을 불태우고픈 욕심만 생긴다.

하후도 금하명의 눈동자에 불길이 일렁이는 것을 봤다.

그녀는 다시 한 번 눈을 흘기며 품 안에서 빠져나왔다.

"상공은 무른 데가 있어요. 알아요?"

"무슨 말을······?"

"여자를 거둘 때는 확실하게 거둬요. 그래야 제가 편해요."

"······."

"오늘은 셋째에게 가세요. 거둘 거면 거두고, 거두지 않을 거면 확실하게 말하세요. 어중간한 건 사람을 지치게 만들거든요. 저······ 질투 많아요. 이런 말 또 하게 만들지 않겠죠?"

금하명은 하후를 꼭 껴안았다.


"하부인······."

"휴우! 언니라고 불러야 할 것 같네."

"······."

"몸이 완쾌되면······ 신방을 차려줄게."

능완아는 고개를 폭 숙였다. 그러나 양볼이 빨갛게 물드는 것은 숨길 방도가 없었다.

"오늘은 내가 여기서 잘게. 같이 자면서 지나온 일들이나 나눠봐.

서로 잘 알아야지. 우린 이제 한 몸이잖아."

"네……."

대답 소리가 개미 목소리처럼 작았다.

능완아는 전에 했던 생각을 다시 한 번 떠올렸다.

'사람을 꼼짝 못하게 만들어.'


당운미는 회배묵사(灰背墨蛇)를 만지작거렸다.

전신이 시커먼 묵빛인데 반해 등에 한줄기 회색 선이 흐르고 있어서 회배묵사라고 불리는 독사다.

회배묵사의 독은 절독(絶毒)이 아니라 마취독이다.

독성은 무척 강력하다. 회배묵사에 물린 황소가 촌각 만에 비틀거리며 쓰러지는 모습을 직접 목도하기도 했다.

'이놈이 절대강자를 쓰러뜨릴 수 있는 독을 만들어줄 거야.'

무림에 나온 이후, 독으로 상대할 수 없는 인물을 만났다.

금하명. 그에게 온갖 독을 퍼부었다. 독량(毒量)으로 치면 능히 천 명을 즉사시켰을 게다. 그때 퍼부은 독들을 다시 재련하려면 삼사 년쯤은 산간 오지를 떠돌아야 한다.

독이 통하지 않는 사람. 그런 사람을 만나면 사천당문의 독절은 한낱 아녀자에 지나지 않게 된다.

금하명 한 명뿐이면 말도 안 한다. 아직 만나본 적은 없지만 삼명백가에 웅크리고 있는 존주라는 자도 독이 통하지 않을 것 같다는 생각이 든다.

독에 관한한 일가를 이뤘다는 독절로서 자존심 상하는 일이지 않나.

절대 무인을 쓰러뜨릴 수 있는 독을 만들어야 한다.

'독이란 이물질이야. 흡입을 하든 핏속으로 스며들든 몸 안에 들어가서 작용을 해야 돼. 한데 절대 무인들은 몸 안에 이물질이 들어오는 것을 원천적으로 차단해. 그걸 뚫어야 하는데…….'

회배묵사의 마취독 정도로는 어림도 없다.

몸 안에 침투한 마취독은 즉각 반응한 진기에 이끌려 영향을 발휘할 수 없는 곳으로 밀려가거나, 몸 밖으로 배출될 게다.

'진기…… 진기가 반응하지 않는 독…… 천지자연의 맑음과 성질을 같이하지만 어느 한순간에 치명적인 위해를 가할 수 있다면…….'

목갑을 꺼냈다.

목갑 안에는 회배묵사의 천적인 황련주(黃蓮蛛)가 들어 있다.

황련주가 내뿜는 거미줄은 아무 냄새도 나지 않고 느낌도 없지만 닿는 즉시 피부를 태워 버릴 만큼 극독을 함유한다.

회배묵사와 황련주의 싸움은 늘 동사(同死)로 끝난다. 승자가 없는 천적들이다.

회배묵사의 독은 마취독이지만 이상하게도 황련주에게는 극독으로 작용한다. 황련주의 거미줄 역시 회배묵사에게는 치명적이어서 거미줄에 나비와 회배묵사를 같이 올려놓으면 회배묵사가 먼저 죽는다.

회배묵사의 독이 왜 황련주에게만 극독으로 작용할까? 회배묵사는 왜 황련주의 거미줄에 꼼짝 못하는 것일까?

독문(毒門) 사람들에게 회배묵사와 황련주의 상호 관계는 불가사의(不可思議)로 남아 있다. 누군가가 서로 간에 작용하는 상호 관계를 알아내면 천하에서 가장 무쌍(無雙)한 절독을 만들어낼 수 있다고 했는데, 허튼소리가 정설이 되어 전해져 오고 있기도 하다.

'이 비밀만 풀면 그 사람이 위험을 감수하지 않아도 될 거야. 야괴!

쓸데없는 짓거리를 벌여가지고는…… 그 사람에게 무슨 일이라도 생기면 야괴 너부터 죽여 버릴 거야.'

당운미는 목갑을 만지작거릴 뿐 쉽게 열지 못했다.

'쉭! 쉬익! 쉭!

회배묵사가 황련주의 기운을 읽었는지 갈라진 혀로 쉿소리를 흘렸다. 삼각머리도 곧추세워지고 사악해 보이는 눈동자는 더욱 새카만 색으로 변했다.

회배묵사와 황련주의 싸움은 찰나만에 끝난다. 눈 깜짝할 사이에 끝나 버릴 싸움을 똑똑히 지켜보지 않으면 애꿎은 독물만 희생시키는 결과가 된다.

'이놈들을 다시 구할 시간이 없는데…… 휴우! 내가 만들어낼 수 있을까? 자신없어.'

사천당문 역대의 독절들이 모두 실패했다. 상호 작용은 고사하고 남은 독들도 분석하지 못했다. 그런 것을 준비도 안 된 상태에서 마음이 급하다고 시도해 봐야 실패가 돌아올 건 뻔하다.

'안 돼! 마음을 독하게 먹어야 돼. 자신이 있든 없든 시도는 해봐야지. 첫째, 독을 어떻게 사용하는지 봐야 해. 둘째, 독성이 어떻게 변하는지 봐야 하고. 셋째, 이놈들이 죽기 전에 해부를 끝내야 돼. 넷째, 만일을 위해서 변화가 끝나지 않은 독들을 채집해 놔야 해.'

해부에 사용될 면도(緬刀)는 준비되어 있다. 채집한 독을 넣어둘 취옥병(翠玉甁)도 있다. 남은 것은 천안통(天眼通)에 버금가는 눈썰미와 능숙한 손놀림뿐이다.

'셋을 세고 목갑을 연다. 하나, 둘…….'

그때, 긴장으로 잔뜩 굳어 있는 그녀의 어깨를 살며시 잡는 손길이 있었다.

"엇!"

당운미는 너무 놀라 헛바람을 토해냈다. 얼마나 놀랐는지 손에 들고 있던 회배묵사를 질식시켜 죽일 뻔했다. 누가 있어서 자신의 처소까지 스며들 수 있단 말인가. 자신의 이목을 속이고 어깨를 잡을 사람이 누구인가.

"누, 누구……."

"나."

이번에는 먼저보다 더 놀랐다.

단 한마디에 손발에서 기운이 스르륵 빠져나갔다. 마치 허공 속에 둥실 떠 있는 듯 사지가 무력해진다.

'이, 이 사람…… 여기를…… 그 사람이 내게…….'

당운미는 몸을 돌려 그를 쳐다보려고 했다. 하나 어깨를 꽉 잡은 손이 돌아섬을 허용하지 않았다.

그가 말했다.

"이대로 가만히…… 널 내 사람으로 만들어야겠는데, 얼굴을 보기가 민망해서 말이지. 잠이라도 자고 있다면 미친척하고 기어들 텐데 잠도 안 자고 있고."

어깨를 잡고 있던 손이 가슴으로 흘러들며 옷 고리를 풀어나갔다.

당운미는 회배묵사에 물린 것처럼 꼼짝할 수 없었다. 거절할 마음도 없다. 아니, 자신이 먼저 옷 고리를 풀고 싶은데 어찌 된 영문인지 온몸이 딱딱하게 경직된다.

그는 목에서부터 왼쪽 가슴까지 비스듬히 채워진 옷 고리 다섯 개를 풀어버렸다.

"분위기는 없지만 이게 내 청혼인데…… 거절하지 말았으면 좋겠어."

옷 고리를 풀어헤친 손이 옷 사이로 쑥 들어왔다.

"음……!"

당운미는 가는 신음을 토해냈다.

또 독사에 물린 것 같은 현상이 일어난다. 심장에 피가 쏠린 듯 두근거리는 소리가 쟁쟁하게 들려온다. 아니다. 피가 머리로 몰린 듯 정신이 아득해진다. 전신을 휘도는 피의 흐름이 두 배, 세 배로 빨라져 호흡이 가빠진다.

옷 사이로 스며든 손길은 젖 가리개마저 뚫고 내밀한 곳을 만졌다.

살과 살이 만나는 느낌. 그의 느낌.

당운미는 상반신을 뒤로 젖혀 그에게 기댔다.

"정말 분위기 없는 청혼이지만…… 받아줄게요."

다정하게 말하고 싶었지만 음성이 탁하게 갈라져 나왔다.

❷

햇살이 따스하게 내리쬐는 정오.

삼명성을 휘젓고 돌아다니던 다섯 사내가 죽임을 당하지 않고 무사히 돌아왔다.

"희한한 일이…… 삼명 백가 무인들이 씨가 말랐는지 눈을 크게 뜨고 찾아봐도 보이지 않는 겁니다. 삼명성 곳곳을 뒤져봐도 무인이라고는 코빼기도 보지 못했어요."

이건 확실히 예상 밖이다.

야괴는 물론이고 하후까지도 생각지 못한 결과다.

삼명 백가에는 절대 무인인 존주가 있다. 존주가 아니더라도 청화장을 멸문으로 이끌 만한 백포인들이 우글거린다.

그들이 일차 선공을 당했으니 반격을 가해와야 마땅하지 않은가.

승산은 그들이 더 많이 가지고 있다.

능완아가 존주라는 사람을 잘못 파악한 것일까? 존주의 무공을 잘못 알고 있는 건 아닐까?

"너희! 다시 나가라."

야괴는 죽음의 공포와 싸우느라 긴 낮과 긴 밤을 보냈을 수하들을 야멸치게 내몰았다.

다음 날, 다섯 사내는 다시 돌아왔다.

손톱만한 상처도 입지 않았고, 긴장도 다소 풀려 있었다.

"술집, 도박장, 기루. 안 가본 곳 없이 다 뒤져 봤지만 코빼기도 보이지 않았습니다."

그들의 보고는 한결같았다.

"삼명 백가가 봉문한 것 같아요. 가까이 가서 염탐해 봤는데 아예 문을 걸어 잠갔어요. 시녀 한 명 드나들지 않습니다."

하후는 고개를 갸웃거렸다.

'모르겠어. 무슨 생각을 하는 걸까? 설마 이대로 삼명 백가를 내놓으려는 건 아닐 테고. 청화장이 두각을 드러낼 좋은 기회이긴 한데…… 존주의 의도를 알지 못하는 한 섣불리 움직일 수 없어.'

하후는 주변 사람들을 모두 물렸다. 그리고 장고에 몰입했다.

금하명은 자정이 넘을 때까지 혈흔창을 앞에 놓고 묵상에 잠겼다.

무념(無念), 무아(無我), 무상(無常).

진실로 번뇌를 버리고 욕심도 버리고 나 자신의 존재마저도 잊는 공허한 경지로 빠져들었다.

나를 버리기란 쉽지 않다. 너무 어렵고 어려워서 평생을 참선해도 닿을까 말까 한다.

나를 잊어버린다 싶으면 마음이란 놈이 요술을 부린다. 잠시라도 생각을 멈추면 안 된다는 식으로 과거의 일을 떠올리게도 만들고, 앞으로의 일을 상상하게도 한다.

몸을 움직일 때는 마음이란 놈을 의식할 수 없지만, 가만히 침잠하여 내면을 들여다보노라면 끊임없이 엉뚱한 생각을 이끌어낸다.

마음의 움직임을 죽일 때, 진정으로 나를 버리는 길이 열린다.

시간의 움직임도 망각했다. 운공조식을 할 때처럼 부동의 자세로 앉아서 나와 주변에서 일어나는 모든 움직임을 잊었다.

무공의 또 다른 경지가 펼쳐지는 것도 원하지 않는다. 아무것도 없는, 텅 빈 상태가 유지되는 것만 원한다. 아니, 그런 생각조차도 잊어버렸다.

그래서 무엇을 얻고자 하는가.

없다. 아무것도 없다. 육신의 편안함도, 정신의 안온함도 원하지 않는다.

휘이잉……!

찬바람이 봉창을 두들기고 지나갔다.

금하명은 그제야 눈을 떴다.

귀에 들리는 바람 소리…… 무엇인가를 들었다는 것은 이미 묵상이 깨졌다는 것을 의미한다. 마음이 움직였다는 것을 말해준다. 더 이상의 묵상은 의미가 없다.

태극음양진기가 정점으로 치달려 도달한 곳은 묵상으로 이뤄낼 수 있는 최극단이었다.

묵상을 하는 동안에도 태극음양진기는 끊임없이 운공되었다. 하나 진기가 운용된다는 사실조차도 잊었다. 천지자연과 하나가 되었다는 동질감은 설명할 수 없는 정신적 쾌락을 불러온다. 전에는 그런 쾌락을 즐겼다. 하지만 지금은 그런 쾌락조차도 망각한다.

눈을 뜬 금하명이 제일 먼저 눈길을 준 것은 혈흔창이었다.

피를 머금어 진득한 살기를 뿜어내는 살인병기.

이제는 달리 보인다. 혈흔창에서 아무런 기운도 느낄 수 없다. 혈흔창은 단지 모양을 변형시킨 쇳덩이일 뿐, 그 이상도 이하도 아니다.

다른 것을 보았다. 화병을 놓아둔 탁자. 숨결이 느껴진다. 화병의 숨결이, 나무 탁자의 숨결이. 다시 한 번 보니 화병은 화병일 뿐이고, 탁자는 나무에 불과하다.

모든 게 그렇다. 의미를 부여하면 생명이 숨쉬고, 본질을 들여다보면 어린아이의 눈이 된다.

무공…… 초식…….

기가 막히게도 지금까지 수련해 왔던 모든 무공들이 가엾게 느껴진다. 의미없는 손짓 발짓에 골머리를 썩이며 절절 맸던 세월을 생각하면 웃음이 터진다.

'이제야 무공이 무엇인지 조금 알 것 같군. 건방진 건가. 이런 마음을 갖는 것도.'

존주라는 자는 의기상인의 경지에 올랐다고 한다.

의기상인…… 우습다.

의기상인의 요체는 간단하다. 진기를 일으켜 파동을 만들어내고, 공기의 흐름에 파동을 싣는다.

그게 끝이다.

당연하지만 상대는 파동을 느낀다. 진기의 흐름이 순탄치 못한 것도 사실이다.

이를 이겨내는 방법에는 두 가지가 있다. 하나는 극강한 진력으로 파동을 밀어내고 안정을 취하는 방법이며, 대부분의 무인들이 이 방법을 사용한다.

내력이 약한 사람은 손도 못 써보고 주저앉을 것이고, 강한 사람들은 진땀을 흘릴지언정 이겨낼 게다. 본신 진력의 절반도 안 되는 진기만 남아 있겠지만.

두 번째 방법은 파동을 느끼지 않는 것이다.

파동 역시 흐름이다. 실로 매달아 놓을 수 있는 게 아니다. 풀로 붙여 놓을 수도 없다. 물처럼 바람처럼 흘러가는 것이다. 흘러가는 것, 흘러가게 내버려 두면 된다.

파동이 지나간 후에 진기를 일으키면 손실없이 본신 진력을 운용할 수 있다.

무인들은 의기상인을 상승경지의 한 부류로 설정해 놓았지만 사실은 기학(奇學)으로 분류되어야 한다. 진기를 일으켜 파동을 만든다는 자체가 상상할 수 없는 내공을 필요로 하니 상승경지의 한 부류로 분류한 것도 맞는 것일 테고.

사물에 의미를 부여하면 의미가 생기고, 있는 그대로 보면 사물일 뿐이다.

금하명은 몸을 일으켰다.

자정이 훨씬 넘은 시각이다. 자시(子時)를 지나 축시(丑時)로 접어든 것 같다.

피곤함은 느끼지 못한다.

태극음양진기의 효용이라든가 묵상의 효과 같은 것은 생각하기도 싫다. 생각해서 무엇하나. 피곤하면 쉴 것이요, 피곤하지 않으면 움직이면 되는 것을.

서가(書架)로 걸어가 서첩(書摺)을 펼쳤다.

오망(晤芒) 덕중(悳重) 선생님의 친필이 담긴 서첩이다.

한때, 오망 선생님의 글씨를 본받고자 얼마나 애썼는지. 획 하나하나마다 의미를 부여하고 따라 쓰고자 얼마나 먹을 갈았는지.

다시 펼쳐보니 글씨다.

오망 선생님의 숨결은 느낄 수 있지만 글씨에 지나지 않는다.

문득 흥이 인다.

화선지를 펼치고 붓에 먹을 흠뻑 묻혔다.

진로우비(振鷺于飛) 우피서옹(于彼西雝).
아객려지(我客戾止) 역유사용(亦有斯用).
동쪽의 백로들이 날아와 서쪽 연못에서 노니네.
내게 오신 손님, 그 모습 아름다워라.

일필휘지(一筆揮之)로 주송(周頌) 진로(振鷺)의 구절을 써 내려갔다.

그런 후에 오망 선생님이 써준 서첩과 비교해 봤다.

전혀 다른 서체에 필력(筆力)이 다르니 비교할 필요도 없다. 누가 봐도 서로 다른 글씨다.

금하명은 전혀 다른 글씨에도 동질성을 찾아냈다.

한계를 벗어난 자유.

오망 선생의 글씨는 격식에 메인 듯 정연하나 굳이 형식을 바꿀 필요도 없는 자유가 존재한다. 틀을 벗어나고자 하면 얼마든지 벗어날 수 있지만 벗어날 필요를 느끼지 못한 것이다.

자신의 글씨 또한 마찬가지다. 어느 서체라고 말할 수 없는 자신만의 글씨체지만 자유가 넘친다. 형식에 구애됨이 없이 분방하면서도 전체적인 조화는 아름답다.

무공이나 글씨나 그림이나 마찬가지다. 살아가는 삶이 모두 매한가지다.

금하명은 길게 기지개를 켰다.

마음이 잠을 청해야 할 때라고 속삭인다. 그럼 자야지.


꼬끼오!

수탉이 회를 치며 길게 목청을 뽑아냈다.

날은 아직 밝지 않아서인지 수탉 소리가 유난스럽다.

정문을 지키던 노태약은 가부좌를 풀고 일어섰다. 기완도 미간을 찌푸리며 검을 잡았다.

저벅! 저벅……!

어둠 속에서 들려오는 발걸음 소리가 상당히 묵직하다. 아니, 경쾌하다. 묵직, 경쾌…… 솔직히 구분을 할 수가 없다. 무게가 실린 것 같으면서도 가볍기 이를 데 없다.

'손님이군.'

무인의 본능이 검을 잡게 만들었다. 대삼검의 요결을 참오한 뒤에는 한층 강해져서 웬만하면 검을 뽑을 필요도 없다고 생각했는데, 이자가 적이라면 고전할 것이라는 예감이 치민다.

발걸음 소리가 뚜렷이 들릴 즈음, 어렴풋이나마 방문객의 형체도 파악되었다.

백의를 입었다. 혈살괴마가 복건 무림을 종횡할 때 사용한 것과 같은 종류의 방갓을 썼다. 허리에는 검을 찼고…… 신발도 백색이다.

손님은 거침없이 다가와 노태약의 면전에 섰다.

"장주를 만나고 싶은데."

목소리는 청아하다. 사기(邪氣)나 음침함은 일절 읽을 수 없다. 상당히 깊은 경륜이 베여 나온 것으로 미루어 청년은 아니고 중년인쯤으로 짐작된다.

"손님이면 신분을 먼저 밝혀야지."

노태약이 청화장에 돌아온 후 입을 연 것이 몇 번인가. 손으로 꼽을 수 있다. 말을 할 필요도 없었거니와 말하기도 귀찮았다. 그런데 손님이 말하게 만든다.

"신분…… 어디 보자……."

'기습!'

노태약은 화들짝 놀라 성큼 뒤로 물러섰다.

손님의 말 속에 칼이 들어 있다. 허리에 찬 검이 뽑혀 얼굴을 쪼개오는 환상을 봤다.

뒤로 물러선 후에 다시 보니 착각이다. 손님은 손가락 하나 움직이지 않았다. 여유롭게 팔짱까지 끼고 서 있다. 큰 방갓에 가려져 얼굴은 보이지 않지만 웃고 있는 듯하다.

노태약은 모욕감을 느꼈다.

병기를 맞대기도 전에 지레 놀라 물러섰으니, 이만한 모욕이 어디 있나. 지금까지 이를 악물며 밤낮으로 수련한 결과가 고작 이 정도에 불과했던가.

노태약의 눈에서 불길이 솟았다.

'검을 뽑으면 죽는다. 일초지적(一招之敵). 난…… 이자의 일초지적도 안 돼.'

검을 뽑고 싶다. 뽑으려고 했다. 하나 검을 움켜잡는 순간 죽음이 먼저 떠오른다. 죽음을 각오하지 않는 한은 검을 뽑을 수 없고, 검을 뽑으면 분명히 죽는다.

세상에! 대체 이런 마음이란 뭔가!

"내 신분을 물을 자격이 없군. 비켜서지."

'천한 목숨 구한 것을 다행으로 알고.'

손님은 비켜서라는 말만 했는데, 노태약은 하지 않은 말까지 들었다. 손님의 말투에서 한마디만 더 이어졌다면 꼭 그런 말을 했을 것 같다.

"그럴 수는……."

노태약은 목숨을 포기했다.

상대가 안 된다는 것을 짐작한다. 검을 뽑으면 죽으리라. 하지만 죽는 한이 있어도 자리를 비켜줄 수는 없다, 단 한 발짝도.

기완도 노태약과 다르지 않았다. 말을 주고받은 것은 노태약과 손님이다. 한데 기완 역시 죽음의 그림자를 봤으니. 단 일 합조차 받아낼 자신이 들지 않으니.

"소제가 거들죠."

기완이 노태약 옆에 섰다.

손을 검에 댔다. 뽑기만 하면······.

손에서 땀이 배어 나온다. 이마에도 송골송골 땀이 맺힌다. 등줄기를 타고 흐르는 땀은 이미 상의를 촉촉이 적시고 있다.

'뽑는 즉시 대삼검을 펼치면······ 대삼검······ 으······! 초식을 전개하기도 전에 베일 거야. 으음······!'

미치고 환장할 노릇이었다. 절대검이라고 자신했던 검초가 온통 허점투성이였다. 약간이라도 승산이 점쳐져야 검을 뽑을 텐데, 도무지 방도가 생각나지 않았다. 그때,

짝짝짝!

맑은 손뼉 소리가 등 뒤에서 울려 나왔다.

"사형들, 손님은 제가 맞이해야 할 것 같군요. 귀한 분입니다."

금하명이 방금 잠에서 깨어난 듯 부스스한 눈을 비비며 나타났다.

"귀한 걸음을 하셨으니 술을 대접해야겠지만 보다시피 막 일어난 참이라. 꼭두새벽에 찾아오니 푸대접을 받지. 차나 마십시다."

자신이 할 말만 내던진 금하명은 따라오든 말든 신경 쓰지 않는다는 투로 휘적휘적 걸어갔다.

청화장이 대낮처럼 밝아졌다. 전각마다 불이란 불은 모두 켰다. 마당에는 화톳불도 살리고, 담장을 따라서 일 장 간격으로 횃불 하나씩을 밝혀 놓았다.

청화이걸로 하여금 검도 뽑아보지 못하고 물러서게 만든 고수. 백의에 방갓을 썼으며 하얀 가죽신을 신은 사람.

"존주예욤!"

능완아의 한마디는 청화장을 발칵 뒤집어놓았다.

금하명과 존주가 만났다. 같이 차나 마시자며 어디론가 사라졌다.

쉽게 끝나지는 않을 게다. 둘 중 한 사람은 시신이 되어야 끝날 만남이다.

청화장 식솔들은 너나 할 것 없이 병기를 움켜잡고 청화장 구석구석을 이 잡듯 뒤졌지만 금하명이나 존주를 찾아내지는 못했다.

"도대체 어디로 사라진 거야!"

당운미가 울먹이는 얼굴로 말했다.

그녀뿐이 아니다. 하후, 빙후, 능완아는 거의 초주검이 되었다.

해남도 세 기인과 백팔겁은 발에 땀이 베이도록 동분서주했다.

없다. 청화이걸이 사태가 심상치 않다는 것을 감지하고 해남도 세 기인의 단잠을 깨운 것이 숨 몇 번 들이쉴 순간에 불과한데 그새 어디론가 사라져 버렸다.

'침착해야 돼. 침착. 침착.'

하후는 울렁이는 가슴을 애써 진정시켰다.

금하명은 미련한 사람이 아니다. 무인지도에 대한 집착이 남다르지만 그 길과 존주와 싸우는 일을 혼동할 정도로 미련하지는 않다. 아니다. 존주와의 싸움도 무인지도 중 하나로 생각하고 있을지도 모른다. 그래서 당당하게 병기를 맞대려고 하는지도.

"분명히 차나 마시자고 했죠?"

"그렇게 들었습니다."

기완이 찡그러진 인상을 펴지 못한 채 대답했다.

"그렇다면 분명히 차를 마실 거예요. 차를 마실 수 있는 곳. 물을 끓일 수 있는 곳을 찾아야 돼요. 청화장 안에는 없을 테고. 주변에 그럴

만한 곳이 어디 있죠?"

"차를 마실 만한 곳이라면……."

노태약, 기완, 청화사검…… 누구 한 사람 쉽게 대답하지 못했다. 무공을 수련할 장소라면 몇 십 군데라도 말할 수 있지만 차를 마실 수 있는 곳이라니. 언제 차를 즐겼어야 대답할 게 아닌가.

하후는 조가벽을 쳐다봤다, 청화장 문도이지만 여인이니 차를 즐겼을 것 같아서.

조가벽은 울상만 지었다.

이번에는 능완아. 능완아도 아미만 찡그린다.

'틀렸어! 시간이…… 늦었어!'

무공은 잘 모른다. 하나 금하명이나 존주 같은 절대고수들의 싸움은 촌각 만에 결정지어진다는 사실 정도는 알고 있다. 한 가닥 기대를 거는 것은 둘의 무공이 비등해서 쉽게 승부가 나지 않는다는 건데, 금하명이 의기상인에 이른 무공을 견뎌내지는 못할 것 같다.

청화이걸이 검도 뽑아보지 못했다.

무엇을 더 기대하랴.

"아!"

절망으로 빠져들던 하후의 머리 속에 한 가닥 희망이 맴돌았다.

소현 부인을 왜 제일 먼저 찾지 않았을까? 소현 부인이야말로 금하명을 가장 잘 안다. 이곳은 청화장, 금하명이 발길을 옮길 만한 곳을 그녀보다 더 잘 아는 사람이 있을까.

하후는 벌떡 일어나서 소현 부인 처소로 달려갔다.

그녀의 뒤를 많은 사람이 뒤따랐다. 너무 부산하다. 너무 시끄럽다. 하지만 그런 데까지 신경이 돌아가지 않았다. 지금은 금하명이 있을 만한 곳을 찾는 것이 급하니까.

소현 부인은 옷을 단정히 차려입고 그림을 그리는 중이었다.

그 모습이 무공 수련에 열중하는 무인의 모습처럼 진지하기 이를 데 없어서 감히 말을 건넬 수가 없다.

'대단한 분······.'

소현 부인도 청화장이 발칵 뒤집힌 사연을 알고 있다. 하나뿐인 자식이 절대고수란 자와 함께 어디론가 사라졌다는 것을. 둘 중 한 명이 죽어야만 끝날 적이라는 것도.

급변을 모두 전해 들었으면서도 어쩌면 이렇게 태연할 수가 있나.

"저, 어머니."

하후는 소현 부인의 집중을 깼다.

"잠시 기다리거라."

소현 부인은 두 번 다시 말을 붙이기 어렵게 단단히 말문을 잘랐다.

"어머니, 그 사람을 찾아야 해요."

그림은 중요하지 않다. 소현 부인의 화도 받아줄 수 있다. 사람이 위험에 처해 있는데 한가하게 그림을 그리고 있는 소현 부인이 야속해 보인다.

"쯧! 잠시만 기다리라는 데도."

"어머니!"

"그 애가 제 발로 갔는데 나보고 찾아내라는 건 무슨 경우지?"

소현 부인은 화내지 않았다. 말하는 얼굴에 웃음기까지 서렸다.

하후는 마음을 차분하게 가다듬었다. 소현 부인이 이토록 차분한 데는 그만한 이유가 있지 않을까 싶다. 금하명이 안전만 하다면 더 바랄 게 없다.

"그 사람이 차를 마실 만한 곳만 가르쳐 주세요. 급해요. 존주라는 사람. 상대할 수 없는 초인이에요."

소현 부인인들 존주에 대해서 모를까, 능완아가 세세하게 말했으니 누구보다 잘 알고 있을 터인데.

소현 부인은 마주 선 사람들의 얼굴을 하나하나 짚어보았다.

"쯧쯧! 경망스럽기는. 머리가 뛰어난 큰애도, 무공이 뛰어난 둘째도, 온갖 독물을 만지는 셋째도. 쯧! 세 분은 아직 날이 밝지 않았는데 벌써 기침하셨습니까?"

소현 부인이 해남 세 기인을 쳐다보며 말했다.

"글글…… 부인이 여장부라는…… 글글…… 소리는 익히 들었지만…… 글글…… 이제야 여장부가 어떤 모습…… 글글…… 인지 봤구려. 글글…… 늙은이들의 주책을…… 글글…… 용서하시구려. 글글."

천소사굉이 머리를 살짝 숙여 보였다.

소현 부인도 목례로 받았다.

"허허! 우리는 그만 가서 잠이나 청해야겠네."

벽파해왕이 남아 있는 사람들을 쳐다보며 말했다. 그리고 정말로 몸을 돌려 돌아갔다, 일섬단혼까지 세 기인이 모두 다.

"너희도 그만 가서 자거라."

청화이걸, 청화사검을 비롯한 청화장 문도들은 어찌 된 영문인지 모르지만 소현 부인의 명을 거역할 수는 없었다.

그들은 몸을 돌려 전각을 빠져나갔다. 하지만 자신들의 처소로 돌아가지는 못했다. 전각 밖에서 하후를 비롯해 영문을 설명해 줄 사람이 나올 때까지 기다렸다.

"너희는 왜 돌아가지 않는 거니."

하후는 급해진 마음을 추슬렀다.

"이미 깼는걸요. 어머님, 차 좀 주실래요?"

소현 부인은 차를 주지 않았다. 대신 탁자에 펼쳐져 있던 화선지를 집어 들어 내밀었다. 지렁이가 기어가는 듯 이상한 서체로 쓴 글씨. 눈여겨볼 정신도 없었거니와 관심을 둘 가치도 없어 보이는 글씨.

"이건……?"

"하명이가 간밤에 썼나보더라."

하후는 확연히 깨달아지는 바가 있었다.

무공은 모르지만 글씨는 안다. 어린아이가 쓴 듯 엉망인 글씨. 그러나 아니다. 글자를 한 자 한 자 뜯어보면 내리긋고 삐치고…… 자유 속에 조화가 숨어 있다. 전체를 돌아보면 한 폭의 그림을 그려놓은 듯 심신이 편안해진다.

세속의 격을 넘어선 글씨다.

해남도 세 기인은 소현 부인이 말할 때 글씨를 봤을 게다. 누구의 글씨인지 짐작했을 테고, 편안한 마음으로 돌아갔다.

'역시 어머님…….'

소현 부인은 누구보다도 다급했다. 그녀가 제일 먼저 달려간 곳은 금하명의 거처. 다른 사람들이 먼저 들러본 곳이지만 글씨는 보지 못했다. 그러나 금하명에 대한 단서를 하나라도 찾겠다는 소현 부인의 눈길은 벗어나지 못했다.

글씨가 자유를 얻었다는 것은 무공도 자유를 얻었다는 말이 된다.

금하명의 무공은 생각했던 것보다 훨씬 지고하다. 의기상인과는 다른 경지이지만 능히 견줄 수는 있지 않을까 싶다.

이 정도라면 말도 안 되는 싸움이 아니라 좋은 강적을 찾아 비무를 하는 것과 진배없다. 존주가 찾아오지 않았다고 해도 금하명이 스스로 찾아갔을 테니 조급해할 필요가 없는 일인 것을.
하후가 말했다.
"어머니, 잠이 다 깼는데 그림 그리시는 것 좀 볼래요. 저도 한 폭 주셔야죠."

**❸**

금하명과 존주는 오 리를 걸어 초라하기 그지없는 다루(茶樓)에 도착했다. 허허로운 들판에 움막 하나만 달랑 세워져 있어서 알지 못하는 사람들은 찾아올 수도 없는 다루였다.
어둠이 물러가고 새벽이 밝아왔다.
들판이 서리가 덮여 하얗게 빛난다.
오 리 길을 걷는 동안 금하명과 존주는 한마디도 주고받지 않았다. 금하명은 묵묵히 길을 걸었고, 존주는 마치 각자 자기 길을 간다는 식으로 뒤따랐다.
다루는 이른 새벽이라서인지 불이 꺼져 있었다.
"차 마시러 왔어!"
금하명은 다루에 들어서자마자 제집에라도 온 듯 고함을 버럭 질렀다.
다루는 초라하고 퀴퀴한 냄새까지 났다. 탁자가 두 개, 의자는 다리 길이도 제대로 맞지 않아서 뒤뚱거리는 것들로 네 개. 한 탁자에 두 사람만이 앉을 수 있는 구조다.

금하명은 벽 쪽에 붙은 탁자로 가서 털썩 앉았다.

"차 마시러 왔다니까!"

다시 한 번 고함을 지른 후에야 다루 안쪽에서 부스럭거리는 소리가 들려왔다.

"어떤 놈이 쉰새벽부터 지랄이야!"

저쪽 대응도 만만치 않았다.

다루 주인인 듯싶은 노파는 한참을 부스럭거린 다음에야 모습을 드러냈다.

노파의 눈이 놀람으로 부릅떠졌다.

"너, 너……"

"차 마시러 왔다니까 뭘 해!"

"썩을 놈! 어디서 콱 뒈져 버린 줄 알았더니만 살아는 있었네."

노파의 말속에서 정겨움이 묻어났다.

"내가 왜 뒈지나. 앞길이 구만리 같은 사람인데. 정작 걱정할 사람은 따로 있구만."

노파는 눈을 비벼 눈곱을 떼어냈다. 잠이 덜 깼는지 길게 하품까지 했다.

"저 귀신은 누구야?"

노파가 존주를 보고 눈을 흘기며 말했다.

"저승사자. 날 염라대왕에게 끌고 가겠다고 왔는데 지금 생각 중이야. 따라갈까 말까 하고."

"미친놈."

노파는 툴툴거리며 화로에 불을 피웠다.

숯에 불길이 번지며 매캐한 냄새와 연기가 다루 가득히 퍼진다.

"이거 의자가 부실해 보여도 살살 돌리다 보면 균형이 맞아. 멀뚱히 서 있지 말고 앉지."

존주는 두말없이 앉았다.

"주문은 안 받나?"

금하명을 만난 이후 존주의 입에서 처음으로 나온 말이다.

"훗! 주문받을 게 있어야 받지. 할망구는 철관음(鐵觀音)밖에 안 팔아. 민남(閩南) 철관음만은 못해도 인근에서도 제일 좋아."

노파가 말을 들었는지 한마디 했다.

"썩을 놈! 넌 맹물만 마셔."

"후후! 아직 귀는 어두워지지 않았네?"

"아부해도 필요없어, 이놈아."

그것으로 대화는 중단되었다.

노파가 불길을 살리고 물을 끓여 차를 내올 동안 금하명과 존주는 창밖으로 펼쳐진 들판만 쳐다보았다.

철관음의 그윽한 향기가 풍겨나기 시작했다.

맑고 고소하며 청향(淸香)과 화향(花香)이 섞인 향기.

향기는 단맛과 감칠맛, 담백한 맛을 떠올리게 만들었고, 자연적인 반응으로 입 안에 침이 고인다.

"조차일(早茶一)은 일천위풍(一天威風)이요, 오차일(午茶一)은 로동경송(勞動輕松)이고, 만차일(晚茶一)은 제신거통(提神去痛)이라 했으니 이 차를 마시면 하루종일 기운이 넘치겠군."

존주가 말했다.

"할망구! 이럴 때 한마디해야지?"

금하명은 화살을 노파에게 돌렸다.

노파는 즉각 응답했다.

"저 하얀 귀신, 맘에 안 들어."

금하명은 예상했던 답을 들은 듯 피식 웃었다.

"차는 차. 그냥 마시고 즐기면 된다. 할망구가 오래전에 한 말인데, 무슨 뜻인지 알지 못했거든. 이제는 조금 알 것 같기도 한데. 모르겠어. 그냥 마시고 즐기면 되는 건지."

노파가 차를 내왔다.

존주는 다도(茶道)에 따라 두 손으로 찻잔을 받쳐 들었다. 반면에 금하명은 한 손을 들어서 훌쩍 마셔 버렸다.

"크으! 뜨겁네."

"이놈아, 그게 마시는 거냐! 들이붓는 거지."

"아! 마시는 거지."

금하명은 주담자를 기울여 다시 한 잔을 채운 후, 천천히 마셨다.

"창을 잘 쓴다고 들었는데."

존주가 무공에 관한 말을 꺼냈다.

"잘 쓴다기 보다는…… 길면 검이나 도를 상대하기 편하잖아."

"그렇군."

"그렇지."

또 침묵.

두 사람은 석 잔을 마실 때까지 서로에게 눈길도 주지 않았다.

금하명이 다섯 잔을 마셨고, 존주가 석 잔째를 마셨을 때 존주가 찻잔을 내려놓으며 말했다.

"넌 괜찮은 놈이야."

"맞아."

"그래서 죽이기 아깝다는 생각이 들었지. 약간 고민했어."

"고민은 무슨. 검을 뽑기 힘들었겠지."

"하하하!"

존주가 앙천광소를 터뜨렸다.

오 리 길을 오는 동안 존주는 열 번 정도의 공격을 가했다. 진기를 흘려내어 금하명을 압박했다.

금하명이 청화이걸처럼 맞대응을 하려고 했다면 걸음을 떼어놓을 수도 없었을 게다. 검광이 금방이라도 목 뒤를 쳐올 것 같은데 발걸음인들 제대로 떼어지겠나.

두 사람의 보이지 않는 싸움은 다루에 들어선 후에도 두 차례나 더 이어졌다.

승패는 결정났다. 존주가 검을 뽑지 못했다.

"날 잘 모르는 사람들은 내 무공이 의기상인의 경지에 올랐다고 하더군."

"그것도 맞아."

승패는 결정나지 않았다. 금하명 역시 틈을 찾지 못했다.

밖으로 표현되는 존주의 무공은 의기상인이나 안을 감싼 무공은 철벽이다. 혈흔창의 날카로움도 뚫고 들어가지 못할, 창을 전개할 엄두도 나지 않는 태산이 버티고 있다.

태산은 세월이 지나면 무너진다. 흙 알맹이를 하나씩 덜어내다 보면 언젠가는 태산이 사라진다. 쇠로 만든 철벽이라면 녹이면 된다. 발갛게 달궈져 녹을 때까지 불을 지피면 된다.

존주를 무너뜨릴 방법은 그것뿐이다.

너무 막연한 방법이지만 싸움이 시작되면 금하명은 그 방법을 취할 것이다.

존주도 나름대로 금하명의 무공을 저울질했다.

금하명은 텅 빈 허공이다. 공격을 쏟아내도 무너뜨릴 것이 없는 허공이다. 그러나 반격을 가해올 때는 세상천지에 퍼져 있는 공기들이 한 덩어리로 압축되어 터지는 힘을 발휘한다.

이를 무너뜨리는 방법은 금하명으로 하여금 허공을 버리고 진신(眞身)을 찾게 하는 데 있다.

허공을 치는 것이 아니라 본신이 드러날 때를 기다려서 피와 살로 된 육신을 치면 된다.

초식의 겨룸이 아니다. 내력의 겨룸이다. 누구의 내력이 더 강한가에 따라서 승부가 결정지어질 게다. 그리고 존주는 금하명을 적수로 여기기 않았다.

"넌 죽고 난 산다. 이의있나?"

"없어."

"너무 간단하군."

"나도 그래. 어렵게 돌릴 것 없더라고. 눈에 보이는 대로 보고 귀에 들리는 대로 들으면 되니까."

존주의 눈꺼풀에 미세한 경련이 일었다.

'이놈…… 생각보다 강할지도…….'

하늘과 버금가는 심득(心得)을 얻지 않으면 할 수 없는 말, 자유분방한 행동. 강적과 마주하면서도 허점을 고스란히 내놓는 여유.

간단하게 생각한 싸움이었는데 간단하지 않다.

"차도 다 마신 것 같은데 시작할까?"

"여기서?"

금하명이 어이없다는 표정을 지었다.

그가 여유를 부릴수록 존주는 다급함을 느꼈다. 분명히 적수가 안 되는데 무엇인가 믿는 구석이 단단히 있는 것처럼 여겨진다. 그런 느낌이 드는 자체가 존주를 다급하게 만든다.

"밖이 더 좋은가? 들판이라 추울 텐데?"

금하명은 고개를 살래살래 흔들었다.

"난 죽고 당신은 산다. 이의없지. 당신 생각인데 누가 뭐라고 하겠어. 한데 말이야. 내 생각은 조금 달라. 난 아직 죽을 생각이 없거든. 그러니 살기 위해 노력할 테고. 아마 당신이 죽지 않을까?"

"하하하! 천둥벌거숭이."

"뭐라고 해도 좋은데 지금은 싸울 때가 아닌 것 같거든."

금하명도 찻잔을 내려놓았다.

"당신은 무인이 아냐. 패를 이끌고 싸움하는 파락호(破落戶)에 불과해. 그런 사람과 이렇게 차를 마시는 것은 경이로운 무공이 안타까워서야. 어때? 무인 대 무인으로 싸울 생각은 없어?"

"뭐라!"

"놀라기는…… 백궁. 백궁이 뭘 하는 집단인지 모르겠단 말이야. 놀라운 고수들을 보유하고 있고…… 그만한 저력이면 이까짓 복건 무림쯤은 단숨에 뒤집어 버릴 텐데, 암약이나 하고 있고."

"후후후! 백궁에 대해서 알려 달란 말인가?"

"당신 생각대로라면 곧 죽을 놈인데 알아서 뭐해. 알려주지도 않을 거고. 안 되는데 목 맬 만큼 어리석지는 않아. 내가 염려하는 것은 당신이 죽고 난 다음이야. 백궁. 그자들, 머리를 잃으면 다시 숨겠지? 지금까지 그래왔던 것처럼. 우린 찾을 수 없을 테고. 그러다 또 머리가 생기면 뒤통수를 칠 테고."

"……."

"패싸움부터 하자. 청화장 대 백궁. 어느 한쪽이든 결판이 나야 되겠지. 선택은 네게 달렸어. 날 죽이고 청화장을 뒤집어엎을 수 있다고 자신하면 지금 손을 쓰고, 자신없으면 물러서."

노골적인 발언이다.

자신을 죽일 자신이 있다면 왜 망설이느냐는 물음, 대화를 길게 끌고 나갈 이유가 있냐는 자신감이다. 너도 자신있겠지만 나도 자신있다는 확고한 의지도 담겨 있다.

긴말 필요없다. 자신 있으면 당장이라도 검을 뽑아라.

금하명은 혈흔창도 들고 있지 않았다. 청화장을 나설 때부터 적수공권(赤手空拳)이다. 그러나 금하명 같은 사람에게는 앞에 놓인 찻잔조차도 치명적인 무기가 될 수 있다.

서로 간에 병기의 존재는 소용이 없음을 안다.

"자신없으면 물러서라. 쿠하하하핫! 통쾌하군, 통쾌해. 이런 말을 들을 줄이야 상상이나 해봤나. 우하하핫!"

파라라랑……!

공기가 격랑을 일으킨다.

악마의 숨결이 공기를 타고 피부 깊숙이 스며든다.

노파는 털썩 주저앉아 오돌오돌 떨기만 했다. 어찌나 놀랐는지 일어설 생각도 못했다.

금하명이 가슴이 답답해졌다.

웃음소리는 웃음소리일 뿐, 공기의 흐름은 흘러가게 내버려 두면 그만일 뿐. 하나 철벽을 두 겹 세 겹 두른 듯 묵중한 무게로 짓눌러 오는 내력의 압박은 숨조차 쉬지 못하게 만들었다.

'세상은 넓다. 이런 고수가 있을 줄은……'

주담자를 들어 차디차게 식어버린 차를 따랐다.

해남도에서 많은 무인들과 싸웠고 이겨왔다. 해남 최고의 배분을 지녔다는 세 기인도 이기거나 비겼다. 남해십이문의 장문인들과는 손속을 섞어보지 않았지만 승부를 걸어온다면 언제든지 응할 준비가 되어 있다.

진다는 생각은 해보지 않았다. 최선을 다하겠다는 말은 가식이다. 이길 수 있다는 신념이 가슴 깊숙한 곳에서 움트고 있다.

복건 무림에 들어와 많은 무인들과 겨뤘다.

그들을 왜 죽였나. 굳이 죽일 필요까지 있었던가.

없었다. 그들은 무공 초수를 읽혔고, 초식이 환히 드러난 무공은 이미 무공이 아니다. 조금만 손에 인정을 담았다면 그들은 죽지 않고 패배만 했다.

복수라는 명분으로 더 강한 무인들이 도전해 오기를 바라는 마음이 숨어 있었다. 그렇다. 그래서 도전해 오는 무인들을 살려주지 않았다.

자신은 언제든 이긴다. 누가 도전해 와도 이긴다.

그럴 마음은 없었지만 어느새 오만이 싹을 틔웠다.

이제 승부를 점칠 수 없는, 아니, 승산이 희박한 고수와 만났다.

오만을 부릴 수 없다. 진정 죽음이 무엇인지를 생각하고 싸움에 임해야 한다.

전혀 생각지도 않던 고수의 출현이다.

이런 무인들이 존주 한 명뿐일까? 느닷없이 다가온 무서운 압박은 이번 한 번으로 끝나는 것일까?

아니다. 무림에서 살아가는 한은 언제든 닥칠 수 있는 경우다.

모든 걸 버려야 한다. 지금까지 쌓았던 보잘것없는 명성도, 무공도, 자부심도, 오만도…… 몸에 붙어 있는 모든 걸 버리고 알몸으로 새 출발을 해야 한다.

존주의 등장은 참으로 다행이다. 이런 자가 나타나지 않았다면 오만에 들떠서 혈혼창을 마구 휘두르다가 비명횡사했을 것이 아닌가.

금하명은 찻잔을 들어 식은 차를 마셨다.

파르르르……!

진기의 파동이 몸을 스쳐 갔다.

"후후후! 좋아. 목숨을 살려준다."

존주도 식은 차를 따라 마셨다.

"청화장 무지렁이들을 데리고 요령껏 살아봐라. 지금부터 백궁은 전력을 다해 청화장을 공격할 터, 살아봐."

"고맙군."

"백궁에는 대가리가 뛰어난 작자들이 셋 있다. 원래는 넷이었는데 내가 한 명을 죽였어. 그자들이 수뇌다. 난 백궁과 청화장 싸움을 지켜만 보겠다는 거야. 후한 조건이지."

"많이 봐준 거네."

"청화장에도 재지가 뛰어난 미녀가 있다고 들었지. 하후라던가? 그 여자를 잘 보호해. 세 대가리는 지금 이 순간부터 그녀를 발가벗겨 내 앞에 끌고 오기 위해서 안간힘을 다할 테니까."

"좋은 정보야. 그자들부터 죽여야겠군."

"해남파 전대 장문인을 능가하는 검후(劍后)도 있다고 들었어. 빙후. 그 여자에게 보낼 뚜쟁이는 오류하(五流河)다. 두 명은 네가 벌써 죽였지.”

"청양문주, 백납도.”

"빙후는 세 명을 상대해야 할 거야.”

주담자가 비었다. 식은 차조차도 마실 게 없다. 노파는 주저앉아서 일어나지 못하고 있으니 다시 시킬 수도 없다.

"당운미에게는 이십팔(二十八) 검총(劍總)을 주지. 그들도 이미 만나 봤지? 다섯 명이면 될까? 하나만 물어보지. 당운미도 건드렸나?”

백포인들보다 훨씬 뛰어났던 자들. 삼명성에 들어서기 직전 부딪쳤던 자들. 그들의 무공은 경시할 수 없다. 그들이 열 명이라…… 당운미가 절독을 지녔어도 힘든 싸움이다.

"대답을 않는군. 건드렸다는 뜻이겠지, 건드릴 생각이 있거나. 후후후! 하나 정도는 양보하는 미덕도 있어야지. 강요는 아냐. 순백지신이면 일검에 죽여줄 수 있다는 뜻일 뿐이지. 좋아. 계속하지. 해남도 노괴물들도 이십팔검총을 만날 거야. 한 열 명 정도면 재미있는 싸움이 될 거야. 음양쌍검인가 뭔가 하는 잡놈들까지 한꺼번에 처리할 수 있을 거고.”

존주는 오래전부터 구상한 것처럼 일사천리로 말했다.

"청화장 쓰레기들을 치우는 데는 백사검(百死劍)이면 될까?”

백사검…… 백궁에서는 백포인들을 백사검이라고 부르는 모양이다.

일백 백(百). 그렇다면 이미 죽은 자가 스물한 명이니 남은 자는 일흔아홉 명.

청화이걸이 대삼검을 수련하고 있고, 청화사검도 괄목할 발전을 이뤘지만 청화장이 절대적으로 불리하다.

"또 있지. 백팔겁이라는 풋내기들. 그놈들까지 쓸어버려야 청소가 깨끗이 될 거야. 야괴에게 전해. 미호령(美好靈), 도참마(刀斬魔)와 어울려 보라고."

"미호령! 도참마!"

격앙된 음성만큼이나 금하명의 얼굴에 짙은 어둠이 깔렸다.

백팔겁과 더불어 중원 사대 살맥으로 손꼽히는 살수집단들.

살수 대 살수의 싸움에서 한 손으로 양손을 상대하기는 버겁다.

미호령과 도참마의 과거 행적을 보면 적으로 지적된 자는 뿌리까지 뽑아버렸다. 만약 이번 싸움에서 백팔겁이 무너지게 되면 백팔겁이라는 이름은 영원히 말살되고 말 것이다. 백팔겁의 근간이 되는 민초들까지 모조리 죽여 없앨 테니까.

그들 숫자가 얼마인가. 무려 이 만을 헤아린다.

존주는 이 만 명을 죽여 없애겠다고 말을 한 것이다.

허언이 아니다. 미호령과 도참마를 동원한다면 가능하다.

"알려주는 김에 아예 발가벗고 알려주지. 우리에게는 또 하나의 존재가 있다. 흑운이라고. 그들이 어디서 무엇을 하는지는 자연히 알게 될 거야."

"대단한 힘이군."

"구파일방에 버금가지 않을까 싶은데."

금하명은 고개를 끄덕였다.

"이 싸움은 그들에게 맡겨두자고. 약속대로 난 이 싸움에서 빠진다. 너도 마찬가지야. 뒤에서 청화장이 무너져 가는 것을 구경만 해. 네 손짓에 백궁 인물이 한 명이라도 다친다면 즐거운 내기는 끝나는 거야."

해야 할까, 말아야 하나.

백납도로 시작한 싸움이 문파와 문파 간의 싸움으로 변질되고 있다.

이는 금하명이 원하는 싸움이 아니다. 그러면 말아야 하나? 현재까지만도 백궁과 청화장은 양립할 수 없는 존재가 되었다. 청화장이 물러서도 백궁이 목적을 가지고 복건 무림을 파고든 이상 반드시 병장기를 맞대야 한다.

백궁…… 숨어 있는 자들을 모조리 끌어낼 기회도 이번뿐이다.

"좋아."

금하명은 승낙했다.

자신을 믿듯이 청화장 식솔들을 믿는다. 표면적으로는 백궁이 월등히 강하지만 청화장도 복건 제일의 문파 정도는 된다고 자부한다. 청화장에서 손꼽을 수 있는 강자들이 거의 대부분 외부에서 들어온 손님들이지만 현재는 청화장 식솔로 머물고 있으니 같은 몸으로 간주해도 좋으리라.

'지저분한 싸움은 이번 한 번뿐이다. 정말…… 기분이 더러워. 진흙탕 싸움에 발을 담갔어.'

어쩔 수 없다. 존주와의 싸움은 당장이라도 할 수 있지만 언젠가는 혹이 되어 나타날 백궁을 염두에 두지 않을 수 없었다. 뿌리를 뽑아버리고 존주를 상대한다는 애초의 생각은 적중했으니 최선을 다해 싸움을 치러야 한다.

"능완아는 어떻던가?"

"……."

"엉덩이를 보면 흑점 다섯 개가 있을 거야. 하도 토실토실해서 흑살지(黑殺指)로 점을 새겨놨지. 내거라는 표시로."

'정신병자.'

능완아에게 대충 이야기는 들었지만 어딘가 이상하게 비틀린 사람이다. 이건 아무리 좋게 생각해도 이해할 수 없다. 게다가 존주는 진심을 말하고 있으니 더욱 문제다.

여자에게 이상한 탐심이 있다고 들었는데, 정도가 지나친 건가?

어쨌든 이런 말을 더 듣다가는 백궁이고 뭐고 당장에 손을 쓰게 될 것 같다. 꼭 이긴다는 보장은 없지만 그녀들을 모욕하는 소리만은 참아낼 수 없다.

'정신병자. 우리는 정말 싸워야겠다.'

"어쩐지…… 기분이 더럽다 했는데 왜 그런지 이제야 확실히 알겠군. 내 생각이 맞았어. 넌 무인이 아니라 파락호야. 파락호를 상대로 무공을 논했으니…… 자, 차 다 마셨으면 그만 일어나지."

금하명이 먼저 몸을 일으켰다.

존주는 금하명이 어깨를 스쳐 갈 때까지 미동도 하지 않다가 두어 걸음 걸어간 후에야 말을 꺼냈다.

"벽납도가 너무 쉽게…… 네 앞에 나타났다고 생각해 본 적 없나?"

"……."

"그놈에게 명했지. 능완아를 순백지신으로 남겨두라고. 손끝 하나 건들지 말라고. 한데 놈이 건드렸어. 내가 아랫놈이 먹다 남긴 쓰레기를 먹은 거야. 크흐흐흣! 놈은 자살할 장소를 찾은 거야. 그렇게 죽는 게 편하다는 걸 알았겠지. 어쨌든 대단해. 하나같이 빼어난 절색들을 모두 꿰차고 있으니."

"우리…… 싸움이 끝날 때까지 만나지 말자. 구더기 냄새를 너무 맡았더니 속이 니글거려. 사흘은 밥을 먹지 못할 거야."

"그것도 좋고."

두 사내의 눈길이 허공에서 맞부딪치며 불길을 토해냈다.

파라라랑……!

공기가 또다시 진탕을 일으킨다.

'공격!'

금하명은 진기의 파동이 예전과는 다르다는 사실을 깨달았다. 이번 파동에는 살기가 촉촉이 묻어난다. 순간,

쒜에에엑……!

검이 빛을 뿌렸다. 금하명은 상반신을 뒤로 발딱 젖히며 반사적으로 오른발을 차올렸다.

휘익! 파앗!

검기가 코끝을 스쳐 갔다. 금하명의 우각(右脚)도 허공을 걷어찼다.

금하명은 오른발이 허공으로 흐르는 것을 감지한 순간 신형을 왼쪽으로 비틀었다. 허공에서 멈춘 발은 사각(斜角)으로 꺾어 내리찍었다. 존주가 왼쪽으로 다가올 것을 직감했기 때문에.

존주는 왼쪽으로 움직였다. 금하명의 예측대로 허리를 숙이고 다가섰다. 그러나 속도는 생각했던 것보다 훨씬 빨라서 내리찍은 발길마저 허공을 때렸다.

금하명은 우각에 더욱 속도를 붙여 지면을 찍은 후, 반동을 이용하여 뒤로 물러섰다.

존주도 물러섰다. 다가서던 방향 그대로 지쳐 나가 금하명과의 간격을 벌렸다.

"하나 더 말해줄까? 네 어미에게 전해, 몸단장 잘하고 있으라고. 자식놈 시신 옆에서 운우지락(雲雨之樂)을 맛보는 것도 일품일 테니까.

하하하! 우하하하!"
  이 말만은 참을 수 없다.
  금하명은 와락 문을 밀치고 나갔으나 존주는 벌써 사라져 어디에서도 찾을 수 없었다.

第五十二章
차지호리(差之毫釐) 유이천리(謬以千里)

천분의 일의 차이로
천 리 거리가 벌어진다

차지호리(差之毫釐) 유이천리(謬以千里)
…천분의 일의 차이로 천 리 거리가 벌어진다

 하후는 어떤 말에도 흔들리지 않겠다고 다짐에 다짐을 거듭하며 후원 뒷문을 나섰다.
 금하명은 쉽게 찾았다.
 많은 눈들이 지켜보고 있기 때문에 굳이 찾으려고 애쓸 필요도 없었다.
 "무사해서 다행이에요."
 이런 말은 하지 않으려고 했는데 금하명의 얼굴을 보는 순간 부지불식간에 불쑥 튀어나와 버렸다.
 "걱정했군."
 "그럼요."
 노송이 우거진 곳에 앉아 먼 하늘을 쳐다보고 있는 모습이 억겁의 짐을 짊어지고 있는 사람처럼 힘들어 보인다.

하후는 금하명 곁에 앉았다.
"많이들 걱정했어요. 아마 청화장 사람치고 아침 먹은 사람이 없을 거예요."
"부인."
"네."
하후는 긴장했다.
금하명은 부인이라는 말을 사용하지 않는다. 해순도에서 하 부인이라고 불린 전력 때문이거나 쑥스러워서일 것이라고 막연히 짐작을 하지만, 언제나 하후라고만 불렀다.
금하명도 걱정하는 사람들이 많다는 것은 안다. 그런데도 청화장에 들어서지도 않은 채 자신만을 불러냈다는 것은 중대한 말이 있기 때문이다.
지금 그 말을 하려고 한다.
"미안해. 무림과 어울리지 않는 사람인데, 무림으로 끌어들여서."
"그런 말은 하지 않기로 했잖아요."
하후는 짐짓 아무렇지도 않은 표정을 지었다.
마른침이 삼켜진다. 도대체 존주라는 자와 무슨 일이 있었기에 분위기가 이토록 침중한 것인지. 무슨 말을 하려고 하는 것인지.
금하명이 한참 동안 하늘만 쳐다보다가 무겁게 입을 열었다.
"세상에는 머리가 뛰어난 사람들이 많은 가봐. 계략이나 술수에 능한 사람들도 많고. 머리 속에 얼마나 많은 귀계(鬼計)가 담겨 있기에 모사(謀士)라고 불리는지……."
'저도 벌써 모사라고 불리는 걸요.'
말은 하지 않았다. 금하명이 정작 하고자 하는 말은 그런 것이 아닐 것이기에.

"존주라는 자…… 그런 모사가 네 명이나 있다더군. 한 명은 자기가 직접 죽였대."

"그런 말을 했어요?"

"하후."

"……."

"하후를 믿고 도박을 벌였는데…… 청화장 사람들…… 목숨을 구해 줘야겠어."

목숨을 구해달라고 했다.

하후는 진한 피비린내를 맡았다. 냄새가 너무 진해서 한순간 정신이 아찔해졌다.

야괴가 생각한 싸움 정도는 비교도 안 되는 큰 싸움이 기다리고 있다. 무슨 일인지는 모르지만 청화장 식솔들의 생사가 백척간두(百尺竿頭)에 매달려 있는 것만은 짐작할 수 있다.

하후는 정신을 수습하고, 마음을 차분히 가라앉히고 말했다.

"무슨 일인지 자세히 말해줘요."

단 한마디도 빼놓지 않고 늘어놓은 긴 설명.

하후는 고운 아미를 찡그리기도 하고 눈을 가늘게 뜨기도 하며 듣기만 했다.

"정말…… 미안해. 너무 무거운 짐을 맡겼어."

"피잇! 별로 미안해하는 것 같지 않은데."

하후는 평소에는 생각지도 못했던 말투를 사용했다.

열두 살 연하의 남자. 그런 남자와 살다보니 몸도 마음도 젊어지는 것 같다.

"정말 미안한 건데."

"아닌 것 같다니까요."

"하하하!"

"풋!"

두 사람은 근심 걱정 없는 사람들처럼, 한 쌍의 원앙처럼 즐겁게 웃었다.

많은 눈이 지켜보고 있다.

담장 위로 올라선 얼굴이 사십여 명은 넘어 보인다.

빙사음, 당운미, 야괴, 일섬단혼…… 이십 장 안으로 들어서지 말라는 엄명만 아니었으면 단숨에 달려왔을 사람들이다.

두 사람의 웃음소리에도 그들의 얼굴 표정은 딱딱하게 굳어진 채 풀어지지 않았다. 들리지 않는 말이지만 한마디라도 들을 수 없을까 해서 귀를 기울이는 모습이 역력했다.

"괜찮겠어?"

"말을 들어보니 이번 싸움은 상공께서 제의한 것이나 다름없는데…… 무슨 마음으로 그런 제안을 했어요?"

"태풍 피해로 세간을 모두 잃고 길바닥에 나앉아 있는 사람들이 생각나더라고. 복건 땅에 들어섰을 때 보았던."

"처참했죠."

"고통이 이만저만 아니고, 죽는 사람도 있지만…… 그들은 살아남아. 이 땅에 뿌리를 내리고 굳건히 살아갈 거야. 세상에는 두 가지 힘이 있지 않을까 싶어. 인간이 감당할 수 없는 천력(天力)과 생존력(生存力). 존주가 천력이라면 우리는 생존력이라는 생각이 들더라고."

"우릴 너무 믿는군요."

"아닌가?"

"생존력이란 게 장담할 수 없는 거잖아요. 살고자 하는 욕망은 누구에게나 있지만 어쩔 수 없이 죽어야 하듯이요. 하지만 악착같이 살아보려는 노력은 할 수 있어요."

"하후, 고마워."

"피이! 일은 다 벌여놓고 어쩌라고요."

금하명은 하후의 손을 부드럽게 감싸 잡았다.

"일이 벌어졌으니 걱정은 아무 필요 없어요. 대응책을 강구해야죠. 약조대로라면 상공과 존주는 이 싸움에 가담해서는 안 되는 건데 그럼 됐어요. 사실 가장 걱정되는 건 존주인데, 존주가 지켜만 본다면 해볼 만해요."

"두 번 다시는…… 이런 싸움에 끌어들이지 않을게."

"상공 여자니 이런 싸움도 하는 거죠. 괜찮아요. 호호! 선물 하나 드려요?"

"선물?"

"선물은 모두 두 개예요. 하나는…… 존주라는 사람요. 그 사람 행동은 단신으로 청화장에 찾아온 것부터 짚어봐야 해요. 단신으로 왔다는 것은 청화장을 쓸어버릴 생각이었을 텐데, 말 몇 마디에 왜 돌아갔을까? 여기서부터요. 지금은 짐작뿐인데, 어쩌면 그를 상대할 방법이 있을지도 모르겠어요."

"음……?"

"또 하나는 존주의 성격 문제예요. 그가 우리를 모두 발가벗기겠다고 말했다는 건 치명적인 성격 장애가 있다는 거예요. 우선은 이것만.

정확한 것은 좀 더 생각해 본 후에 알려드릴게요."

그 부분은 금하명도 생각하고 있었다. 정종 무공일 경우 성격 파탄은 최고의 위력을 발휘하지 못하게 만든다. 반면에 금하명도 경험했던 귀사칠검, 파천신공 같은 무공은 성격 자체를 말살시켜 버리기도 한다.

존주의 성격을 잘 관찰하면 무공의 성격을 알 수 있을 터이고, 철벽을 파괴할 방법도 찾을 수 있을 것 같다.

특히 마지막으로 했다는 말, 소현 부인을 언급한 말은 무심히 흘려 넘길 수 없다.

지금 당장은 막연한 추측뿐이다.

'어머님께 여쭤봐야겠어.'

하후가 말했다.

"일어서요. 빈속에 차만 마셨더니 속이 허하네요. 우리 가서 뭐 좀 먹어요."

회합이 진행되는 동안 인상을 찡그리는 사람은 없었다.

해남 세 기인과 음양쌍검은 표정 변화를 보이지 않았다. 상대할 적들이 얼마나 강한지는 그들보다 잘 아는 사람도 드물게다. 그래도 담담했다.

빙사음은 옅은 웃음을 지었다.

단아한 아름다움. 빙사음은 시간이 지날수록 점점 아름다워진다. 내면의 성숙함이 아름다움을 더해주기 때문이리라.

"월척을 노리고 있는데 피라미라니. 사천당문 독절을 너무 우습게 봤네."

당운미는 강한 자신감을 드러냈다.

"하하! 그래도 독후는 나은 편이니 잠자코 있으쇼. 우린 하얀 귀신들도 아니고 어디서 뭐 하는 놈들인지도 모르는 조무래기들이잖소. 이거야 원 체면이 안 서니."

미호령과 도참마를 상대해야 하는 백팔겁은 아예 상대를 인정조차 하지 않았다.

부담스럽기는 마찬가지다. 하나 싸울 만하다고 생각한다.

어려운 것은 싸움 방식이다. 서로 마주 선 채 지목된 당사자들이 나와서 싸우는 비무 방식이라면 서로 간의 무공만 저울질하면 그만인데, 존주가 택한 방식은 생존이다.

언제 어디서든 공격할 수 있으며 수단과 방법도 가리지 않는다. 동원할 수 있는 모든 수단을 사용해서 한 사람이든, 두 사람이든 죽이기만 하면 된다.

불공평한 싸움이다.

청화장은 밝은 대낮에 환히 드러난 반면, 백궁은 드러난 사람이 아무도 없다. 백포로 전신을 둘둘 감싸고 다니는 위인들이니 백포를 벗어던지면 코앞에 있어도 알아보지 못할 것이다. 존주 역시 모습을 드러내긴 했지만 방갓으로 얼굴을 가리고 있어서 누구인지 식별할 수 없기는 마찬가지다.

무공만 놓고 볼 때도 어려운 싸움인데, 들어오는 적을 받아치기만 해야 하니 피가 마른다.

기일도 정해져 있지 않았다.

전격적으로 공격해 온다면 하루만에 끝날 수도 있고, 길고 질긴 싸움을 택한다면 평생을 이어갈 수도 있다.

정상적인 사람이라면 절대 응하지 않을 싸움, 그러나 금하명은 트집 하나 잡지 않고 응했다.
 어떤 방식으로든 백궁과는 결판을 내야 한다는 점을 알았고, 이런 식으로 싸우는 것일지라도 아예 모르고 싸우는 것보다는 나을 것이라는 생각 때문이었다.
 백궁이 청화장을 제거하려고 하니 싸워야 한다.
 존주가 왜 그토록 청화장에 집착하는지는 차차 알아가야 할 문제다, 그의 이상 성격과 함께.
 벽파해왕이 소도로 새로 만든 낚싯대를 다듬으며 물었다.
 "장주, 존주는 어떻던가?"
 금하명은 깊은 생각에 잠긴 채, 입술만 들썩거렸다.
 "강하더군요. 빠르고 파괴적이고."
 "장주에 비해서는 어떻던가?"
 모두들 귀를 활짝 열었다. 이 부분이야말로 최고의 관심사다. 의기상인의 경지에 이른 존주를 금하명이 상대할 수 있는지 없는지.
 존주와 금하명의 무공은 안개에 가려져 있다.
 존주의 경우에는 무공이 높다는 것만 알지 어느 정도인지 아는 사람이 없다. 금하명도 늘 지척에서 보고 있지만 정확하게 이 정도 무공을 가졌다고 말할 수 있는 사람이 없다.
 "싸워야 할 상대이니 싸우게 될 것이고, 싸움을 하겠지만, 무너뜨릴 자신은 없습니다."
 그의 말 한마디에 좌중 분위기가 딱딱하게 경직되었다.


 "그건 존주도 같은 생각일 거다."
 당운미는 오라버니의 말에서 한 가닥 희망을 찾았다.

"그래?"

급하게 튀어나온 음성이지만 무척 밝았다.

"존주의 입장에서 보면 이건 불필요한 싸움이야. 굳이 알려주지 않고 싸워도 될 싸움이란 거지. 그런데도 싸움을 받아들였다는 것은 금하명과 헤어질 구실을 찾기 위해서였을 거야."

"그는 검을 뽑아서 상공을 공격했어."

지절, 달리 귀산이라 불리는 당겸은 의미심장한 눈길로 당운미를 쳐다봤다.

"상공이라…… 네 입에서 드디어 그 말이 나왔구나. 어떤 불쌍한 위인이 너를 데려갈까 싶었는데. 하하하!"

당운미의 얼굴이 빨갛게 물들었다.

"놀리면 가만 안 둘 거야!"

"혼례는 언제 올릴 예정이냐? 앞뒤가 바뀌기는 했지만 혼례는 올려야지? 아버님, 어머님도 아셔야 할 것 아니냐."

"……."

당운미가 말을 못하고 옷자락만 만지작거렸다.

백척간두에 서 있는 목숨들, 언감생심 혼례가 무슨 말인가. 정실도 아니고 셋째, 아니, 넷째가 될지도 모르는데 사천당문에는 무슨 낯으로 들어갈까.

"하하하! 중이 제 머리 못 깎는다더니. 내가 알아서 해주마. 그 정도는 해줘야 오라버니지."

"지금 그런 말을 할 때가 아니잖아! 아까 하던 이야기나 계속 해봐. 존주가 상공과 헤어질 이유를 찾은 거라니, 그게 무슨 말이야?"

당운미는 괜히 신경질을 부렸다.

"그가 극적인 죽음을 운운한 것에서 두 가지 이유를 생각해 낼 수 있어. 하나는 단순히 삼명성에 두 문파가 존재한다는 이유만으로 청화장을 노리는 게 아니란 거지. 존주가 삼명성을 거점으로 해서 복건 무림을 제패하려는 의도는 확실해. 그런데 왜 하필이면 청화장이 있는 삼명성일까? 이건 깊게 생각해 봐야 해. 뭔가 다른 이유가 있어."

당운미는 고개를 갸웃거렸다.

귀산의 말은 종종 알아듣지 못할 때가 있는데 지금이 그런 때다.

"또 한 가지 이유는…… 그는 분명히 금하명을 죽이려고 왔어. 귀찮게 송사리를 죽이느니 당당하게 정문으로 치고 들어와 청화장을 한바탕 쑤셔놓을 생각이었지. 금하명을 비롯해서 몇몇 절정무인들을 죽이려고 했을 거야."

"전부 죽이지는 않고?"

"아니. 단숨에 목줄을 물어뜯는 것은 재미없지. 초상집이 된 청화장을 보면서 즐기려고 했을 거야. 살아남을 수는 없어. 뿔뿔이 흩어지는 무인들도 모두 죽일 테니까. 궁지에 몰아넣고 천천히 목을 누르는 것. 그게 존주의 의도였어."

귀산의 말이 확실하다면 이건 지나치다. 확실히 패권 외에 다른 이유가 존재한다. 성격 파탄자라도 단숨에 몰살시키지, 길게 끌고 가며 죽음을 즐기지는 않는다. 그런 경우는 오직 하나, 사적인 원한이 있기 때문이다.

"그런데 그런 계획이 바뀐 거야. 금하명이 존주를 무너뜨릴 자신이 없다고 했듯이 그도 금하명을 이긴다는 자신이 없었을 거야. 의기상인과 버금가는 경지라…… 독절이 신랑 하나는 잘 물었다니까. 그렇게 고르더니만."

"오빠!"

"아니, 진심이야. 존주가 그렇게 느꼈다면 금하명의 무공은 이미 하늘이야. 절대 최강자라는 거지. 존주도 깜짝 놀랐겠지. 싸움치고 십 할 자신을 갖을 수 있는 싸움은 없어. 하나, 자신이 진다고 생각하는 무인도 없어. 승부는 모르지만 모두 자신감은 갖고 임하지. 그런 자신감이 없을 때…… 싸울 수 없는 거야."

"상공 무공이 그 정도야?"

"나야 모르지. 존주 같은 경지에 이르지 않았으니 판별할 눈도 없고. 하지만 존주가 그렇게 느꼈다면 확실할 거야. 나는 그렇다 치고 한 이불을 덮고 자는 너는…… 휴우!"

귀산은 무슨 생각을 하는지 눈빛에 그늘이 졌다. 하나 그런 모습은 금방 사라지고 밝은 표정으로 되돌아왔다.

"존주는 시간이 필요했어. 지금도 금하명을 생각하고 있을 거야, 무너뜨릴 수 있는 방법을. 그걸 찾게 되면 이번 약조는 휴지 조각이 돼. 존주가 전격적으로 치고 나올 테니까. 검을 뽑아서 금하명을 공격한 것도 같은 맥락이야. 금하명이 정말 자신의 생각처럼 강한 무공을 지녔는지 확인해 보려는 거였지. 승부를 내지 않고 일검만 전개한 것을 보면 확실해."

존주와 금하명의 무공이 비등하다.

청화장으로서는 이보다 더한 기쁨이 없으리라.

생각을 한 번 더 하면 금하명 역시 존주를 어찌할 수 없다는 것이니 기뻐할 노릇만은 아니지만, 칠흑 같은 어둠 속에서 햇불을 발견한 심정이니 희망이 솟는다.

"저기…… 청화장에 굉장히 뛰어난 언니가 있어."

귀산이 당운미를 쳐다보며 빙긋 웃었다.
"그래! 난 원래 머리 잘 굴리는 인간들이 싫어. 원숭이도 아니고 손아귀에서 놀아나는 느낌이 들어서 말이야. 한데 어쩌겠어. 한 사람은 오빠고, 한 사람은 큰언니이니 그런갑다 해야지."
"하후 하효홍. 하하하!"
"오빠…… 큰언니, 최선을 다하고 있는데 무림을 잘 몰라서 고전해. 오빠가 도와주면 안 될까?"
"……."
"이렇게 숨어 있을 필요 없잖아. 나와 같이 청화장으로 가서……."
"좋아."
당겸은 뜻밖에도 순순히 응했다.
"오빠?"
"일단 가보자. 너 먼저 가 있어. 바로 뒤따라서 찾아가마."
이상하다. 너무 쉽게 응하니 불안해진다. 오빠의 머리 속을 들어가 봤으면. 도대체 무슨 생각을 하고 있는지.

귀산은 혼자 오지 않았다. 사천당문(四川唐門) 사절(四絶) 중 암절(暗絶) 당표(唐飇), 기절(奇絶) 당호(唐虎)가 함께 왔다.
정문을 버려두고 담을 넘어 왔다.
보보마다 죽음이 깔려 있어서 청화장 식솔들도 허용되지 않은 곳에는 한 발짝도 들여놓지 않는 청화장이지만 당운미를 속속들이 알고 있는 오라버니들에게는 무풍지대나 다름없었으리라.
불안감이 바짝 고개를 쳐든다.
당문 사절이 하나의 일에 매달린 경우는 극히 드물다. 사천당문의 존폐가 걸리지 않는 한 일어나지 않을 상황이다.

"도둑괭이처럼 들어오긴 했다만, 대부인께 인사는 드려야지. 인사부터 드리자."

"오빠! 무슨 생각이야!"

귀산은 웃기만 했다.

금하명과 하후, 빙후가 한달음에 달려나왔다.

사천당문은 남이 아니다. 처가(妻家)가 되었다. 처가에서 혈족이 찾아왔으니 맨발로 뛰어나가 맞이해도 모자란다. 청화장이 불을 모두 밝히고 잔치를 준비해야 한다.

귀산은 호들갑 떨지 말라고 했다. 몇 사람만 만나면 된다고 했다. 몰래 담장을 넘어온 이유와 무관하지 않으리라.

오라버니들이 소현 부인과 만날 때도 불안감의 정체는 드러나지 않았다.

"독밖에 배운 게 없는 아이입니다. 잘 부탁드립니다."

"감당하기 어려운 말씀을 하시는군요. 귀한 따님 주셔서 감사드려요. 정식으로 혼례를 치렀어야 하는데, 염치없군요."

오가는 이야기도 평범하다. 그러나 그러면 그럴수록 불안감은 더욱 고개를 쳐든다.

불안감은 오라버니들이 소현 부인의 전각에서 물러나와 금하명을 대할 때 절정으로 치솟았다.

"우린 처남(妻男), 매제(妹弟) 사이이니 말을 놓겠네."

"그러셔야죠."

"우선 밥 좀 먹어야겠어. 밥을 먹어야 힘을 쓰지."

'밥? 힘?'

불안감이 차츰 실체를 드러낸다.

"오빠, 가요. 내가 진수성찬으로 차려줄게."

당운미는 움직이지 못했다. 하후가 슬그머니 손을 뻗어 손을 꼭 잡아왔다.

"처남 매제간이지만 처음 만났으니 우선 대화부터 나누세요. 저흰 나중에 뵙도록 하죠. 상공, 후원 정자가 말씀을 나누시기에 좋을 거예요. 먼길을 오셨으니 최대한 편안하게 해주셔야 한다는 건 알죠?"

'최대한 편안하게?'

당운미도 그런 말 정도는 알아듣는다. 불안감이 실체를 드러내겠지만 무슨 말이든 수용하라는 뜻이 아닌가.

하후가 당운미의 손을 잡아끌며 속삭였다.

"동생은 금씨 집 사람이야. 설마 우리만 부려먹으려는 건 아니지?"

"언니, 오빠들은……."

"동생은 금씨 집 사람이라니까. 하지 않아도 될 걱정을 하는 건 바보야."

정말 하지 않아도 될 걱정이었을까?

하후는 진수성찬 대신 간단한 주안상을 마련했다.

빙사음과 당운미는 할 일이 없었다. 금하명을 홀로 놔두려고 데려온 것에 지나지 않는다.

"이걸 조양각(助陽閣)으로."

"조양각요? 후원 정자가 아니고요?"

"지금쯤 조양각으로 옮기셨을 거야."

금하명은 하후의 말대로 자신의 집무실인 조양각에 있었다.

당운미는 금하명의 얼굴색부터 살폈다.

편안하다. 안부 정도만 주고받은 사람처럼 활짝 웃고 있다. 그늘 같은 것은 전혀 찾아볼 수 없다.

이번에는 눈길을 오라버니들에게로 주었다.

오라버니들도 편안해 보인다. 특히 암절 당표 오라버니는 백팔 종의 암기가 비장된 혈옥소(血玉籬)를 꺼내 빙글빙글 돌리고 있다. 마음이 흔쾌할 때 나타내는 행동이다.

이야기를 나눴다면 잘 마무리되었다. 이야기를 나누지 않았다면 금하명이 마음에 든 거다.

당운미는 전자 쪽으로 생각했다.

술이 몇 순배 돌고 난 후, 금하명이 정색을 했다.

"처남들께서 청화장에 머물기로 하셨어. 하지만 독후를 제외하고 당문사절이 청화장에 머문다는 사실은 절대 비밀이야. 비밀은 아는 사람이 적을수록 좋으니 당분간은 이 자리에 있는 사람들만 알고 있도록 하자고."

"네."

다른 사람이 끼어들 시간을 주지 않기 위해 하후가 즉시 대답했다.

"무슨 말을 했어?"

"안 했다."

"거짓말."

"하하하!"

"오빠, 하나만 알아둬. 상공과 본문이 적이 된다면⋯⋯ 난 상공 곁에 있을 거야."

"하하하! 무섭구나. 여자는 이래서 비기를 전수해 주면 안 된다니까.

넌 다를 줄 알았는데 마찬가지구나. 앞으로 본문은 암기로만 승부를 걸어야 되겠는걸."

"오빠…… 사랑해. 다들 사랑해."

"후후! 그럴 일 없으니 걱정 마라. 힘껏 도와주마. 아무렴 하나밖에 없는 누이가 비명횡사하게 내버려 둘까."

당운미는 귀산의 얼굴에서 진심이 드러나는 것을 본 후에야 가슴을 쓸어내렸다.

## ❷

요용위(姚勇偉)는 독한 화주(火酒)를 독째로 들이켰다.

금하명이 돌아왔다. 청화장이 봉문을 풀고 옛 성세를 되찾아가고 있다. 청화신군을 죽인 백납도조차도 무너뜨렸다.

거칠 것 없이 파죽지세(破竹之勢)로 치달리고 있다.

많은 형제들이 그에게로 돌아갔다.

청화장에 틀어박혀 코빼기조차 보이지 않지만 언젠가는 옛날처럼 웃고 떠들며 삼명성을 돌아다닐 게 눈에 보인다. 청화이걸을 비롯해 몇몇 사형들이 공공연히 모습을 드러내고 있으니 요원한 일만도 아니다.

그런데 자신은 뭘 하고 있는 건가.

답답하다. 답답해서 가슴이 터질 것 같다.

백납도는 죽었지만 삼명 백가는 건재하다. 부활한 청화장만큼이나 강한 힘으로 삼명성을 양분하고 있다.

능완아가 삼명 백가에서 몸을 빼지 않은 것도 그 때문인가.

그럼 뭐 하나. 이렇게 떠돌기만 해서야 필요할 때 검이라도 뽑겠나.

요용위가 마음의 위안을 얻을 수 있는 것은 독한 화주뿐이었다.

끝없이 이어질 것만 같았던 술이 떨어졌다.

"이, 이봐! 여기 한 독 더!"

"많이 취하신 것 같은데 이제 그만하시죠."

"취하긴 누가 취했다고 그래! 나 멀쩡해! 어서 술이나 가져와!"

그때다. 옆자리에서 술을 마시던 사내들이 인상을 붉혔다.

"이 주루가 자기 것도 아니고, 다른 사람들도 생각해 줘야지. 이봐! 우리가 보기에도 많이 취했어. 그만 가지 그래."

요용위는 가슴속에서 뜨거운 것이 치밀어 올랐다.

답답한 가슴을 달래줄 것은 술밖에 없는데 한낱 무지렁이들이 마셨던 술까지 깨게 만드는가.

당장이라도 검을 뽑아 요절을 내고 싶다.

그러나 참았다. 민초들을 상대하자고 검법을 배운 게 아니다. 마음이 답답한 것은 자신의 문제, 이들과는 상관이 없다. 술을 가져오라고 고함을 질렀으니 불쾌한 심정이 드는 것도 이해된다.

사람을 위해서 검을 써라.

사부님의 엄명이 아직도 귓가에 쟁쟁한데 무인이라는 사람이 난동을 부릴 수야 있나.

요용위는 비틀거리며 자리에서 일어났다.

"취했다면 가야지. 사람들이 취했다면 취한 거겠지."

발걸음을 제대로 떼어놓을 수 없다. 마음은 멀쩡한데 몸은 취했다. 사람들 말이 술은 속일 수 없다더니.

'가긴 가야 되는데 어디로 가나.'

한 걸음, 두 걸음 비척거리며 발길을 옮겼다.

쌍검활문(雙劍活門)을 감시해야 한다는 임무는 머리 속에서 지워져 버렸다. 명을 내린 백납도마저 죽은 마당에 누가 누굴 감시하고 말고 하겠나.

애초부터 마음에 들지 않았던 명이다.

무림 동도들끼리 서로를 감싸주고 도와주지는 못할망정 감시라니.

'사부님은 이러지 않았어. 사부님은 필요한 것을 알아서 주시기도 했어. 복건 무림이 사부님을 떠받든 것은 무위 때문이 아냐. 덕! 덕 때문이야. 백납도! 넌 멀었다. 끄윽! 내가 지금 죽은 작자에게 말하고 있는 건가? 크흐흐!'

"저 사람 많이 취한 것 같은데, 저러다 길에서 얼어 죽는 것 아냐?"

"재수없으면 오뉴월에도 얼어 죽는 게 인간이지. 이봐, 빈방 있으면 데려다 뉘지 그래."

주객들의 소리가 들려왔다.

점소이가 쪼르르 달려와 어깨를 부축했다.

"저기 빈방이 있으니까 한 숨 자고 가요."

"괜찮아. 괜찮아. 나 안 취했…… 끄윽!"

복부가 화끈거렸다. 화로에서 시뻘겋게 달궈진 쇳덩어리가 복부를 쑤시고 들어온 느낌이다.

요용위는 점소이를 쳐다봤다.

'무인!'

점소이는 차디차게 굳은 눈동자를 가졌다. 이런 눈동자를 가진 자는 눈앞에서 부모형제가 죽어도 꿈쩍하지 않을 게다.

'내가…… 내가 이런 방심을…….'

쉬익!

등 뒤에서 칼바람이 느껴진다. 누군가 검을 뽑아 달려들었다.

피해야 한다는 본능이 일어난다. 점소이를 밀쳐 버리고 땅바닥으로 몸을 굴려야 산다.

그러나 마음뿐, 점소이에게 잡힌 팔을 떼어내지도 못했고, 걸음을 옮기지도 못했다.

쓰으윽……!

복부를 쑤신 소도가 하물을 향해 내리그어졌다.

너무 아프다. 전신에 분포된 모든 신경이 난자당하는 느낌이다.

퍽! 푸욱!

등을 뚫고 들어온 검은 폐를 뚫고 가슴 앞으로 삐져 나왔다.

"커억! 컥컥! 컥……!"

요용위는 숨도 쉬지 못하고 헐떡거렸다.

공기가 폐로 스며들었으니 살기는 틀렸다. 지금에 와서 살겠다는 생각을 갖는 것도 아니다. 빨리…… 빨리 죽기나 했으면 좋겠다.

점소이가 그의 귀에 입을 바짝 갖다 대며 속삭였다.

"진작부터 이러고 싶었어. 보여? 네놈 창자가 쏟아져 나온 것. 네놈을 죽일 때는 꼭 창자를 끄집어내고야 말겠다고 생각했거든. 하루살이 같은 놈."

갑자기 아무런 고통도 느껴지지 않는다. 잠이 들 때처럼 정신이 아득해진다.

'이게 죽음…….'

　　　　　*　　　　*　　　　*

　여자가 자신만을 사랑해 주는 사내를 만난다는 것은 큰 복이다. 그 사내가 어디에 내놓아도 빠지지 않는 사내라면, 첫눈에 마음을 빼앗길 만큼 뛰어난 사내라면 행복이 넘쳐흐를 게다.
　최세혜(崔世惠)는 그런 사내를 만났다.
　단정한 용모를 지녔고, 행동거지는 품위가 있었다. 포목상을 운용하며 소유한 점포가 여섯 개나 된다. 학식도 풍부하고 인품도 인근에서는 뛰어나다는 평을 듣는다.
　무공을 배우지 않은 것만 빼면 그 어디에 내놔도 손색이 없는 사람이다.
　"당신 같은 여자가 있는 줄 알았으면…… 내 진작 무공을 배울 것을. 지금이라도 늦지 않았다면…… 내게 무공을 가르쳐 주겠소? 십 년이든 이십 년이든 당신과 어울리는 무공을 배워서 꼭 청혼하리다."
　"안 돼요. 지금은 골격이 너무 굳어서 힘들 거예요."
　"길이 있을 것이오. 꼭 길을 찾고야 말겠소."
　"길은 있어요. 십 년도 이십 년도 걸리지 않는 길이죠."
　"그렇게 말하는 걸 보니 목숨을 걸어야 할 길인 것 같소."
　"그럼요. 목숨을 걸어야죠. 그래도 날 얻고 싶어요?"
　"알려주시오."
　"제가 무공을 버리면 되죠. 다른 여자에게 눈길을 주면 목숨이 위태로울 텐데, 목숨을 걸겠어요?"
　"내 모든 것을."
　그날, 최세혜는 그 사내의 아낙이 되었다.

행복한 나날이 계속 되었다. 너무 행복해서 하늘의 시샘이라도 받으면 어쩌나 하고 마음을 졸인 적도 있다.

그는 결코 한눈을 팔지 않았다. 오로지 최세혜만 쳐다보았고, 그녀가 행복해하는 것을 유일한 낙으로 여겼다.

둘 사이에 자식도 태어났다.

사내만 셋.

흔히들 절세미녀를 맞이해도 삼 년 만 같이 살면 권태를 느낀다고 한다. 집에 있는 절세미녀보다 못 생긴 외간 여자가 더 예뻐 보인다고들 한다.

틀린 말이다. 그는 지금도 처음 만났을 때처럼 뜨거운 열정을 뿜어낸다.

"솔직히 말해봐요. 기루 같은 데 가본 적 있죠?"

"그 말에 대답하려면 목숨을 걸어야 하는데."

"이번만 봐줄게요. 가본 적 있죠? 아무래도 밖에 일을 하려면 사람도 많이 만나야 할 거고, 술도 마셔야 하고."

"큰일났네."

"이번만은 봐준다니까요. 괜찮으니까 속 시원하게 털어놔요."

"그게 아니라…… 당신이 너무 예뻐 보여서."

"뭐예요? 아! 미, 미쳤어요! 사, 사람들이 본단 말예요. 여, 여기서는…… 안으로 들어가서…… 아!"

그날인 것 같다. 넷째 아이가 들어선 것이.

너무 행복했다. 달이 지날수록 불러오는 배를 보는 것도 즐거움이었고, 날마다 배에 귀를 대고 아이의 심장 소리를 들으려는 그의 모습도 행복을 느끼게 만들었다.

쇄겸문(刷鎌門)을 감시하라는 밀명은 완전히 잊혀졌다.

간혹 생각날 때가 있고, 불안했지만 아무런 명이 없으니 잊혀졌나 보다 싶었다.

백납도가 죽었다는 풍문을 들었다. 청화장이 재건되고 사형제가 모였다고…….

가서 만나보고 싶다. 행복과 고통을 함께 나눴던, 열정으로 똘똘 뭉쳐서 진한 땀과 피를 흘렸던 옛 시절로 돌아가고 싶다.

검……. 잊힌 말이다.

최세혜는 움직이지 않았다. 무림에 발을 들여놓는 순간 그녀가 누려 왔던 행복은 모래성처럼 무너지고 말 것이라는 걸 누구보다도 잘 알고 있기에.

밀명을 내렸던 백납도가 죽었으니 앞으로 이 행복은 영원할 것 아닌가.

'잘들 지내겠지.'

해가 뉘엿뉘엿 넘어간다.

그이가 돌아올 시간이다. 하루도 어김없이 해만 졌다 하면 대문을 밀치고 들어서는 사람이니 맞이할 준비를 해야 한다.

최세혜는 퉁퉁 부른 배를 한 손으로 받쳐 들고 저녁 준비를 했다.

그의 사랑에 대한 보답으로 식사만은 항상 자신의 손으로 해왔다. 백납도의 마수가 뻗칠 것이 두려워서 시작한 일이지만 이제는 사랑하는 마음만 가득하다.

저녁을 준비해 놨는데…… 그가 돌아오지 않는다.

이상하다? 이런 일이 없었는데…… 아무리 귀한 손님이 찾아와도 해만 지면 집에 돌아왔는데.

유시(酉時)를 넘기고 술시(戌時)가 지났는데도 그에게서는 연락조차 없었다.

"아!"

문득 생각이 아이들에게 미쳤다.

그러고 보니 남편을 기다리느라고 아이들은 신경 쓰지 못했다. 많이 늦었는데 저녁은 먹었는지, 잠자리에는 들었는지.

부른 배를 움켜쥐고 일어나 아이들에게 갔다.

아이들 방은 어둠에 잠겼다. 잠자리에 들었는지 숨소리조차 들리지 않는다.

최세혜는 배를 움켜쥐고 부들부들 떨었다.

오래전에 맡았던 향기가 난다. 혈향(血香).

오래전에 느꼈던 감정이 되살아난다. 불안감.

"아냐."

최세혜는 잊고 있었던 신법을 펼쳐 방문까지 부숴가며 단숨에 아이들 방으로 뛰어들었다.

짙은 피 냄새 때문에 숨을 쉴 수가 없다.

떨리는 손길로 촛불을 켜자 방 안이 환하게 밝혀졌다.

드러난 참혹한 광경, 피…… 피…… 피. 몸에서 떨어져 나온 머리, 머리, 머리.

"아냐. 아, 안 돼!"

떨리는 손길이 초를 놓쳐 버렸다.

방 안은 다시 어둠에 묻혔고, 악마의 숨결을 토해낸다.

최세혜는 금방 사태를 알아차렸다.

이건 그동안의 행복에 대한 저주다.

'용서하지 않겠어. 절대 용서하지 않겠어. 죽여 버리겠어.'
이를 악물고 방바닥에 떨어진 초를 주워 들었다. 그리고 불을 다시 붙였다.
처참한 모습으로 죽어 있는 아이들.
"으으……! 아악! 아아악……!"
최세혜는 절규를 터뜨렸다. 아이들의 몸을, 머리를 부둥켜안고 무슨 소리인지도 모를 괴성을 토해냈다.
'엄마, 아파.'
'엄마, 죽고 싶지 않아. 살려줘.'
"아아아악……! 으아아악……!"

최세혜는 땅에 묻어버렸던 검을 캐냈다.
'절대! 절대 용서하지 않아!'
남편은 무사할까? 아니다. 이미 마수가 뻗쳤으니 남편 역시 무사하지 못할 게다. 그러니 아직까지 집에 오지 못하는 것일 게고.
불쌍한 사람. 어느 찬 바닥에 몸을 뉘였나. 그런데,
"깔깔깔!"
"호호호!"
그녀는 즐거운 웃음소리가 시녀들이 기거하는 곳에서 터져 나왔다.
환청인가? 자신이 그토록 비명을 질렀는데…… 아니다. 장원이 떠나가라 비명을 질렀어도 누구 한 사람 나와 보지 않았다.
장원은 이미 공동묘지로 변했다. 웃음소리는 시녀들 것이 아니라 죽음을 이끈 자들의 소리다.
최세혜는 한달음에 달려가 방문을 왈칵 열어젖혔다.

그리고 차마 눈뜨고는 보지 못할 광경을 보고야 말았다.

그가 알몸으로 시녀들과 뒤엉켜 있다. 세상에서 오직 한 명뿐인 남자이고, 세 아이의 아버지인 그가 피투성이인 몸으로 시녀들을 탐하고 있다.

시녀들까지 모두 죽었다고 생각한 것은 착각이었다.

그들은 죽지 않았을 뿐만 아니라 남편과 뒤엉켜 육체의 향연을 벌이고 있다.

피…… 피는 누구 피인가. 아이들의 피다. 아이들을 죽인 자는 낯선 자가 아니라 하늘같이 믿고 의지했던 남편이다.

"이…… 이……."

최세혜는 살이 떨리고 피가 치솟아 말조차 할 수 없었다.

쉐에엑!

검이 길게 길을 냈다. 그리고 길 끝에 있던 머리가 탁 걸렸다.

청화장 절기 중에 하나인 비쾌섬광파(飛快閃光波)가 길을 열었으니 무공을 모르는 시녀가 어찌 피하겠는가.

시녀는 머리가 반으로 갈라져 뇌수를 뿌리며 쓰러졌다.

"하악! 깔깔깔……!"

"헉헉! 헉!"

남편과 시녀들은 부부만이 행할 수 있는 일을 멈추지 않았다. 뇌수가 몸을 적시고, 솟구쳐 나온 피가 몸을 적셔도 교접에 환장하여 돌아보지 않았다.

'미쳤어. 모두 미쳤어! 제정신들이 아냐!'

남편과 시녀들의 마혈을 짚고 눈꺼풀을 뒤집어 봤다.

검은 동공이 축소되고 흰자위 부분에는 붉은 실핏줄이 그물처럼 번져 있다. 고름처럼 누렇게 번진 작은 반점도 눈에 띤다.

'색혼산(色魂散)…… 그럼?'

색(色)이야말로 인간의 행위 중에서 가장 신성한 행동이라며 겁탈을 일삼다가 처참하게 맞아죽은 색혼광마(色魂狂魔)의 음약(淫藥)이 출현했다.

일은 생각보다 간단치 않다.

'색혼산이 왜 여기에…… 헉!'

느닷없이 가슴이 뛴다. 손에 진땀이 베이고, 눈앞이 아찔해지며 남편의 엉덩이만 보인다.

'주, 중독됐어. 새, 색혼산에…….'

그녀는 상상했다. 자식들의 피가 아직 마르지도 않았는데, 그 피를 뒤집어쓴 남편과 그리고 시녀들과 난잡한 행동을 한다. 긴 밤이 하얗게 새도록 탐하고 또 탐한다.

사내는 남편만 있는 게 아니다. 하인들도 있다. 시녀들에게 정혈이 고갈된 남편보다는 그들이 훨씬 큰 즐거움을 주리라. 그들은 어디 있는가.

날이 밝았다.

상상인 줄 알았는데 상상이 아니었다. 장원에 몸을 의지한 사람들 삼십여 명 중 옷을 입고 있는 사람은 한 사람도 없었다.

지난밤 동안 장원에서는 남자와 여자만 존재했다. 누구의 아내, 누구의 남편, 누구의 딸과 아들이라는 도의는 말살되었다.

'이건 지옥이야.'

눈물도 말랐다. 한탄도 접었다.

푸욱!

최세혜는 등 뒤에서 찔러오는 검을 저항하지 않고 받았다.

검은 등을 뚫고 들어왔다. 하지만 검을 제대로 사용할 줄 모르는 사람이라서 심장이나 폐를 찔러내지 못했다. 관통조차 못 시켰다.

'바보 같은 사람.'

"여보, 용서를……."

남편의 음성이 들려왔다.

"더 깊게. 왼쪽으로 조금만 틀어서 더 깊게 찔러줘요."

검이 움직였다. 왼쪽으로 비틀리며 있는 힘껏 찔러왔다.

검을 사용할 줄 모르는 사람이라서인지 찌를 줄을 모른다. 매끄럽지 못하게 살을 찢고 들어오니 고통이 극에 달한다.

최세혜는 심장이 찢겼다.

"미…… 안해요. 괜히 나를 만나서……."

"끝은 불행이지만…… 정말 행복했어. 여보, 잠시 정신 차려요. 해줄 건 해주고 가야지. 당신이…… 꼭 당신이 해줬으면 해. 우리 함께 갑시다. 가서 행복하게 삽시다. 아이들하고."

등을 빠져나간 검이 손에 쥐어졌다.

최세혜는 만족했다. 이런 사람과 살아왔으니 끝이 아무렴 어떠랴. 다시 태어난다 해도 이런 사람을 또 만날 수 있을까.

검이 그의 심장을 관통했다.

무인의 검…… 그는 절명했다. 반면에 최세혜는 일 다경 동안이나 더 꿈틀댔다.

\*　　　　\*　　　　\*

차지호리(差之毫釐) 유이천리(謬以千里)

능완아의 연락을 받고 청화장에 돌아온 문도는 열한 명뿐이었다.
예순일곱 명 중 연락조차 받지 못하고 죽어버린 문도가 마흔다섯 명이나 되었다. 스물세 명이 연락을 받았고, 청화장으로 발을 떼놓았으나 절반이 중도에서 요격을 받아 절명했다.
청화장으로서는 손 쓸 방도가 없었다.
예순일곱 명이 복건 무림 각지에 흩어져 있어서 어떻게 해볼 도리가 없었다.
"조금만 더 늦었어도 모두 죽었을 거예요. 살아 돌아온 사람이 열한 명밖에 안 되지만 최선을 다한 거예요."
그 말은 위안이 되지 못했다.
"열한 명뿐이란 말이지."
금하명은 사흘 동안이나 침식을 잊고 비통해 했다.

❸

금하명은 긴 침묵을 깨고 연무장에 모두를 모이게 했다.
상심이 어찌나 컸는지 며칠 사이에 얼굴이 반쪽으로 줄어버렸다. 초췌해진 얼굴을 보고도 농을 건넬 수 있는 사람은 아무도 없지 싶다.
"청화장은 다시 태어나야 해."
진기가 실린 음성은 사람들 귀에 똑똑히 전달되었다.
"사파에서나 있을 법한 일이지만 지금 이 순간부터 난 절대 권력을 행사하겠어. 내게 목숨을 맡길 사람은 남고, 아니면 가."

금하명은 난간에 앉았다. 두 무릎 사이에 얼굴을 묻었다. 그래도 그가 한 말은 천둥이 되어 울렸다.

"남는 사람은 알아둬. 죽는 순간까지 내 손에서 벗어나지 못한다는 걸. 검을 놓을 때, 무림을 완전히 등질 때나 청화장을 벗어날 수 있어. 그 외에는 절대 안 돼. 아예 장규(莊規)에 넣을 거야. 청화장을 배신하거나 검을 손에서 놓는 자, 즉참한다."

정말 사파에서나 있을 법한 통제였다. 그러나 이의를 제기하는 사람은 아무도 없었다. 금하명의 이런 결심이 허무하게 죽어간 청화장 사형제들 때문이라는 사실을 알고 있기에 아무 말도 하지 못했다.

"한 시진의 여유를 줄게. 갈 사람은 그 안에 가. 한 시진 후, 다시 모일 때는 병기를 들고 와. 절대 충성, 절대 복종만 받을 거야."

금하명은 일어섰다. 그리고 뒤도 안 돌아보고 걸어갔다.

연무장에 모였던 사람들은 앉을 곳을 찾아가 앉기도 하고, 가까운 사람과 이야기를 주고받기도 했다.

음성은 크지 않았다. 삭막한 분위기 때문인지 작게 속삭였다.

정확하게 한 시진이 흐른 후, 금하명은 다시 나왔다.

그는 누가 떠났고, 누가 남았는지 알고자 하지도 않았다.

"지금부터 청화장을 바꿀 거야. 절대 복종하라고 했으니 시키는 대로 해. 이것만은 가슴에 새겨 둬. 내 창에 찔려죽는 한이 있어도 밖에 나가서 죽지는 마. 용서하지 않을 테니까."

금하명은 하후에게 서신 한 장을 건네주고 등을 돌렸다.

연무장에 모인 사람들 중 떠난 사람은 없었다. 그중에 한 사람이 작은 소리로 말했다.

"점심에 만두를 먹었는데 콱 얹혔네."

"하하하!"

"이런…… 하하!"

무겁던 분위기가 활기차게 변했다.

하후는 금하명이 건네준 서신을 읽어 내려갔다.

청화장은 일원(一院), 일천(一天), 일관(一館)으로 재편된다.

일원은 원로원(元老院)으로 장주의 명을 좇지 않아도 되는 무상(無上)한 곳이다. 해남 세 기인을 위해 마련했다. 혹여 청화장과 인연을 맺을지도 모를 기인이사를 배려한 곳이기도 하다.

원로원의 원주는 없다. 원로원에 든 사람은 모두가 같은 신분이라는 뜻이며, 무상의 자유를 누리는 사람들이니 원주가 있을 필요조차 없다는 뜻이다.

일천은 군(軍)의 형식을 빌린 전투 세력이다.

천주는 하후. 현재 청화장에 머물고 있는 무인들 거의 대부분이 일천에 포함되었으니 장주와 버금가는 위세를 지닌 자리다.

이번 싸움에서는 금하명이 빠진다. 그러므로 금하명을 대신할 사람이 필요하고, 금하명은 하후를 지목했다. 새로운 청화장 장주라면 틀린 말일까?

일천은 다시 자령(紫靈)과 삼루(三樓)로 나눠진다.

자령은 하후의 직속으로 호법을 맡는다. 이에 해당하는 사람은 음양쌍검과 청화장 문도 중 발이 가장 빠른 중휘, 그리고 역시 신법에서 탁월한 재능을 발휘하고 있는 이가가(李佳加)와 진초봉(陳楚鋒) 등 다섯 명이다.

자령의 인원구성에서 알 수 있듯이 자령은 호법보다는 하후의 명을 삼루에 전달하는 역할이 더 중요하다.

　삼루를 긴밀하게 연결시키는 끈이 되는 셈이다.

　삼루는 세 개의 루(樓)라는 뜻으로, 루의 명칭은 천지인(天地人)에서 따왔다.

　천루의 루주는 노태약이다. 휘하에 두 개 대(隊)를 두었고, 각 대는 대주 포함하여 열네 명씩으로 구성했다. 천루의 대주는 청화사검 중 성금방과 담정영이 맡았다.

　지루의 루주는 기완이다. 대주는 조자부, 조가벽 남매가 맡았으며 인원 구성은 공히 열네 명씩이다.

　인루의 루주는 야괴다. 허울뿐인 취정관 관주라는 직책을 없애고 인루로 구성했다. 구성원은 백팔겁.

　이들 삼루는 청화장과 관계된 싸움이면 어느 곳이나 달려가 싸울 사람들이다.

　일관은 취정관의 다른 이름이다.

　정보만 정확했다면, 소식만 빨리 전했다면 그토록 많은 청화장 문도들이 비명횡사하는 일은 없었으리라.

　지난 일은 잊지 말아야 한다. 거울 보듯 항시 떠올리며 두 번 다시 같은 일이 반복되지 않도록 경계해야 한다.

　취정관의 관주는 독절 당운미가 맡았다.

　당운미는 청화장의 눈과 귀가 되어야 하는 막중한 임무를 맡았음에도 수하는 한 명도 없다.

　이상한가? 이상할지도 모른다. 청화장 식솔들 중에서도 이상하게 생각하는 사람이 있으니 그런 의문이 드는 것은 당연하다.

　그러나 몇몇 사람은 전혀 이상하게 생각하지 않는다. 당운미를 철저하게 믿고 있으니 자신감을 얻었으면 얻었지 토를 달지는 않는다.

야괴가 백팔겁의 원천인 민초들의 힘을 기꺼이 내놨다. 그들의 면면을 비롯하여 연락하는 방법과 수단을 모두 공개했다. 그 수가 무려 이만 명이다.

당운미에게는 또 다른 정보원도 있다.

약초꾼, 엽사(獵師), 땅꾼 등 산천을 헤집고 다니는 모든 사람이 눈과 귀다.

사천당문이 지닌 정보력은 결코 개방에 뒤지지 않는다. 어쩌면 독술이나 암기술보다도 한층 뛰어난 무기일지도 모른다. 사천당문은 그들을 중히 생각한다. 본문을 지켜주고 유지시켜 주는 힘의 원천이라고까지 말한다.

그렇기에 그들과의 유대를 철저하게 숨겨왔다. 구파일방은 사천당문의 정보력이 얼마나 광범위하고 깊은지 알지 못한다. 오직 개방만이 약간의 기미를 눈치채고 있지만 깊숙이는 모른다.

그 수는 헤아릴 수조차 없다. 사천당문조차도 그들이 몇 명이나 되는지 알지 못한다.

복건에도 약초꾼은 있다. 엽사도 있고, 땅꾼도 있다. 화전민도 널려 있다.

이제부터 그들이 눈과 귀가 되어줄 게다.

취정관은 세상에서 가장 많은 문도를 거느린 대방파다.

당운미의 역할은 또 있다. 지금까지 그래 왔던 것처럼 외총관의 역할까지 겸했다. 청화장을 방어하고 보호하는 모든 역할이 그녀에게 돌아갔다.

단 혼자만의 힘으로 이것이 가능할까? 그녀가 아무리 사천당문의 독절이라고 해도 너무 과한 주문이지 않은가.

아니다. 공표하지는 않았지만 그녀 곁에는 귀산과 암절, 기절이 있다. 그들이 본격적으로 청화장을 돕기 시작했기에 취정관도 강력해진 것이다. 하물며 청화장을 방비하는 것쯤은 문젯거리도 안 된다.

귀산이 설계하고, 독절이 독을 풀고, 기절이 기관을 설치하고, 암절이 암기를 숨겨놓는다면…… 뚫을 수 있는 사람이 몇이나 될까.

공식적인 총관은 능완아가 차지가 되었다.

능완아는 아버지가 그랬던 것처럼 청화장의 대소 살림을 도맡게 되었다. 그녀를 도와줄 사람으로는 사람 좋은 봉자명이 선택되었다.

직위를 부여받지 못한 사람은 빙사음뿐이다.

하지만 그녀는 웃었다. 겉으로 표현한 것은 미미한 웃음이었지만 속으로는 뛸 듯이 기뻤다.

장주의 호법.

항상 곁에 붙어 있어야 하는 위치이니 그의 여인으로서 이보다 기쁜 일이 또 있는가.

"둘째 언니, 너무 좋아하지 마. 다 표시나."

"그러게 너무 좋아하는 것 같네."

빙후 빙사음은 놀리는 것까지 싫지 않았다.


청화장 내에서 대이동이 시작되었다.

각기 맡겨진 분야에 따라 거처를 옮기는 것도 큰 이동이었다.

해남도 세 기인은 후원 가산(家山)에 마련된 한적한 곳으로 옮겼다.

"글글…… 오랜만에…… 마음에 드는 곳을…… 찾았군. 해남도…… 글글…… 내 집에 온 것 같아. 글글……."

천소사굉이 새로운 거처를 제일 마음에 들어 했다.

일천과 일각은 중원(中院)으로 이동했다.

야괴가 사용하던 취정관으로 당운미가 들어섰고, 금하명의 집무실이던 조양각은 하후가 차지했다.

조양각을 중심에 두고 오른쪽으로 펼쳐진 취심각(聚心閣)은 천루가, 원지각(圓智閣)은 지루가, 왼쪽에 있는 용신각(龍身閣)은 야괴를 비롯한 백팔 명에게 할당되었다.

외원은 능완아가 관할하되 하인들만을 남겨둔 채 무인들은 모두 철수시켰다.

한 치 앞을 볼 수 없는 것이 청화장이 당면한 현실이지만 장래를 위한 포석이다.

앞으로 청화장에 입문하려는 문도들은 외원에 거주하며 무공 수련을 하게 될 것이다. 그들 중 무공이 탁월한 자만이 일천이나 일관에 들게 되리라.

외원에서 중원으로 들어서기가 하늘에서 별을 따오는 것만큼이나 어렵게 되었다.

그런 만큼 삼루에 들어선 사람들도 책임이 막중하다.

금하명 말마따나 장주의 창에 꿰여 죽을 수는 있어도 밖에 나가서 죽지는 말아야 한다. 세상이 깜짝 놀랄 만큼 강인한 무인 집단으로 재탄생해야 한다.

야괴가 불러들인 목수들은 바쁘게 움직였다.

각 전각마다 일층은 연무장으로, 이층부터 삼층까지는 침소로 개조해야 하니 여간 큰일이 아니다.

삼루 무인들에게도 특명이 떨어졌다.

하루 두 시진 이상 잠을 잘 수 없다. 식사 시간을 포함하여 여분의 시간으로 한 시진을 준다. 남은 시간은 오로지 무공 수련에 매진한다.

천루와 지루의 구성원들은 청화장 사형제들이다. 그들에게는 대삼검이 주어졌다. 만상환무, 비쾌섬광과, 일력검은 능숙한 사람들. 그들의 목표는 대환검이다. 금하명이 터득한 대환검의 요체를 하루라도 빨리 터득해야 한다.

성공만 한다면…… 청화신군에 버금가는 무인들이 오십여 명이나 탄생하게 되니 이보다 강한 무인집단이 어디 있을까.

문제는 가공할 검초를 뒷받침해 줄 내력이다.

금하명의 태극음양진기는 전수해 줄 방도가 없다. 오십여 명에 이르는 무인들에게 귀사칠검의 끔찍한 악몽을 겪게 할 수는 없다. 그렇다고 자신과 빙사음에게 기연을 안겨준 전엽초를 복용시킬 수도 없다.

전엽초…… 그렇다. 해답은 전엽초에 있다.

전엽초에서 독성만 제거할 수 있다면 평범한 무인을 일약 절정고수 반열에 올려놓을 게다.

이 일은 하후와 빙후, 그리고 당운미에게 맡겨졌다.

"전엽초를…… 또 손댄단 말예요? 끔찍해요."

전엽초 중독을 해소시키기 위해서 밤잠을 못 잤던 하후는 이야기만 듣고도 치를 떨었다.

당운미는 다른 반응을 보였다.

"전엽초는 본문에서도 관심을 가졌던 독초예요. 잠재력을 극대화시키는 효능이 있기는 한데…… 상공께서 말하는 것은 본원진기를 키우는 방법이니…… 글쎄요."

금하명이 빙후를 쳐다보며 물었다.

"빙후도 그렇게 생각해?"

"내공 증진이라면 단전만 생각하는데…… 세맥을 격발시키면 배는 강한 내공이 응집되죠. 태극음양진기 중에서 음양이기만 사용해도 단전에 회전력이 생기니 진기는 끊임없이 순환할 거고. 세맥타통에 초점을 맞춘다면…… 가능하지 않을까요?"

"전엽초에서 타통에 사용될 극미량만 독만 뽑아내면 돼."

하후와 당운미는 서로를 쳐다보았다.

태극음양진기가 무엇인지 모르니 장담할 수는 없다. 하지만 빙사음의 말이 맞고, 금하명의 말대로 일시적으로 세맥을 타통시킬 수 있는 극미량의 독만 필요하다면 가능할지도 모른다.

"해봐야겠네요."

하후가 대답했다.


인루 무인들이 문제다. 그들은 은신술을 펼칠 수 있지만 그 밖의 무공은 신통치 않다. 그들이 펼치는 은신술도 일류고수를 만나면 여지없이 깨져 버린다.

음양쌍검은 지령에 배치된 증휘, 이가가, 진초봉과 백팔겁을 한자리에 모았다. 그리고 구류음둔공(九流陰遁功)의 진결을 불러주었다.

가장 기본적인 은신술만 수련한 사람들에게, 또 은신술이라고는 접해보지도 않았던 청화장 문도에게 초상승 은신술을 가르친다는 것은 불가능에 가깝다.

이들에게는 구류음둔공이 아니라 남해검문의 적엽은막공을 가르치는 게 더 빠를 게다. 하지만 남해검문의 비기를 함부로 누설해서는 안 되지 않나.
 어렵더라도 해내야 한다. 한 사람이라도 낙오자가 생기지 않도록 최선을 다해 돌보아야 한다.
 난관은 또 있다. 구류음둔공을 수련해 내도 백포인 같은 자들을 만나면 파리 목숨에 불과하다. 기껏해야 숨는 방법뿐이니 도망만 다니다가 끝장나기 일쑤다.
 그러나 음양쌍검은 과감하게 구류음둔공을 전수했다.
 그들은 당운미의 말을 믿고 싶었다. 아니, 믿는다.
 "구류음둔공만 깨우친다면 인루는 최강의 살수집단이 될 거예요. 약속해요. 저들에게 끔찍한 병기를 줄게요."
 암기와 독으로 명성이 자자한 사천당문의 독절이 한 말을 믿지 않으면 무엇을 믿으랴.
 이는 음양쌍검에게도 희망이었다.
 '백궁놈들…… 이제는 도망만 다니지 않아.'

 원로원의 세 기인은 할 일이 없었다. 아니다. 가장 할 일이 많았다.
 무공을 수련하는 문도들이라면 한 명도 빠짐없이 그들의 먹이가 되었다.
 "이놈아! 그게 비쾌섬광파냐! 썩을 놈. 어디서 굼벵이만 주워 먹다 왔나, 왜 이리 느려. 잘 봐, 이놈아! 쾌의 요체는 거리도 속도도 아냐. 틈을 발견하는 눈이야!"
 "에구! 장주 좀 본받아라, 이놈아! 장주는 딱 한 번 지고는 살기를 감지해 냈어! 네놈은 내 검이 사방을 쑤시고 있는데도 모르고 있잖아! 차라리 나가 돼지는 게 어때?"

"썩을 놈! 그것도 검이라고. 대갈통에 똥만 들었냐! 한 번 가르쳐 주면 피와 살로 만들어야지, 어디다 흘리고 온 거야! 틈을 보고 친다. 이것보다 빠른 게 어딨어! 자 봐!

따악!

일섬단혼의 욕설과 목검 타격 소리는 한시도 쉬지 않았다.

어린아이처럼 작은 키에 앳된 동안의 노인. 그는 하루도 지나지 않아서 마두(魔頭)라는 별칭을 얻었다.

벽파해왕은 은근슬쩍 요점만 짚어서 가르쳐 주기로 유명해졌고, 천소사굉은 절정의 문턱에서 걸음을 떼어놓지 못하는 무인들에게 희망의 별이 되었다.

금하명은 삼루 무인들에게 명령한 것을 몸소 지켰다.

하루에 두 시진 이상은 잠을 자지 않았고, 여유 시간은 한 시진을 넘기지 않았다.

남은 시간은 무공 수련에 매진했다.

엄밀히 말하면 무공 수련도 아니다. 그냥 가만히 앉아서 묵상에 잠겼다, 딱딱한 돌덩이처럼.

화두를 잡지 않아도 흔들리지 않는 부동심은 묵상을 거듭할수록 길게 유지되었다.

반 각에서 한 시진으로, 두 시진으로.

티끌만한 잡념도 없는 무아 상태는 아무것도 가르쳐 주지 않는다. 진리도 조화도 마음의 평화도 없다. 공(空), 허(虛), 무(無)도 느끼지 않는다.

눈을 뜨면 잠깐 눈꺼풀을 감았다 뜬 것 같다. 시간이 아침에서 점심으로, 점심에서 저녁으로 변해 있기에 오랜 시간 동안 묵상에 잠겼다는 것을 알 뿐이다.

아무것도 얻는 것이 없는 행동을 무엇 때문에 하나.

천지와 일체가 되기 때문이다. 머리로는 파악하지 못하지만 진리의 근원에 접근하고 있기 때문이다.

가장 큰 변화로는 태극음양진기의 순환이다.

진기가 미약해진다. 태풍처럼 휘돌던 회전력이 환히 느낄 수 있도록 느려졌다. 독맥에서 치솟던 강맹한 진기도 대하(大河)처럼 완만해졌다. 멈춰선 듯하면서도 끊임없이 흐른다.

멀리서 대하를 보면 물이 가득 차 있다는 느낌만 들 것이다. 흐르는 물줄기가 보인다고 말하는 사람이 있다면 거짓말이라고 통박을 주어도 무방하다.

독맥으로 솟구쳐 올라 강한 힘으로 백회를 쳤던 진기가, 태극오행의 회전력에 이끌려 임맥으로 돌아섰던 진기가 금하명 자신도 느끼지 못할 정도로 느리게 움직인다.

움직임이 느껴지지 않는다. 아예 멈춰선 것 같다.

그렇다고 진기를 운용하여 확인할 필요는 없다. 멈춰선 것 같은 대하가 끊임없이 흐르듯 진기도 일정한 속도로 움직이고 있다.

금하명이 시도하는 묵상은 태극음양진기가 발전하여 도달한 경지이기에 일반적인 참선이나 묵상과는 거리가 있다. 명확하게 말하면 운공조식의 일환이라고 할 수 있다.

좋지 않은 점도 있다.

일체무망(一體無妄).

욕심, 욕망, 욕구가 무망하다. 욕심이란 나쁜 점도 있지만 좋은 쪽으로 활용하면 인간을 성숙시키고 발전시키는 힘이 된다.

좀 더 강한 무인을 만나고 싶은 욕구도 무공을 발전시킨다. 더 강한 무공을 얻을 수 있다면 손가락이라도 자를 수 있다. 욕심인가?

이 모든 것이 덧없게 느껴진다.

무인지로는 무엇인가. 살아가는 방법 중에 하나다. 자연스럽게 무인으로 살아가면 무인지로를 걷는 거다. 무엇 때문에 악착같이 강한 자를 찾아다니나. 그럴 시간이 있으면 차라리 명상, 참선을 하여 미진한 자신을 일깨우는 것이 바람직하지 않나.

금하명은 새롭게 일어나는 마음들을 흐르는 대로 내버려 두었다.

억지로 되돌릴 마음도 없다. 다가오면 다가오는 대로 멀어지면 멀어지는 대로 차분히 지켜보기만 하면 된다.

내관(內觀) 관조(觀照).

무공에 처음 입문하는 사람에게 가장 먼저 일깨워 주는 말이 내관이다. 내공이 무엇인지, 진기가 무엇인지 모르는 사람에게 진결을 가르쳐 준들 아무것도 얻을 수 없다. 그래서 운기토납(運氣吐納)으로 공기를 들이마시고 내쉬는 법부터 가르친다.

그러면서 하는 말이 들이마신 공기가 폐를 지나 단전에 머무는 것을 지켜보라는 거다. 이른 바 내관.

어처구니없게도 극상승에 이른 지금 금하명이 추구해야 할 것이 바로 내관이다. 관조다.

진기의 흐름을 보는 것과 마음을 흐름을 지키는 것은 엄연히 다르지만 제 삼자의 눈으로 지켜본다는 의미에서는 같다고 할 수 있다.

진기의 흐름을 지켜본다. 마음의 흐름을 지켜본다.

나는 개입시키지 않는다. 멀리서 지켜보기만 한다.

혈흔창을 집어 창날을 폈다.

찰칵!

창날이 적갈색의 요기를 토해내며 드러났다.

금하명은 아무 의미도 부여하지 않은 채 사선으로 내리그었다.

스읏!

창날이 공기를 찢어발기는 소리조차 없다. 부르르 떨어대는 창음도 들리지 않는다. 그러나,

"아!"

옆에서 지켜보던 빙사음은 경악성을 터뜨렸다.

"보, 보이지 않아. 창의 흐름이."

그녀의 음성은 놀라움으로 가득했다.

무엇을 하나 했는데. 운공조식을 하는 것 같지도 않고 무엇을 하나. 마음이 답답하니 참선을 하는 건가. 급할수록 돌아가라고 했으니 답답하면 잠시 쉬어가는 것도 좋을 거야. 단지 그렇게만 생각했는데.

금하명이 보여준 한 수를 떠올렸다.

만일 창이 자신에게 향한다면 어떨까? 막아낼 수 있을까? 없다. 순간적으로 왔다가는 창을 막아낼 사람은 없다. 이는 자신의 반사 신경보다도 훨씬 빠르지 않나.

금하명의 무공은 생각보다 훨씬 높은 곳에 있었다.

해남도에서 전엽초의 독성 때문에 기연을 얻을 때만 해도 금하명은 조금 높은 위치에 있었을 뿐이다. 높기는 하지만 팔을 뻗으면 닿을 수 있는 위치였다.

그런데 이제는 층차가 벌어졌다.

너무 벌어져서 쉬지 않고 달려가도 따라잡을 수 없다.

같은 내공심법을 가졌는데 어떻게 이런 차이가 날 수 있단 말인가.

빙사음이 알고 있는 상식으로는 도저히 납득되지 않았다.

그건 그렇고 이런 무공을 지니고도 승산을 점칠 수 없는 존주의 무공이란 도대체 어떤 것인가. 세상이 이토록 넓었단 말인가.

금하명의 호법이 되어 곁에 있지 않았다면 앞으로도 모르고 지냈을 게다.

"우물 안 개구리였어. 나는……"

이상하다. 자신을 책하고 있는데, 금하명이 사랑스럽게 느껴지는 건 무슨 조화인지.

그녀는 일어서는 금하명에게 달려가 와락 껴안았다.

第五十三章
재가천일호(在家千日好) 외출일일난(外出日日難)
집에 있으면 천 일도 좋지만
외출을 하면 하루도 어렵다

재가천일호(在家千日好) 외출일일난(外出日日難)
…집에 있으면 천 일도 좋지만, 외출을 하면 하루도 어렵다

취정관에 쌓이는 정보량이 눈덩이처럼 불어났다. 하루에 두세 건 정도 전달되던 정보가 자고 나면 열 건, 백 건으로 늘어났다.

취정관이 발동된 지 십여 일이 지난 지금에는 당운미 혼자서는 도저히 읽어보지도 못할 만큼 많은 양이 쌓였다.

사실 당운미는 정보들을 읽어볼 필요도 없었다. 전달되어 온 것을 하후에게 건네주면 그만이다. 그러나 그럴 수 없다. 청화장 전체를 한눈에 내려다보아야 하는 하후는 밤잠조차 제대로 자지 못한다. 사람을 말려 죽일 요량이 아니라면 그 많은 양을 고스란히 전달할 수는 없다.

여기까지가 청화장 식솔들이 알고 있는 취정관주 당운미다.

몇몇 사람만이 알고 있는 당운미는 전혀 다르다.

그녀는 취정관에 들어온 정보들을 손도 대지 않았다. 그녀는 눈을 뜨면서부터 잠이 들 때까지 오로지 독물들만 쳐다보았고, 죽이고, 찢고, 끓이고, 태웠다.

천소사굉의 주선으로 창파문의 전엽초가 배달된 다음에는 쉴 틈도 없이 분해와 배합에 매달렸다.

"이건 창파문이 변형시킨 거라서 더 어려워. 원형초를 구해야겠는데, 창파문이 가지고 있을까? 본문에 있기는 한데 너무 멀어서 두 달은 기다려야 할 거야."

그만한 시간이 없다.

결국 천소사굉에게 다시 서신을 썼다.

이것이 몇몇 사람만 알고 있는 당운미다.

그럼에도 하후는 엄선되어 꼭 필요한 정보만을 받았다.

취정관 정보는 누가 관리하는 것일까? 문도도 배정되지 않았는데.

귀산이다. 그가 취정관에 틀어박혀 하루종일 정보를 읽고 분석하고, 무림을 모르는 하후를 위해 자신의 의견까지 개진해 놓았다. 청화장 식솔들에게까지 비밀에 붙여진 존재가 되어서 활발한 활동을 개시하고 있었다.

그의 머리는 정보를 훑어보는 것만으로도 진위를 찾아냈고, 경중(輕重)을 가려냈다.

청화장이 입수하는 모든 정보는 인편을 통해 전달된다.

곡물 속에 파묻혀 오는 경우도 있고, 하인들의 손을 통해 전달되는 경우도 있다.

무림방파에서 애용하는 전서구는 일절 사용하지 않는다.

전서구란 소식을 빠르게 전해주는 방편이 되기도 하지만 정보를 누설시키는 지름길이 되기도 한다. 반면에 손에 손을 거쳐서 전달되는 정보는 다소 속도는 느리지만 철저한 보안을 유지할 수 있다는 장점이 있다.

그렇다고 전서구에 비해서 많이 느린 편도 아니다. 삼명성에서 벌어지는 대소사는 한 시진도 걸리지 않아서 전달되며, 복건 무림에서 일어나는 일들은 하루를 지나지 않는다.

귀산, 그는 한 장의 전서를 손에 쥐고 자그마하게 중얼거렸다.

"내가 있는데 십 일이란 기간을 주면 안 되지. 모사가 세 명이나 있다고 했나? 그가 거둔 자들이니 뛰어난 사람들이겠지만 내게 십 일이란 기간을 준 것을 보면 천하제일은 못되겠어. 계략이란 자만에 치우치지 않고, 적을 과대평가하지도 않은 중도에서 펼쳐져야 하는 것. 나의 존재를 염두에 두지 않았다는 자체가 자만에 치우친 거야. 후후후!"

십 일이란 기간은 중구난방 흩어져 있는 조직을 하나로 밀집시키기에 충분한 시간이다. 그동안 귀산은 복건의 조직망을 사천무림처럼 치밀하고 촘촘하게 그물화시켰고, 복건 무림의 동태를 한 손에 장악하게 되었다.

그가 금하명에게 요구했던 것은 바로 이것, 복건에 존재하는 사람들 중에서 사천당문과 연관된 사람들을 자유자재로 운용할 수 있게 협조해달라는 것이었다.

조직망은 구성되었다.

아직은 미흡하지만 시간이 흐름에 따라서 공고하게 자리잡을 것이고, 그때는 청화장조차도 어찌지 못하는 암류(暗流)가 되리라.

그가 구성한 조직망이 완전하게 틀을 갖추게 되면, 그래서 복건 무림인들의 신경을 자극하지 않으면서도 활발하게 움직이게 되면······ 복건 무림은 그 누구의 것도 아니다. 바로 사천당문의 것이 된다.

금하명도 그런 사실쯤은 인지하고 있다. 그런데도 승낙하고 협조했다. 복건에 존재하는 엽사, 약초꾼, 땅꾼들의 인적사항을 조사해 주었고, 그들을 귀산이 움켜잡을 수 있게 도와주었다.

귀산이 변심한다면, 그래서 정보의 중심지를 청화장에서 다른 곳으로 이동시킨다면…… 그 즉시 복건 무림은 사천당문 것이 된다.

개방의 이목을 속이고, 복건 무림인들을 자극하지 않고, 사천당문의 이름을 뒤로 숨긴 채 가장 효율적인 방법으로 조직망을 구성한 것이다.

물론 귀산은 변심할 생각이 없다.

금하명 같은 절대무인을 적으로 돌리면 자신의 목숨뿐만이 아니라 사천당문 본문까지도 위태로워진다는 것을 잘 알고 있다. 꼭 그런 점이 아니더라도 변심할 생각은 없다. 하나뿐인 누이동생이 절대강자의 반려자가 되어 행복하게 사는 모습을 보는 것으로 자신의 일생은 끝을 맺게 되리라.

청화장과 사천당문의 겨룸은 먼 훗날에 일어나리라.

금하명이 죽고, 자신도 죽고, 누이동생도 죽고…… 후손들 간에 치열한 싸움을 벌일 수도 있고, 아니면 자신들처럼 우호적인 입장에서 상부상조할지도 모른다.

그건 그들에게 맡겨두자. 본문을 위해 복건 무림을 한눈에 들여다볼 수 있는 조직망을 갖춘 것으로 만족하자.

귀산은 전서를 금지(金紙)에 넣었다.

하후에게 전달하는 문건(文件).

하후는 전서를 읽은 후, 가볍게 한숨을 몰아쉬었다.

"휴우! 오래 기다려주지도 않는군요. 이제 겨우 십여 일. 싸움이 시작되었어요."

화기애애하게 웃고 떠들던 좌중이 찬물을 끼얹은 듯 조용해졌다.

"너무 걱정할 건 없어요. 탐색을 해오는 것이니 조용히 맞으면 되겠죠. 셋째, 이번 싸움은 네가 맡아줘야겠어."

당운미는 자신만만하게 싱긋 웃었다.

"걱정 말아요."

사실 당운미도 할 것이 없다.

이번 싸움은 그녀 몫이 아니라 귀산처럼 철저히 비밀에 붙여진 두 오빠, 암절과 기절의 싸움이다.

쾅! 꽈앙!

어둠을 대낮처럼 밝히는 섬광이 작렬하더니 지축을 뒤흔드는 격렬한 굉음이 전각을 뒤흔들었다.

돌로 만든 바닥과 아름드리 석주(石柱)가 지진이라도 만난 듯 부르르 떨렸다.

"짜식들…… 무인이란 놈들이 치사하게 화약을 사용하다니."

야괴가 못내 마땅치 않은 듯 인상을 찡그리며 중얼거렸다.

독을 상대하는 데는 불이 제격이다. 암기를 무력화시키는 데는 화약이 그만이다.

청화장 담벼락은 묵을 짓이긴 듯 찢겨져 나갔을 것이고, 담장을 따라 설치된 암기도 무용지물이 되어버렸으리라.

"어떤 놈들인지, 단숨에 베어버릴 수 있는데."

성금방이 애검을 쓰다듬으며 말했다.

천루와 지루의 수련은 전혀 발전이 없다고 생각해도 좋을 만큼 미미한 상태다.

대환검이 깨달음의 무학이라고는 하지만, 깨달음까지 이끌어줄 밑바탕이 필요한 것은 말할 나위도 없다. 결국 대환검은 쾌(快)와 중(重)과 환(幻)이 절정에 이르렀을 때에서야 나타나는 절정검공이다.

청화장을 세운 청화신군조차 이론상으로만 정립해 놓았을 뿐인 검공을 단 며칠 만에 깨달을 수는 없다.

천루, 지루, 인루로 구성된 일천이 무림을 활보하는 데는 상당한 기간이 필요하다.

얼마나 걸릴까? 일 년? 이 년? 어쩌면 십 년 세월로도 부족할지 모른다.

그들 연공의 성패는 오로지 당운미 손에 달려 있다.

패도적인 내력으로 중을 이루고, 쾌를 연성해 낸 다음에 환으로 마무리짓는다. 대환검을 수련해 내는 일은 그 다음에서나 생각해 볼 문제다.

그동안 문도들은 철옹성이나 다름없는 청화장 안에 틀어박혀 있어야 한다.

백궁의 첫 도전은 그런 철옹성을 깨뜨리는 것부터 시작되었으니 당연한 수순이다.

꽈앙! 꽝! 꽈앙……!

거센 폭음이 연이어 울렸다. 지붕이 흔들리며 돌가루를 떨어뜨리고, 앉아 있는 의자가 폭풍에라도 휩쓸린 듯 뒤뚱거린다.

"이러다 난전이 되는 것 아냐?"

담정영이 가만히 앉아 있기가 불안한 듯 엉덩이를 들썩였다.

"오만방정하고는. 호랑이 뱃속에서 태어났다는 놈들이…… 쯧!"

일섬단혼이 눈을 흘겼다.

좌중은 다시 조용해졌다.

일섬단혼이 나섰다. 누가 한마디라도 거들다가는 당장 욕지거리를 얻어먹을 게 뻔하잖은가.

쒜에엑!

화살이 허공을 가르는 소리다.

파파파팟……!

허공을 가닥가닥 끊어버리는 소리로 미루어 비선표(飛旋鏢)가 날아간다.

청화장에 설치되었던 암기가 발동했다.

화약까지 동원한 적인데…… 무모하게 들어서지는 않았을 텐데…… 담장을 무너뜨리고, 안쪽에 다시 화약을 터뜨려 장애물을 정리한 다음에야 들어섰을 텐데…….

암기가 발동되지 않았어야 정상인데, 발출되었다.

페에엑! 파아앗! 쒜에엑……!

하늘에서 주먹만한 우박이 떨어지는 것 같다. 지붕이며 봉창이며 얼음덩이에 흠씬 두들겨 맞는 것 같다.

청화장에 몸을 담고 있는 사람들조차 장원 안에 이토록 많은 암기가, 거센 암기가 숨겨져 있는 줄은 몰랐다. 소리만 들어서는 청화장을 세 겹, 네 겹으로 에워싸고 달려드는 무리가 있다고 해도 모조리 상대해낼 수 있을 것 같다.

치를 떨리게 하는 장면이 자연스럽게 상상된다.

외벽이 허물어지고 외장이 무방비 상태로 노출되었다. 백궁은 그곳에 또다시 화약을 터뜨렸으니 적어도 삼사 장 넓이의 길이 생겼고, 큼

지막한 구덩이도 곳곳에 형성되었다.

백궁도는 그 길을 따라 들어선다. 그리고 외벽을 허물 때처럼 중벽에 화약을 설치한다.

그때, 치를 떨리게 하는 암기 세례가 쏟아진다.

몸을 피할 곳도, 물릴 곳도 없는 진퇴양난의 곤경에서 암기가 폭우처럼 쏟아진다. 처음 한두 개 정도는 받아넘기거나 피해낼 수 있겠지만…… 결국은 고슴도치가 되어 길게 몸을 눕히고 만다.

피할 곳을 모조리 차단하면서 쏟아지는 암기들이다.

하늘로 솟구치는 재주가 있거나 땅으로 푹 꺼지는 신기(神技)라도 지니고 있다면 모르겠지만…… 그렇지 않는 한 모두 죽음이다.

부르르 치를 떨었다.

상상만 해도 몸서리쳐지는 광경이지 않은가. 암기가 발동되지 않았다면 자신들 손으로 베어 넘겼어야 할 적이지만 암기가 수십 개씩 꽂혀서 죽는 광경은 결코 좋은 모습이 아니다.

콰앙! 쾅!

적은 발악이라도 하듯 화약을 터뜨렸다. 그리고 암기는 화약에 반응이라도 하듯 더욱 거칠게 쏟아져 나갔다.

지루하고 긴 밤이다.

촌각이 한 시진이라도 된 듯이 길게 느껴진다.

폭음과 암기 소리는 봉창에 새벽빛이 스며들 때까지 지속되었다.

"그 자식들…… 대충 해보고 안 되겠다 싶으면 물러갈 것이지."

백궁도가 야괴의 말을 들은 것일까? 야괴의 말이 끝남과 동시에 화약 터지는 소리와 암기 나는 소리는 거짓말처럼 멈췄다.

"음……!"

"지독한 놈들!"

"이게, 이게…… 도대체 몇 놈이나 뒈진 거야?"

간밤 동안 폭풍우가 휩쓸고 지나간 현장은 처참했다.

피, 피, 피…….

평평하던 외장 마당은 하늘에서 내려다본 산야처럼 질곡이 울퉁불퉁 했다. 밟고 서 있는 곳은 산등성이고, 깊게 패인 웅덩이는 골짜기다. 아니, 호수다. 피가 가득 담긴 호수다.

산등성이도 얼마 없다. 널찍한 외장 마당이 모조리 피의 호수로 변해 버렸다.

시신은 보이지 않았다. 암기들은 담벼락이며, 나무며 틀어박히지 않은 곳이 없다. 온 천지가 암기밭이라고 해도 좋다. 한데, 피를 흠뻑 쏟아냈을 시신은 단 한 구도 보이지 않는다.

많은 사람이 죽었다. 틀림없다. 깊게 패인 웅덩이에 가득 고인 피가 처참했던 어젯밤을 말해준다.

"세상이 피로 덮인 것 같네요."

하후가 소매로 코를 막은 채 말했다. 그래도 역한 피비린내를 피할 수 없는지 연신 가슴을 쓸어내린다. 안간힘을 다해서 솟구치는 구역질을 참아내고 있다.

"피가 이 정도라면 최소한 삼사백 명은 죽었어요. 시신이 한 구도 없다는 것은 모두 회수해 갔다는 건데, 짧은 시간 동안 삼사백 구에 이르는 시신을 가져가려면 또 삼사백 명은 필요하고…… 어젯밤에 거의 육칠백 명이 담을 넘어섰군요."

남해검문의 빙사음마저 인상을 찡그리고 있는데, 당운미는 안색 하나 변하지 않고 말했다.

"육, 칠백 명…… 그 많은 사람들을 죽음으로 몰아넣을 수 있는 조직이라면…… 상상이 안 되는군요. 우린 어쩌면 생각보다도 훨씬 강한 자와 싸우고 있는지도 몰라요."

하후가 혀를 내두르며 말했다.

시신은 보이지 않지만 사방에 흥건히 고여 있는 핏물만으로도 기를 죽이기에는 충분하다.

"더욱 두려운 것은 이게 단지 탐색전이라는 거죠. 공격해서 부서지면 다행이고 아니면 말고. 남해십이문 중 이토록 무모한 문파는 없어요. 설혹 있다고 해도 탐색전에 사백여 명이나 죽음으로 몰아넣을 수 있는 대문파는……."

빙사음도 한마디 했다.

백궁이 동원한 화약은 능히 성 한 채는 부수고도 남을 정도다.

군데군데 파인 구덩이는 넓이가 무려 이십여 장에 이른다.

재력도 막강하고, 인해전술을 구사할 정도로 수하도 많다.

"암기가 이렇게 많았나? 사천당문은 원래 이래?"

일섬단혼이 신기하다는 듯 틀어박힌 암기들을 뽑아서 살폈다.

"이것보다 훨씬 많죠. 누구든 허락없이 당문을 침범했다가는 죽음이에요."

"키키키……!"

일섬단혼이 웃었다. 웃었다? 큰 사고다. 일섬단혼이 사천당문에 호기심을 느끼기 시작했다. 해남파 최고 배분을 지닌 기인이라면 독과 암기로 최고봉을 차지한 당문에 도전해 볼 만하지 않나.

"아뇨, 아뇨. 훨씬 적어요. 훠월씬."

일섬단혼의 표정에서 생각을 읽은 당운미가 황급히 말을 수정했다.

"키키키! 걱정 마라. 내가 뭣 때문에 당문 담을 넘겠냐?"

'넘을 거야.'

하후, 빙후, 당운미는 서로를 쳐다봤다. 근심이 가득 깃든 얼굴로.

"암기를 모두 사용했어. 수중에 우모침(牛毛針) 하나 남지 않았어. 지독한 놈들…… 놈들이 몇 명만 더 들어왔어도 나가서 싸워야 했을 거야."

"화약은 생각했는데…… 기관들이 단 번에 날아갈 줄이야. 성능에 놀라고, 많은 양에 놀라고. 화약에 놀라보기도 오랜만이네. 형, 그래도 한 가지 단서는 잡았잖아? 그것으로 만족해야지. 폭발력이 이토록 강한 화약. 딱 한 군데서만 찾을 수 있지."

"벽력당(霹靂堂)!"

"벽력당."

"흠……! 보통 일이 아니군. 벽력당까지 놈들 손아귀에 있다면 젖먹던 힘까지 다 쏟아내도 모자라겠어."

그때, 조용히 주위를 둘러보기만 하던 귀산이 나직하면서도 단호한 음성으로 말했다.

"암절, 암기 재사용 가능성은?"

"암기들 대부분이 핏물에 잠겨서…… 절반입니다. 절반만 건져도 많이 건진 거죠. 세침류(細針類)는 전부 망실되었다고 봐야 하고…… 큰 것만 건질 수 있을 겁니다."

"건지는 데 한 시진 준다."

"한 시진 가지고는……."

암절은 입을 다물었다.

귀산의 입꼬리가 비틀어져 올라간다. 이는 두말하지 않겠다는 단호한 모습이다.

"대장간을 비워준다. 오늘밤, 적이 다시 올 거야. 이번에는 소수 정예가 되겠지. 양보다는 질이야. 쓸모있는 걸로 만들어놔."

"좀 쉬었다 오면 어디 덧나나."

암절은 투덜거렸지만 행동은 벌써 시작되었다. 그는 쾌속하게 신형을 펼치며 핏물 속을 헤집고 돌아다녔다.

"복구는 어느 정도 되겠나?"

기절에게 물은 말이다.

"돌과 쇠가 문제죠. 재료만 갖춰지면 담장은 반나절. 기관 설치에 반나절. 문제는 재료가 없다는 겁니다."

"구할 수 있는 방법은?"

형은 늘 이런 식이다. 어려움 같은 것은 상관하지 않는다. 언제나 되냐, 안 되냐만 묻는다.

"돌이 있기는 있는데…… 서쪽으로 이십 리만 가면 암전진(岩箭鎭)이 나오죠. 암전진에서 나는 돌은 석전(石箭)이나 석검(石劍)으로 사용할 만큼 단단합니다. 하지만 이십 리 길을……."

"가져와서 담장을 쌓아. 쇠는?"

'빌어먹을! 내 후생에는 반드시 형으로 태어난다!'

"여기서 구할 수 있을 겁니다. 당장 급한 대로……."

"됐어. 해."

'빌어먹을!'

"암전진에 다녀오겠소. 다녀올 동안 사용하지 않는 병기들을 모아서 녹여주쇼. 그 정도도 하지 않는다면 놀고먹자는 심보지."
"뭐?"
기절은 벌써 신형을 날려 무너진 담장 밖으로 사라지고 있었다.

외장은 봉쇄되었다.
청화장 식솔들은 한 사람 남김없이 중원으로 이동했다.
쿵! 탕탕탕……! 쿵! 따악……!
외장에서는 망치 소리, 대패 소리, 무엇인가를 부수고 일으켜 세우는 소리가 끊임없이 들려왔다.
엿보는 것은 허락되지 않았다.
청화장 식솔들에게조차 비밀에 붙여진 채 공사가 진행되고 있다.
일하는 사람들이 누구인지, 공사를 감독하는 사람은 누구인지.
궁금한 점이 태산 같지만 모두의 목숨이 걸린 일인 만큼 호기심을 풀려는 사람은 없었다. 아니다. 실은 호기심을 느낄 만한 정신적 여유조차도 없었다.
"오늘밤, 백궁은 또 와요."
하후의 한마디가 밖에서 들리는 망치 소리를 잠재웠다.
"인루주, 의관을 단정하게 차려입은 사람들과 낭인 같은 자들이 어울릴 수 있다고 생각하세요?"
'미호령! 도참마!'
야괴는 대답하지 못했다.
인루의 백팔겁은 아직 싸울 준비가 안 됐다. 지금 당장 싸워야 한다면 백팔겁의 은신술만으로 싸워야 한다. 미호령과 도참마라…… 싸우면 싸우는 거지만 전멸이 될 건 확실하다.

"전신을 백포로 둘러싼 자들. 백궁도 스물세 명이 공공연하게 술을 마시고 있어."

'검총!'

당운미는 전엽초를 생각하고 있었다. 전엽초의 독성을 한시라도 빨리 중화시켜야 하는데…… 그러나 하후의 말을 듣는 순간 전엽초에 대한 생각은 멀찌감치 달아나 버렸다.

"백사검이라 불리는 자들, 오류하라는 사람들도 왔을 거예요. 그들이 언제 어떻게 공격해 올지 모르지만 오늘밤에 공격해 올 것만은 틀림없어요."

당운미는 정신이 번쩍 들었다.

"안 돼!"

그녀는 자신도 모르게 고함을 내질렀다.

중인들이 모두 그녀를 돌아보고 있을 때, 그녀는 물 찬 제비처럼 대청을 빠져나가고 있었다.

'기절 오라버니가…… 오라버니가…… 오빠가…… 안 돼! 밖에 나가면 안 돼!'

❷

기절 당호는 유삼(儒衫)을 즐겨 입는다.

유생은 아니지만 무림인이 되지 않았다면 유생이 되었을 거라고 입에 달고 사는 사람이니 이상할 것도 없다.

그는 조용한 것을 좋아한다. 한적한 곳에서 책을 읽는 맛이야말로 인간이 누릴 수 있는 최대의 행복이라고 생각한다. 세상에 존재하는 재미들을 모조리 탐닉해 봤지만 책 읽는 즐거움과는 비교조차 할 수 없었다.

술, 도박, 여자…… 한결같이 잠깐의 쾌락을 추구할 뿐이다. 반면에 책을 읽는 것은 읽는 순간에도 즐겁지만, 읽고 난 후에도 가슴과 머리 속에 남아서 영원히 숨쉰다.

그런 지극한 즐거움을 또 어디서 찾을까.

그래서 당호는 기절이 되었다.

깨끗함으로 가득 차야 할 머리 속이 온갖 귀계로 들끓는 것은 싫었다. 쇠붙이를 다듬고 만지는 것도 싫었다. 냄새나는 독초나 독물들을 만지작거리는 것은 더 더욱 싫었다.

하나 당문도로 태어났으니 무엇이든 한 가지는 택해야 한다.

당문도가 선택해야 하는 길…… 그래도 조용하고 깨끗하며 유유자적하게 살아갈 수 있는 것이 기관진식, 위용이 뛰어나면서도 직접적으로 손발을 부딪칠 필요가 극히 드문 작업.

당호는 기관진식에 몰두했고, 당금 사천당문에서 기관진식으로는 그를 따를 사람이 없는 경지에까지 올랐다.

한적함, 유유함을 즐기기 위해 선택한 길, 하나 오늘은 그 길 때문에 발에 땀이 베이도록 뛰어다녀야 한다.

'제길! 암전진에 가서 돌을 사오는 일만 해도 하루는 족히 걸리겠다. 뭐라고? 됐어. 해? 형만 아니었다면 그냥……'

형에게 불만이 많다.

다급한 상황도 이해하고, 귀신처럼 돌아가는 머리도 인정한다. 그렇기에 칼로 무 베듯 단호한 명을 내릴 수 있다는 것도.

그 점이 못마땅하다. 책은 자신이 더 많이 읽었는데, 왜 늘 형이 앞서 가는지.

기절은 인적이 드문 길을 택해서 부지런히 신법을 펼쳤다.

형에 대한 불만은 질시에서 나온 것이 아니라 부러움에서 나온 것이니 투덜거림 속에도 정이 배어 있다.

안다. 확신한다. 형이 말한 대로 하루 동안에 담을 보수하고 기관을 설치해야만 백궁 무리와 싸울 수 있다는 걸.

발걸음이 다급해질 수밖에 없다.

'돌을 구한다고 해도 쌓는 게 문제인데…… 평범한 방법으로는 안돼. 돌을 얹어놓는 즉시 딱딱하게 달라붙는 방법을 사용해야 돼. 아교를 칠해놓은 것처럼. 내놓기 아까운 비전이지만 연축법(涎築法)을 사용해야겠군.'

진기를 최대한으로 이끌어 양 발에 운집시키고 있지만 나아가는 속도는 좀처럼 빨라지지 않았다. 실제로는 천리마를 능가하는 빠른 질주였지만 기절 자신이 느끼기에는 한없이 느리게 여겨졌다.

그런 가운데도 그의 머리는 민활하게 돌아갔다.

돌과 돌 사이에 당문 비전의 점액을 바르면 한 시진 안에 돌처럼 굳어진다. 청화장 담벼락은 담 전체가 하나의 돌로 만들어진 것처럼 단단해지는 것이다.

하나는 해결되었다.

이제는 얼마 되지 않는 쇠로 가장 효율적인 기관 장치를 설치해야 한다는 것이다.

진해(陣解)를 활용해야 한다.

적의 행동을 읽어내고 목을 차단하면 우모침 하나로도 능히 한 명은 상대할 수 있으리라.

'암기가 설치된 곳으로 들어오게 만들어야 해. 본인도 의식하지 못하는 사이에 걸음을 떼어놓아야 하고, 암기가 설치되어 있다는 건 물론 몰라야겠지. 꿈에서도 생각지 못해야 돼.'

여기에 진식의 오묘한 점이 있다.

상대는 죽는 순간에서야 실수를 깨닫게 된다. 정신을 조금만 차렸다면 절대 말려들지 않았을 함정인데 하는 생각을 갖는다. 예정된 수순대로 길을 밟아왔다는 건 죽는 순간까지도 모른다.

'반나절 만에 진식과 기관을 함께 설치하려면 골치깨나 아프겠어.'

자신이 돌을 구해 돌아갈 즈음이면 청화장 외장은 말끔하게 수리되어 있을 게다. 암절 형은 귀신도 눈치채지 못할 곳에 암기를 설치해 놓았겠지.

그곳에 자신의 기관과 진식을 더해야 한다.

'팔통사(八通死) 일로생(一路生)은 눈에 보이고, 생즉사(生卽死)는 숨겨야 하는데……'

기절은 한참 이어가던 생각을 뚝 끊었다. 걸음도 멈췄다.

'힘…… 들겠어.'

사방에서 압박해 오는 살기가 호흡까지 흩뜨려 놓는다.

소름이 돋았다. 발걸음이 떨어지지 않았다. 한 걸음이라도 잘못 움직이면 곧바로 지옥행이 될 것이라는 느낌이 강하게 들었다. 비무, 결전, 생사격전…… 온갖 형식의 싸움을 겪어왔지만 이번처럼 힘들겠다는 느낌이 든 것도 처음이다.

누군가! 누가 길을 막고 살기를 뿜어내는가!

단연코 말하건대 복건 무림에서 자신에게 살기를 드러낼 인물은 없다. 원수를 진 일도 없고, 시비를 일으킨 적도 없다. 사천당문에 원수를 진 자가 존재할 수는 있지만 자신이 복건 무림에 들어선 일은 몇몇 사람을 제외하고는 아무도 모른다. 자신의 존재를 알고 있는 사람은 청화장에서도 다섯 손가락을 넘어서지 않는다.

사적으로나 공적으로나 복건 무림과 엮일 일이 없다.

"어느 방면의 고인들이신지."

지절은 섭선(摺扇)을 꺼내 들며 말했다.

"당문 지절 당호. 쾌섬풍(快閃風)에 조예가 깊다는 소리는 들었지만 상당히 빠르군. 신법은 인정해 주지."

어디에 숨었는지 짐작조차 할 수 없게끔 웅웅 울리며 들려오는 소리였다.

'나를 알고 있다! 백궁!'

상황이 정말 어려워졌다.

백궁도가 길을 가로막는 것은 이해할 수 있다. 청화장을 면밀히 감시하고 있었다면 가능하다.

이해하지 못할 부분은 있다.

귀산에게 전해진 정보에는 청화장을 감시하는 무리가 없다고 했다.

귀산의 정보망에 허점이 있거나, 이들의 능력이 그물 같은 정보망마저 헤집고 다닐 정도로 뛰어나다는 말이 된다.

전자는 생각할 수 없다. 형의 머리라면 길가에 기어가는 개미조차도 감지해 낼 정보망을 구축할 수 있다. 즉, 이들은 후자의 경우로 사천당문의 정보망을 한 수 아래로 접어볼 수 있는 광범위하고 치밀한 정보체계를 갖추고 있는 것이다.

중원 무림이 인정하는 개방보다도 뛰어나지 않은가.

그러한 정보체계를 갖췄다면 자신을 알고 있다고 해도 이상할 것이 없다. 이들은 아마도 자신들이 복건 무림에 발을 디딘 순간부터 행적을 감시하고 있었으리라. 아니, 사천당문을 벗어나는 순간부터 주목했는지도 모른다.

이런 자들과 싸우는 것은 정말 힘들다.

완벽한 준비를 갖춘 상대라서 십중팔구는 자신의 죽음으로 마무리될 것이다.

지절은 슬그머니 뒤로 물러서며 어린아이 머리만한 돌을 발길로 톡 찼다.

돌은 데구루루 굴러가 멈췄다.

'건방(乾方).'

그러자 신형을 숨기고 있는 자가 말을 건네왔다.

"기관진식에 해박하니 지절이라. 신법을 인정해 줬으니 달리 인정할 게 또 뭐가 있나 살펴봐야겠지. 진법을 펼치는 건가? 기다려주지. 일다경이면 될까? 눈치 보지 말고 마음껏 수단을 부려봐."

'어려워, 어려워.'

암울해진다.

상대는 기관진식조차도 장애로 여기지 않는다. 이는 상대 역시 기관진식에 정통하다는 뜻인데…… 어떤 자가 있어서 감히 사천당문의 지절과 기관진식을 논한단 말인가.

지절은 죽음을 예감했지만 좌절하지는 않았다.

'그래, 해보자. 내 진식이 깨진다면 깨끗이 목을 늘어뜨려 주지. 진식에 있어서 만큼은 단연 무림일절이라고 자부했던 이 몸이니.'

눈치 보지 말라고 했으니 망설이지 않는다.

지절은 큰 바위를 들어 서쪽 태방(兌方)에 놓았다.

서북 건방에는 작은 돌이, 태방에는 큰 돌이.

이는 오행(五行)에서 금(金)이니 토생금(土生金), 토의 방위에 대문을 만들어야 한다.

북동쪽 간방(艮方)은 대문이 위치하는 곳, 비워둔다.

지절은 주위에 있는 돌과 나무를 이용하여 상합반혼진(相合返魂陣)을 설치했다.

야지에서 적과 조우했을 때는 기관의 힘을 빌리기가 어렵다. 진법도 많지만 적과 조우한 상태에서 느긋하게 진법을 펼칠 수는 없다.

상합반혼진은 이런 단점들을 극복하기 위해 지절 스스로 창안해 낸 진법이다.

진법 안에서 상대하기는 쉽고, 적은 공격해 오기 어렵다. 안으로는 오행이 상생하지만 밖에서는 구궁이 충돌을 일으킨다.

돌 몇 개, 나무 몇 개로 적을 방비할 수는 없다. 하나 적은 장애물을 피해서, 혹은 뛰어넘거나 파괴하면서 다가와야 한다. 그리고 그곳은 이미 이쪽에서 대비하고 있던 곳, 사지(死地)다.

상합반혼진은 적의 행동반경을 축소시키고, 공격 범위를 한 곳으로 밀집시키는 효과가 있다.

진법을 펼치는 시간도 지극히 짧다. 불과 일 다경 정도면 완벽한 상합반혼진을 펼친다.

'이 정도면……'

지절은 상합반혼진 안에서 안도의 숨을 내쉬었다.

기관진식의 대가에게 자신의 장점을 살리게 만든 것은 백궁도의 명백한 실수다.

"친구들! 다 끝났는데 시험해 볼 생각 있나?"

백궁도는 즉시 말을 받았다.

"당연히 시험해 봐야지."

한 명, 두 명…… 은신해 있던 자들이 모습을 드러냈다.

전신을 백포로 감싼 자들.

생각했던 대로 백궁도다. 그들의 수는 무려 이십여 명에 이르렀다. 하나같이 절정검수의 예기를 뿜어내고 있어서, 진법 안에 있지만 숨이 막혀왔다.

'진법을 펼치지 않은 채 싸움이 벌어졌다면 즉사했을 것…….'

백궁도의 무공 수위에 대해서는 많은 말을 들었지만 정작 부딪치고 보니 상상 이상이지 않은가.

금하명이 이들을 상대로 싸웠다. 해남 세 기인이, 하후, 빙후가 이들을 죽였다.

청화장의 무위는 중원 오대세가에 결코 뒤지지 않는다.

정말 의문이다. 이런 자들이 어떻게 소문도 나지 않은 채 중원에 존재할 수 있는지. 이만한 무공을 지닌 자들이, 아니, 집단이 무엇 때문에 복건 무림에서 그것도 그늘에 숨어서 움직이는 것인지. 개파(開派)를 했다면 복건 무림을 움켜잡는 것은 시간문제고, 중원은 구파일방이 아니라 십파일방이 되었을 텐데.

백포인 중 한 명이 말했다.

"무게 다섯 근. 저 큰 돌과 마주보는 곳에. 거리는 반 장."

지금까지 들어왔던 음성이 아니다. 음성이 양 갈래로 갈라진 탁음(濁音)으로 초로를 넘어선 사람인 것 같다.

백궁도 중 한 명이 그의 말을 좇아 다섯 근 무게의 돌을 큰 돌 앞, 반

장 거리에 놓았다.

노인이 다시 말했다.

"이번에는 스무 근. 저 나무에서 사시(巳時) 방향, 거리는 일 장."

'무…… 슨 짓?'

노인은 자신처럼 진법을 펼치고 있다.

진 밖에 진.

진법과 진법이 충돌하는 경우는 본 바가 없고, 진을 파해하기 위해 진법을 설치한다는 소리도 들은 적이 없다. 만약 그런 경우가 있다면 그야말로 천하제일의 진법대가라는 소리를 들어도 마땅하다.

노인이 그런 경지에 오른 사람이란 말인가.

"이번에는 나무. 돌과 돌 사이를 가로지를 정도면 되겠지. 빗장 걸듯이."

"금문쇄혼진(禁門碎魂陣)!"

지절은 펼쳐지고 있는 진법이 무엇인지 알았다.

돌 두 개를 옮겨놓았고, 나무를 걸치고 있는 초반 형태이지만 이것만으로도 진법을 알아보기는 충분하다.

자신이 펼친 상합반혼진과는 성격이 정반대인 금문쇄혼진이다. 뇌옥처럼 사람을 안에 가두고 나오지 못하게 만드는.

백궁도는 공격하려는 의사가 없다. 있다면 금문쇄혼진 같은 진법을 펼칠 이유가 없다. 그들은 자신을 안에 가두려고 한다.

상합반혼진이라는 뇌옥을 자신 스스로 만들었다. 거기에 백궁도가 금문쇄혼진으로 이중의 뇌옥을 만들고 있다.

'날 가두려는 의도? 왜?'

상합반혼진을 펼쳤으니 해체할 수도 있다. 금문쇄혼진도 진법을 모르는 사람에게는 뇌옥이겠지만 진법의 대가에게는 간식거리에 불과하다. 파해는 어렵지 않다.

그러나 지절은 어떤 행동도 할 수 없다.

백궁도가 물러갔다면 모르거니와 그들이 금문쇄혼진 밖에서 지키고 있다면 금문쇄혼진을 형성하는 돌맹이 하나도 움직일 수 없다. 그들까지도 필요없다. 단 한 명만 지키고 있어도 뇌옥에 갇혀야 한다.

상합반혼진이 적의 능력을 감퇴시키고 자신의 능력을 배양하는 것이라면 금문쇄혼진은 안쪽을 향해 진이 발동하니 적의 능력은 고조되고 자신은 감퇴한 상태나 다름없다.

그렇잖아도 상대하기가 벅찬 백궁도인데…….

'갇혔어! 빌어먹을!'

지절은 한 시진에 걸쳐서 펼쳐지는 금문쇄혼진을 넋 놓고 지켜볼 수밖에 없었다.

금문쇄혼진이 완성된 후, 백궁도는 나타날 때처럼 증발하듯 소리없이 사라졌다. 금문쇄혼진을 지키는 단 한 명만 제외하고.

상합반혼진을 풀 수도 없는 형편이다.

자신이나 백궁도나 금문쇄혼진의 생로를 알고 있다. 단 한 군데뿐인 생로를. 진을 지키는 자가 생로를 알고 있으니 상합반혼진을 풀면 당장 뛰어들어 올 게다.

그 후는 무공 대 무공의 싸움이다.

백궁도를 이길 수 있을까?

섭선에 일흔두 가지의 암기가 숨겨져 있으니 자신은 있지만 자신감만 믿고 모험을 하기는 어렵다. 진을 지키는 자도 그만한 자신은 있으니 혼자 남았을 게다.

'꼼짝 없이 굶어죽게 되지 않았나. 이거야 원······.'

무엇보다 염려되는 것은 청화장의 방비다. 자신이 기관을 완성시켜 놓지 않으면 암절의 암기만으로 상대해야 하는데, 지난밤의 공격을 되새겨 보면 고전을 면치 못할 것이다.

'내 발길만 묶어놓으면 어떻게든 된다는 뜻인 것 같은데······ 이대로 있으면 안 돼. 무슨 수를 내야 하는데······.'

지절은 금문쇄혼진을 뚫어지게 바라봤다.

생로는 한 군데, 하나 상합반혼진이 바깥쪽에서 구궁의 충돌이 일어나듯이 금문쇄혼진도 안쪽에 충돌이 일어난다.

육합(六合)의 충돌이다.

오미합(午未合), 사신합(巳申合), 진유합(辰酉合), 묘술합(卯戌合), 인해합(寅亥合), 자축합(子丑合).

금문쇄혼진의 육합은 자체만으로도 충(衝)이다.

오(午)와 미(未)가 합하는 것은 당연하다. 하나 무엇인가가 오(午)와 합하려고 할 경우, 오는 이미 미와 합하여 있으니 무엇인가는 곁에 달라붙는 것으로 만족해야 한다.

무엇인가는 근(根), 즉 뿌리를 굳건하게 내리지 못하니 충이 된다.

오행(五行)으로 풀이하면 안 된다. 자축(子丑)이 합하면 토(土)가 되는 것이 일반적이나, 금문쇄혼진에서는 천간(天干)의 속성은 순일(純一)하다는 점에 주목해야 한다. 합해지는 순간 본래 성질을 망각하여 전혀 다른 기운을 지니게 된다.

'육합의 해소는 간단한데······ 충(沖)이 오면 되니······ 오미합(午未合)은 자(子)나 축(丑)이 오면 해소······ 자나 축에 있는 돌을 오미합에 넣으면······ 오미합은 깨지고 오와 미의 본래 속성으로 돌아간다.'

난관이 있다. 오미합을 충(衝)하게 만든 무엇인가를 찾아야 한다. 그것이 눈에 보이면 얼마나 좋을까? 하지만 진법을 펼치는 사람이 미련하다면 몰라도 절대로 눈에 보이게 설치할 리 없다. 아마도 진 바깥쪽에, 진 안쪽에서는 볼 수 없는 곳에 무엇인가를 설치해 놓았을 게다.

충을 해소시키지 않고 자와 축에 있는 돌맹이를 건드리면 자축합의 충한 기세가 몸을 해칠 게다. 자축합을 충하게 만든 무엇인가가 튀어나와 목숨을 앗아갈 게다.

백포인만 없다면 금문쇄혼진을 파해하는 것은 간단한데…….

'아주 잠깐이라도 눈길을 돌리게 만들 수 있다면…….'

섭선은 사용할 수 없다.

암기를 발사하면 허공을 찢어 기류에 변화를 일으킨다. 민감하기 그지없는 육합의 충은 즉각 반응할 터이니…….

암기를 발사하더라도 상합반혼진 안에서 발사하는 편이 낫다. 팔궁의 충이 육합의 충을 막아주기만 바라면서. 아니다. 진의 힘은 기대할 수 없다. 상합반혼진의 반응은 금문쇄혼진에서 쏘아진 무엇인가가 진 안에 들어선 다음에야 발동될 테니, 단순하게 거리가 좀 멀다는 이점을 좇는 편이 현실적이다.

결국은 모험이다. 진을 벗어나려면 한 번은 모험을 감행해야 한다.

'그래도 저놈들에게 둘러싸였을 때보다는 나아.'

❸

당운미는 차분하게 숨을 골랐다.

앞에 두 명, 좌우에 한 명씩 두 명, 뒤에 한 명.

검을 뽑지도 않았는데 검기가 쏟아져 나와 뼈를 시리게 한다.

이들이 누군지는 물어볼 것도 없다. 존주가 보내겠다는 이십팔 검총 중 다섯 명이다.

"놀랐나?"

그들 중 한 명이 물어왔다.

"약간."

당운미는 싸움 준비를 하며 대답했다.

느닷없이 나타난 자들, 놀라지 않았다면 거짓말이다.

청화장을 나설 때만 해도 오라버니의 안위만 생각했지, 백궁과 전면전을 벌이고 있다는 사실은 자각하지 못했다. 첫 번째 공격이 무인 대 무인의 싸움이 아니라 청화장 대 백궁의 싸움이었기에 개개인의 싸움에 대해서는 방심한 면도 있다.

며칠간 코빼기조차 보이지 않던 자들이다. 이들이 숨어서 기다리고 있으리라는 생각은 정말 하지 못했다. 당분간은 청화장 대 백궁의 집단적인 싸움이 지속될 것이라고 생각했다.

그렇다고 달라질 것은 없다.

이들은 언젠가는 왔을 사람들이다. 이런 식이 아니라 정정당당하게 싸움을 걸어오리라 생각했지만, 기습적으로 나타났다고 해도 달라질 건 없다.

"너무 걱정 마라. 존주께서 공언했다시피, 넌 죽지 않는다. 화부용이라…… 어떻게 생겼나 궁금했는데, 이름값을 하는 얼굴이군."

백포인들을 만난 적이 있다. 그들의 싸움을 지켜본 적도 있다.

이들은 그들보다 더 강한 자들이다. 백사인(百死人)이라고 불린 자들보다 월등히 강하다.

다섯 명…… 감당하기 힘든 싸움이다.

당운미는 양팔을 축 늘어뜨렸다.

'청염지주(靑髥蜘蛛)가 첫 번째 선물.'

거미 중에 푸른 수염을 가진 거미가 있어서 청염지주라고 부른다. 독성은 매우 강력해서 사람이든 동물이든 물리면 두 걸음을 옮기지 못하고 즉사한다.

청염지주 열 마리가 소매를 타고 흘러내려 땅에 닿았다.

쌀알 크기만한 놈들이라서 눈에 쉽게 뜨이지 않는다. 게으르기도 짝이 없어서 아무 곳에나 거미줄을 친 다음에는 절대 움직이지 않는다.

하나 놈들은 한 가지 특이한 속성을 가지고 있다.

놈들은 서로를 극히 경계해서 영역을 공유하지 않으며, 서로 간의 거리를 세 척 정도는 벌려야 거미줄을 친다.

서로 간의 거리가 세 척 정도로 벌어지니, 못 잡아도 방원 일 장은 청염지주로 둘러싸였다.

아직 더 준비할 것이 있다.

"내가 숫처녀인지 아닌지 물었다던데. 존주라는 그자, 정신병자 아냐? 세상 여자들이 모두 자기 여자인 줄 아나보지?"

바람은 동풍이다. 오른쪽에서 불어온다. 왼쪽에 있는 자와 뒤에 있는 자에게는 산독(散毒)을 사용할 수 있다.

소매 속에서 하얀 가루가 흘러나와 바람을 타고 흩어졌다.

눈으로 식별하지 못하도록 미미한 양을 흘려낸다. 중독 여부를 즉각 알아차리면 곤란하니, 독효(毒效)가 거의 드러나지 않아야 한다.

불소산(佛笑散).

불소산은 제일 먼저 인체 각 관절의 신경을 자극한다. 심하게 자극하는 것이 아니라 미미하게 건드리는 수준이다. 중독된 사람은 전신에 기력이 넘치는 것 같은 착각을 한다. 힘이 나고 혈행(血行)이 순조로우니 자연히 미소가 떠오른다.

그때쯤 불소산은 심장에 파고들어 똘똘 뭉친다.

혈행은 한순간에 중단되고, 심장이 마비되면서 쓰러지게 된다.

불소산에 중독된 사람은 자신이 왜 죽는지도 모르고 죽으며, 죽은 후에도 얼굴에 띄운 미소를 지우지 않는다.

말을 건네 왔던 백궁도가 천천히 다가오며 말했다.

"그 말이 맞아. 세상 여자 모두 존주 여자야. 누구든 예외없지. 존주를 본 여자치고 치마끈을 풀지 않은 여자, 아직 못 봤어."

그것이 신호인가? 다른 자들도 일제히 걸음을 떼어 다가오기 시작했다.

대답은 하지 않았다.

더 이상 시간을 끌 필요가 없다. 몸에 지닌 독은 수십 가지이고 사용한 것은 서너 개에 불과하지만 이것으로 끝낸다. 청염지주와 불소산이 통하지 않는다면 다른 독들도 무용지물이다.

'발검과 동시에 공격! 검을 뽑는 순간 몸이 베인다.'

당운미도 그럴 수 있다. 사안린(死眼燐)은 눈을 죽여 버리는 불꽃이다. 눈앞에서 섬광이 번쩍인다 싶은 순간, 전신은 물속에서도 꺼지지 않는 녹린(綠燐)에 휘감긴다.

암절 오라버니가 목숨이 경각에 달렸을 때 호신지병(護身之兵)으로 사용하라며 건네준 것, 지금 사용한다. 눈앞의 검총 두 명에게.

오른쪽에 있는 자는 상대할 방법이 없다.

이들은 만독불침지신은 아니더라도 만독무용(萬毒無用)의 경지에는 이른 자들이다. 암습은 통할지 모르지만 내놓고 공격하는 독술은 무용이다.

그래도 사용할 수 있는 것이 독술뿐이니 사용해야 하지 않겠나. 독절이란 명성까지 얻은 사람이.

아니다. 이런 상대들은 찰나의 틈을 생사로 직결시킨다. 통하지 않는 것을 혹시나 하는 심정에서 사용하는 것은 어리석다.

신법을 사용한다. 피할 수 있으면 피하고, 피하지 못하면 살을 내줄 수밖에 없다.

앞에 서 있던 백포인들이 이 장 거리까지 다가왔다. 그때, 왼쪽에서 다가오던 자가 말했다.

"괜찮은 독이군. 조금만 늦었어도 심장이 망가질 뻔했어."

왼쪽에 있는 자는 눈을 감았다.

운공조식으로 진기를 이끌어 독을 몰아내려는 행동.

뒤에 있는 자는 말이 없다. 하나 그 역시 운공조식을 하고 있을 거라는 느낌이 든다.

'됐어! 역시 만독불침은 아냐.'

이들이 금하명처럼 만독불침이면 어쩌나 하고 얼마나 가슴을 조렸는지. 됐다. 독에 반응만 하면 된다. 독이 약간이라도 신경을 잡아둘 수 있다면 승산이 있다.

내가 누군가! 독절이다!

이들은 최소한 일 다경 정도는 몸을 움직이지 못한다. 아니다. 틀린 말이다. 이 두 명은 죽는다. 두 백포인은 두 가지 오류를 범했다. 하나는 자신들의 무공을 너무 과신한 것이고, 또 하나는 상대가 독절이라는 사실을 망각했다.

당운미는 기회를 놓치지 않았다. 축 늘어뜨려진 소매에서 무색무취(無色無臭)의 독산이 줄줄이 풀려 나갔다.

사사(死砂)는 운공조식 중인 상대를 암습하는데 효과적이다. 코로 흡입된 사사는 진기가 이끄는 대로 전신을 따라 돌면서 경맥 곳곳에 틀어박히는 모래다.

찰구인(紮蚯蚓)은 사사 속에서 사는 지렁이다.

사사를 먼저 풀어내면, 찰구인은 곧장 사사를 뒤쫓는다. 나아가는 속도는 찰구인이 늦다. 사사가 먼저 도착하게 되며, 찰구인은 사사가 경맥에 틀어박힌 후에나 도착한다.

찰구인은 어떤 행동을 보일까? 코나 입으로 뒤따라 들어갈까? 아니다. 사사가 틀어박힌 곳을 향해 일직선으로 뚫고 들어간다. 살을 헤집고, 내장을 갉아내며 들어간다.

찰구인이 백 마리나 풀렸다.

독산의 형태가 능형인 능형산(菱形散), 누구든 마음대로 죽일 수 있다하여 수경산(隨徑散), 사혈독(死血毒), 일보사산(一步死散)…….

다섯 명을 상대해야 할 독이 왼쪽과 뒤쪽에 있는 백포인들에게 집중되었다.

'물러날 공간이 두 군데는 확보되었어. 옆과 뒤.'

앞에서 다가온 백포인도 중독된 두 명을 봤다.

"독절을 가볍게 봤군. 실수를 인정하지."

스르릉……!

검이 뽑혔다. 발검과 동시에 공격할 수 있는 능력을 구비한 자들인데 검을 뽑고 준비한다.

'오른쪽이 문제야! 청염지주, 믿어.'

왼손을 앞쪽으로 쳐들었다. 오른손은 오른쪽으로 들어올렸다. 왼손은 실초가 담겨 있으며 오른손은 허장성세다. 기회를 잡으면 즉시 실초로 변할 터이지만.

"검집으로 친다. 목숨은 잃지 않을 터. 펼치고 싶은 게 있으면 마음 놓고 펼쳐도 좋아."

'그럼 너희들이 죽지.'

파앗!

백포인들이 일제히 쏘아져 왔다.

앞에서 두 명, 오른쪽에서 한 명. 왼쪽과 뒤쪽에서는 움직임이 없다.

슈팟!

왼 소매에서 뱀 머리 같은 것이 불쑥 튀어나오더니 푸른 섬광이 번쩍 터졌다.

순간, 세상은 암흑으로 변했다. 너무 밝은 빛이라서 눈을 뜰 수가 없었다. 파란 하늘이 하얀색으로 변하고, 고동색 나무도 형체를 잃고 하얀 공간 속으로 흡수되었다.

세상이 온통 하얗다.

"컥!"

"끄으으윽……!"

폐부를 쥐어짜는 비명이 하얀 공간 어디선가 터져 나왔다. 누군가 흘린 비명, 어쩌면 자신이 흘렸을지도 모를 비명 소리.

당운미는 유운신법(流雲身法)을 펼쳐 왼쪽으로 미끄러짐과 동시에 오른손을 쳐올렸다.

퍼억!

이물질이 육신을 저미는 소리가 곧바로 뒤따랐다.

세상 사람들이 독절 당운미를 알아보는 방법이 무엇인가. 두 가지다. 사내의 가슴에 상사병을 옮겨놓는 절대미가 첫 번째이며, 세상에서 가장 아름다운 검이라는 천독검이 두 번째다.

천독검이 왼쪽 사내의 가슴을 파고들며, 검신에 음각된 홍선(紅線)을 따라 묘강(苗疆) 제일독(第一毒)이라는 산갑수(酸鉀水)가 흘러들어 갔다.

"끄으으윽……!"

운공조식 중이던 사내는 악마나 터뜨릴 법한 절규를 토해내며 무너졌다.

하얀 세상은 찰나만에 걷혔다. 대신 푸른 불꽃이 활활 타올랐다. 두 사내의 육신에 옮겨 붙어 살을 태우고, 피를 말리고, 뼈를 가루로 만들었다.

"죽…… 인닷!"

온몸에 불이 붙은 사내가 맹렬한 기세로 덮쳐들었다.

저승 문턱을 밟은 사내라고는 믿지 못할 만큼 빠른 신법, 영활한 검, 소름끼치는 살기!

'틀렸……'

절망이 회오리친다. 지극히 짧은 순간에 금하명의 얼굴이 떠오른다.

사내의 신법은 자신보다 빠르다. 사내의 검은 눈에 보이지 않는다. 피할 길이 보이지 않고, 상대할 만한 초식이 떠오르지 않는다. 불붙은 사내에게 독술을 퍼부을 수도 없다. 절체절명의 순간,

쒜엑! 슈각!

짧은 검풍이 푸른 불꽃 사이를 누볐다.

불꽃을 덮어 쓴 사내는 발이 땅에 달라붙은 듯 뚝 움직임을 그쳤다.

데구르르…… 툭!

머리가 스르르 미끄러지더니 몸통과 분리되어 땅바닥에 나뒹굴었다.

그뿐만 아니다. 검풍은 순식간에 사방을 휩쓸었고, 불꽃을 덮어쓴 다른 한 사내와 운공 중이던 뒤의 백포인까지 머리를 떨어뜨려 냈다.

감탄이 절로 나오는 기막힌 무공, 눈이 부릅떠지는 쾌검술.

"왜……?"

당운미는 오른쪽 백포인을 보며 물었다.

"존주의 명은 너의 생포. 회생불가능한 자는 죽는 것이 당연."

"그렇다고 동료까지……."

"불소산에 이은 사사, 찰구인. 좋았다. 능형산, 수경산…… 독은 다 알아보겠는데, 이건 모르겠군."

백포인이 검으로 아직도 푸른 불꽃에 휘감겨 있는 백포인을 툭 건드리며 말했다.

"당문의 암기라는 것은 알겠는데, 뭐지?"

"사안린."

"사안린…… 암절의 솜씨겠군."

말을 이어가면 이어갈수록 당운미의 절망감도 깊어갔다.

단 몇 마디를 나눈 것뿐이었지만, 그사이에 당운미는 무려 십여 가지의 독을 전개해 냈다.

사내는 아무런 느낌도 받지 못한 것처럼 행동한다. 뿐만 아니라 제일 처음에 풀어놓았던 청염지주까지 장난감처럼 밟아 죽인다.

다른 자들과는 다르다. 독이 통하지 않는 사내다. 조금이라도 독에 신경을 쓴다면 방법을 모색해 볼 텐데, 옆집 강아지 짖냐는 식이면 백 책이 무효다.

"두 발로 따라와. 아무리 명이라지만 야들야들한 살갗을 만지게 되면 생각이 달라질 수도 있으니까. 내가 손을 쓰게 하지 말란 말이야. 눈 찔끔 감고 양쪽 견정혈(肩井穴)만 눌러."

"이제 알겠어. 당신…… 검총이 아냐. 오류하. 맞지?"

마지막으로 한 번만 더 시도해 본다. 피부에 닿으면 살갗이 썩어 들어가는 부시독(腐屍毒).

"또 독이군. 아직도 미련을 못 버리다니. 독술은 뛰어날지 모르지만 상황 판단은 영 아니군."

'정말 틀렸어.'

아니다. 아직은 희망을 버리지 않아도 된다. 그녀의 몸에서 기력이란 기력은 모두 썰물처럼 빠져나가고 있을 때,

"셋째, 물러서. 오류하라면 내 상대야."

그녀의 등 뒤에서 다정한 음성이 들려왔다.

당운미는 몸을 획 돌렸다.

빙후다. 그녀가 왔다.

빙후가 이토록 든든할 줄이야.

빙후는 땅을 향해 검을 축 늘어뜨렸다. 반면에 백포인은 손목만을 이용해서 빙글빙글 돌리고 있다.

검을 뻗으면 닿을 거리다.

양쪽 모두 쾌검이라면 극에 달한 사람들이니 선공만 취하면 상대를 제압할 수 있을 것 같다.

그런데도 두 사람은 쉽게 검을 섞지 못했다.

빙사음의 표정은 시종일관 차분했다. 냉기를 풍기지도 않았고, 미소를 띠우지도 않았다. 마치 싸움은 남의 일인 듯 무덤덤한 표정이다.

백포인의 표정은 시시각각 변했다. 웃음 띤 얼굴에서 놀라움으로, 그리고 딱딱하게 경직된 얼굴로.

"놀…… 랍군. 내 상대는 혈살괴마 한 명뿐인 줄 알았는데."

"착각을 했군요."

돌연, 백포인이 두 걸음이나 물러섰다.

"졌다."

"그래요. 내가 이겼어요."

"존주께서 계집 한 명에게 세 명이나 달라붙으라고 했을 때, 솔직히 자존심이 상했지. 계집 따위가 강하면 얼마나 강할까 하고. 미숙했다는 점, 시인하고 사과한다."

"합공을 하기로 결정했군요."

"부득불."

당운미는 두 사람의 이야기를 들으면서 의아한 심정이 들었다. 아니, 불안한 심정이 되었다. 죽은 사람을 제외하고는 세 사람밖에 없는데 합공이라니.

황급히 주위를 둘러보았다. 그러다가,

"아!"

산책이라도 하듯 뒷짐을 지고 유유하게 걸어오는 두 사람을 보고는 나직한 비음을 토해내고 말았다.

오류하 세 명.

존주는 약속을 지켰다. 빙후에게 오류하 세 명을 붙이겠다더니 세 명이 나타났다.

그래도 빙사음은 태연했다. 목숨을 내건 싸움이 아니라 사형제들 간에 비무를 하는 듯 숨소리 한 올 흐트러지지 않았다.

뒤로 물러섰던 백포인이 다시 숨을 가다듬었다. 새로 나타난 무인 중 한 명은 이 장 거리를 두고 멈춰섰고, 다른 한 명은 빙 둘러 돌아서 맞은편에 섰다.

금하명이 꺾었던 청양문주나 백납도와 버금가는 무인들이다.

금하명이 백납도와 싸울 때까지만 해도 빙사음은 백납도의 적수가 되기에는 부족했다. 넘치지도 모자라지도 않는 균형 상태였지만 무공 외의 요소가 상당한 부분을 차지하는 절정고수들 간의 싸움에서는 부족하다고 봐야 한다.

그런 빙사음이 백납도와 버금가는 뒤로 물렸으니 장족의 발전이 있었다고 볼 수 있다.

하나 세 명을 상대하기에는 벅차다.

한 명, 잘하면 두 명쯤은 베어낼 수 있을지 모르지만 세 명 모두를 꺾을 수는 없다. 그녀의 검이 살을 베어낼 때, 그녀의 육신도 난자당하고 있으리라.

"세 명으로 부족하지 않나요?"

빙사음은 너무도 태연했다.

"자신을 너무 믿는군. 우리 세명이면 넘치는 편이겠지."

"푸웃! 약점을 잡힌 사람들인데 두려워할 필요가 있을까요?"

"……?"

"생포. 큰 약점이죠, 아주 큰."

"후후후!"

이번에는 백포인이 가늘게 웃었다.

"그건 약점이 안 되지. 믿지 않았던 말이지만 우리들 중 한두 명은 돌아올 수 없다고 하더군. 존주님 눈은 정확해. 즉, 이 싸움은 우리 승리로 끝난다는 말이야."

이들은 올 때부터 돌아갈 생각을 하지 않았다. 이만한 고수들이라면 검집이나 나무 막대기를 쓰더라도 검을 쓰는 것과 똑같다. 정말 이들이 생사를 도외시한 채 싸우려 든다면 그녀는 결국 혼절한 상태로 끌려가게 될 게다.

"우리가 많이 손해 보는 싸움이지만, 넌 안심하고 검을 써도 좋아. 우리가 자초한 싸움이니."

파앗! 슈우욱……!

세 방향에서 일제히 검기가 솟아올랐다.

검집이나 나무 막대기가 아니다. 진검이다.

스으윽……!

빙사음은 부드럽게 호선을 그었다.

검에 관한한 종주(宗主)임을 자처하는 해남파, 그중에서도 가장 강성한 남해검문의 무남독녀. 남해검문의 검공은 뼛속까지 꿰뚫어보고 있다.

지금 그녀가 사용한 검공은 남해검문의 검초가 아니다. 아무런 초식도 전개되지 않았다. 단지 바람을 가르는 검, 허공을 베어내는 검일 뿐이다.

금하명의 호법이 된 것은 빙사음에게는 무인이 얻을 수 있는 가장 큰 행운이었다. 행운이라고 말하기도 벅차다. 감히 말하건대 세상에서 가장 큰 기연이다.

긴 묵상 끝에 가볍게 전개해낸 창법.

초식이 없었다. 시간의 흐름도 존재하지 않았고, 공간이라는 개념도 없었다. 병기는 움직이는 순간부터 저항을 받는다. 허공을 흐르는 병기이지만 공기란 놈을 베어내고 있다.

공기의 저항.

그래서 공기의 결을 찾아야 한다. 병기가 가장 부드럽게 나갈 수 있는 길을 찾는 것이 쾌공의 진수다. 병기의 무게, 진기의 강도, 병기가 나아가는 방향…… 수십, 수백 번을 고려하여 몸에 체득시켜야 진정한 고수다.

금하명이 전개한 창법은 공기의 저항마저도 무시했다.

번쩍!

그것으로 끝이다. 세상에 누가 있어서 그런 공격을 막아낼 수 있을까? 병기가 움직이는 것을 감지할 수 없는데 어떻게 막을 수 있나.

금하명은 말했다. 진정으로 버려야 한다. 자신도 버리고, 세상도 버리고, 눈에 보이는 모든 것을 버리고, 육신의 감각조차도 버려야 한다. 적이 오는 것, 나 자신이 움직이는 사실도 망각하라.

움직임은 움직임일 뿐이다. 그냥 지켜보라.

빙사음은 지켜봤다. 진기가 흐르고 있나? 손에 검이 쥐어졌나? 누가 공격해 오는가?

아직은 안 된다. 금하명처럼 깊은 경지에 이르지 못했다. 세 백포인이 뿜어낸 검기가 살갗을 파고든다. 느껴진다. 마음도 말한다, 빨리 피하거나 반격하라고.

느낌이 없어야 하는데 느껴진다.

피웅! 까앙! 깡!

전면과 측면에서 날아오는 검을 받아쳤다. 동시에 미끄러지듯 옆으로 한 걸음을 물러서며 왼쪽에서 덮쳐 오는 검을 비켜냈다.

"음……!"

"허!"

한 명은 신음을, 한 명은 실소를 토해내며 물러섰다. 허공을 벤 백포인도 재빨리 물러나 검을 가다듬었다.

금하명과 같은 경지에 이르지는 못했지만 그녀가 수련한 태극음양진기는 태산처럼 굳건한 내력을 뿜어냈다.

검을 부딪친 두 백포인은 검을 놓치지는 않았지만 손아귀가 찢어졌는지 핏물을 뚝뚝 흘리고 있다.

승산이 있다. 완벽하지는 않지만 인간의 육신을 초월한 극상승검도의 손짓이 통한다.

빙사음은 마음을 잊고, 자신을 잊으려고 노력했다. 죽음까지도 망각해야 한다고 생각했다. 아니, 이런저런 생각이 드는 것 자체가 방해다. 아무 생각도 하지말아야 한다.

그런데 그게 안 된다. 생각을 버리려고 할수록 더 많은 생각이 달라붙는다. 죽음을 잊으려고 하는데 살기에 저항하려는 본능의 움직임이 일어난다. 그 순간!

'안 돼!'

빙사음은 등 뒤에서 일어나는 살기를 감지하고 경악했다.

분명히 등 뒤에는 아무도 없다. 이들 삼인의 움직임은 한눈에 꼽아보고 있다. 그렇다면 뒤에서 일어난 움직임은?

당운미를 노리는 적이다!

"셋째!"

빙사음은 몸을 획 돌리며 당운미에게 고함쳤다.
피읏! 퍼억!
빙사음의 싸움을 넋 놓고 쳐다보던 당운미는 느닷없는 일격을 등에 얻어맞고 휘청거렸다.
아무리 한눈을 팔았기로서니…… 아니다. 그 정도면 두 손, 두 발 다 잘린 상태에서 차라리 죽여 달라고 말하는 것과 같다. 검총에 이르는 고수들에게는.
존주는 약속을 지켰다. 당운미에게 검총 다섯 명을 보낸다고 했는데, 보내왔다.
파앗! 슈우욱!
오류하라고 틈을 놓칠까. 빙사음의 신형이 흐트러진 틈을 노리고 검세 자루가 맹렬한 기세로 덮쳐들었다.

第五十四章

수재불출문(秀才不出門), 능지천하사(能知天下事)

수재는 문 밖에 나가지 않아도 능히 천하의 일을 안다

수재불출문(秀才不出門), 능지천하사(能知天下事)
…수재는 문 밖에 나가지 않아도 능히 천하의 일을 안다

 청양문주, 백납도에 필적하는 세 고수의 합공은 숨결 하나까지 경계해야 한다. 무공이 압도적으로 우위에 있지 않는 한은 찰나의 방심이 천추지한을 불러온다.
 빙사음의 경우가 그렇다.
 압도적이지는 않았지만 우위는 점하고 있었는데, 한순간에 상황이 돌변했다.
 쉬익! 쉭쉭쉭……!
 날카롭기 그지없는 검끝이 독사의 혓바닥처럼 날름거렸다.
 일검이 옷을 찢고 지나갔다. 일검은 머리카락을 썽둥 잘라냈다. 또다른 일검은 팔뚝에서 선혈이 솟구치게 만들었다.
 당운미는 등에서 일어나 전신으로 퍼져가는 통증을 느낄 여유도 없었다. '퍼엉!' 하는 소리와 함께 둔탁한 무엇인가가 등뼈를 후려쳤고,

그 길로 혼절이라는 나락으로 떨어져 내렸다.
'안 돼!'
빙사음의 마음은 더욱 급해졌다.
피웃!
검이 날아온다. 보지 말아야 한다. 느끼지 않아야 한다. 무심(無心), 무감(無感)의 상태에서 손이 이끄는 대로 검을 처내야 한다. 검이 보인다. 피해야 한다는 생각이 앞선다.
빙사음은 남해검문의 독문신법인 해연약파를 펼쳐냈다.
금하명은 말했다. 자신을 죽일 수 있어야만 무심에 들 수 있다고. 죽음이란 글자를 세상에서 완전히 지워 버려야만 무감에 이를 수 있다고.
그런 상태에서는 신법이 필요없다. 초식이 필요없다.
해연약파는 절정신법이나 모순되게도 그녀의 경지를 산꼭대기에서 산자락으로 끌어내리는 역할을 했다.
피웃! 까앙! 깡깡깡……!
연속적으로 검음이 터졌다.
객관적으로 봤을 때, 한 명이면 비등이다. 두 명이면 불리고, 세 명이면 진다. 어느 경지인지도 모르는 산꼭대기에 올라서지 않는 한, 세 명을 물리치기란 하늘의 별 따기다.
싸아악! 파앗!
눈앞에서 노란 불이 번쩍거린다.
복부를 가르고 지나간 검은 묵직한 통증을 가져왔다. 등을 훑고 지나간 검도 전신을 무력화시켰다. 그녀가 할 수 있었던 일이란 한 명의 검을 연속적으로 막아낸 것에 불과하다.

퍼억!

또다시 통증이 울렸다.

둔탁한 무엇인가가 뒷머리를 가격하는 느낌… 검은 아니고…… 검집이다. 보지도 못했는데 어느새 검에서 검집으로 바꿔 잡았던가. 그토록 여유가 없었던가.

노랗던 세상은 순식간에 암흑으로 변했다.

"존주님의 눈은 정확하군. 모계(謀計)를 쓰지 않으면 이기기 힘들 것이라고 하시더니."

"남해검문의 검공이 이 정도일 줄이야."

"어리석은 소리. 이게 남해검문의 검공으로 보이던가? 금하명과 맥을 같이하는 새로운 검공이야. 새로운 무공이 출현했어, 존주님조차 손을 쓰지 못하게 만든 무공. 보나마나 혈살괴마는 이 여자보다 두어 수 윗길일 테니. 생각만 해도 소름끼치는군."

"존주님의 무공이 최강이라 생각했는데…… 최강과 버금가는 무공이 존재할 줄이야."

사내는 빙사음의 몸을 들어 허리에 꼈다. 당운미를 암습했던 사내는 이미 떠날 준비를 끝낸 상태였다.

"빙후를 어찌할 자, 없다고 생각했더니."

"마음이 흔들리지 않았다면 이긴 싸움이었어."

"그런 말은 누구나 할 수 있지. 뭐뭐 할 수 있었어. 후회란 놈이 곁들여진 말은 똥개나 물어가라고 해."

"죽겠군. 빙후와 독후가 잡혀가는 꼴을 보고만 있자니."

"우리는 저놈들 중 한 놈도 당해내지 못해. 이게 최선이야."

"가자. 이십 장이나 벌어졌어."
"조금 더. 저놈들 이목을 속이려면 서른 장 정도 거리는 필요해."
"아서. 놓치기 십상이야."
"그럼 스물다섯 장으로 하지."
은밀한 소리는 숨 몇 번 들이쉴 시간을 기다렸다. 그리고 산들바람이 불듯이 부드럽게 움직이기 시작했다.
음살검과 양광검, 음양쌍검이다.

그 시간, 해남도 세 기인은 지절이 진을 펼친 곳에서 백포인과 대치했다.
"이놈아! 시류(時流)를 읽을 줄 알아야 준걸인 법이야. 괜한 오기 부리지 말고 목숨을 아껴!"
일섬단혼이 백포인을 무시하며 말했다.
"애늙은이! 일 대 일, 어때?"
백포인은 조금도 위축되지 않았다.
"어라! 저놈이 날 무시하네?"
일섬단혼이 어이없다는 투로 말했다. 그런데 그가 말하는 동안 백포인은 두 걸음이나 물러서고 있지 않은가.
일섬단혼의 표정이 어두워졌다.
마음으로 내뿜는 검기를 읽을 줄 아는 자. 수많은 해남 무인들이 그의 은거를 깨고자, 그를 꺾고자 찾아왔지만 금하명이 나타나기 전까지는 단 한 명도 읽어내지 못했던 마음의 검기를……
"제법 한가락 하는 놈일세."
차앙!

백포인은 검을 뽑기 무섭게 옆으로 세 걸음이나 움직였다. 마치 강적과 접전이라도 치르는 듯이 다급하게.

"검총…… 검총이란 놈이군."

"허허허! 우리가 유인당했군. 절묘한 안배야. 다른 사람이 나타날 수도 있는데 우리가 나타날 거라는 걸 예측했다는 게 놀랍군. 이보게, 이 모든 게 사모(邪謀)의 머리 속에서 나온 건가?"

벽파해왕이 너털웃음을 터뜨리며 말했다.

백포인은 대답하지 않았다. 일섬단혼과 팽팽한 기 싸움을 하느라고 말할 여유가 없어 보였다.

"다른 친구들도 그만 나오시게. 몸을 움직여도 한기가 드는 날씨인데 한데에 너무 오래 있으면 몸이나 상하지."

백포인들이 모습을 드러냈다.

한 명, 두 명…….

'엇!'

지절은 깜짝 놀랐다. 어느 틈엔가 사람들이 바뀌었다. 자신을 진에 가둘 적에 나타났던 자들이 아니다. 진을 설치하게 만든 노인도 보이지 않는다. 인원도 열 명으로 늘었다.

아무리 진 속에 있었다고는 하나 사람이 바뀌는 것도 몰랐다니.

지절은 바깥 상황을 살폈다.

해남도 세 기인의 무공은 가히 넘보지 못할 경지이지만 복면인들 또한 무시하지 못할 강자들이다.

'선자불래(善者不來), 내자불선(來者不善). 자신없으면 오지 않았겠지. 해남도 기인들이 나서고, 저들이 나타나고…… 내가 미끼였던 셈. 날 오도 가도 못하게 만들어놓고 나타나는 사람들을 친다. 준비가 철

저할 거야.'

불안했다.

백포인들이 해남 세 기인을 에워쌌다.

'삼(三), 삼, 삼. 평범한 삼합진(三合陣)…… 엇! 가운데에서 삼합이 일어난다!'

복면인들은 세 명이 한 조를 이뤄 해남 세 기인을 갈라 쳤다.

해남도 기인들은 각기 세 명의 백포인을 상대하게 되는 형국이다. 그런데 안에 있는 세 명이 또 다른 삼합진을 구성한다. 해남도 기인들을 마주 보고 있으라고 등을 돌리고 있지 않다면 다른 삼합진이나 다를 바 없다.

표면으로는 삼합진이 세 개 펼쳐진 것이지만…… 아니다. 내삼합(內三合), 외육합(外六合)이 조화를 이룬다. 이는 움직임에 따라서 육육은 삼십육, 삼삼은 구. 삼십육이 아홉 개이니 모두 삼백이십사 개의 변화가 내포된다.

싸움에 가담하지 않은 백포인이 진을 움직이는 머리다. 그는 큰 안목으로 싸움을 지켜보리라. 진의 형태를 변화시키는 것도 그의 몫이다.

검진에는 두 가지 종류가 있다.

화산파의 매화검진(梅花劍陣)처럼 오랜 세월에 걸쳐서 고련을 거듭한 끝에 얻어지는 합격술이 하나요, 외부인의 명령을 좇아 목석처럼 움직이는 형태가 두 번째다.

후자의 경우는 수련 기간이 짧다는 장점은 있으나 자극에 대한 대응이 늦어서 단합 승부에는 부적합하다. 그런 연유로 많은 검파들이 한 몸처럼 움직일 수 있을 때까지 고련을 거듭하는 것이고.

백포인들은 후자의 진을 펼쳤다. 본인 의지와는 상관없이 혼자 남은 백포인의 명을 좇아서 움직이겠다는 뜻이다.

명령을 귀로 전해 받고, 머리로 인식하고, 몸을 움직이겠다는 것이니…… 눈빛의 변화 따위로도 승패가 결정지어지는 필살 싸움에서는 말도 안 되는 것이 사실이다.

그런데 그렇지 않다. 백포인들이 펼친 내삼합, 외육합…… 바로 봤다면, 눈에 뭐가 씌운 게 아니라면…… 천형필살진(天刑必殺陣)이 틀림없다면…… 해남도 세 기인은 죽는다.

"처, 천형…… 필살진! 천형필살진입니다! 발동되면 이미 늦으니…… 아! 아아!"

이미 늦었다. 진이 발동되었다. 외육합은 왼쪽으로 돌고, 내삼합은 오른쪽으로 돈다.

"개(開)!"

진 밖에 있는 백포인이 외쳤다.

차앙! 쉬이익……!

백포인들이 일제히 검을 뽑아들고 검풍을 뿌렸다.

지절이 너무 늦게 고함을 지른 것이다. 백포인들의 행동이 너무 빨랐다는 편이 맞겠지만.

그때, 이변이 일어났다.

푸욱! 푹! 푹푹!

땅속에서 느닷없이 검이 솟구치더니 백포인들이 움직여야 할 공간을 가로막았다.

"천(闡)!"

백포인은 즉각 명을 내렸고, 진을 구성한 백포인들은 소리가 끝나기도 전에 움직였다.

외육합에 있던 자들 중 세 명이 일제히 검을 떨치며 치고 들어갔다. 다른 세 명은 내삼합이 있는 곳을 향해 뛰어들며 검을 사각으로 쳐냈다. 내삼합에 있던 자들은 그와는 반대로 밖으로 뛰쳐나가며 검광을 쏟아냈다.

"푸욱! 푹푹푹……!"

또 다른 검이 땅에서 솟구쳤다.

검이 마치 땅거죽을 못 판으로 만들겠다는 듯 수도 없이 솟구쳤다. 백포인들이 움직일 공간을 가로막아선 것은 물론이고, 직접적으로 백포인들을 공격하기까지 했다.

"폐(弊)!"

명령에 따라서 백포인들의 검이 지면으로 쏟아졌다.

"까앙! 깡! 떠엉……!"

땅에서 솟구친 검들은 썩은 무처럼 잘려나갔다. 보검(寶劍)과 박검(朴劍)의 대결을 보는 듯 아예 상대가 되지 않았다. 그 순간,

"페에엥! 파아앗! 츄우웃!"

백포인들의 행동을 물끄러미 지켜보기만 하던 벽파해왕이 낚싯대를 떨치며 움직였다. 일섬단혼이 백포인을 향해 쏘아져 갔다. 그의 손에는 어느새 뽑았는지 검이 들려져 있다.

금방이라도 쓰러질 듯 휘청거리던 천소사굉도 움직였다.

손에 들린 것은 평범한 청강장검(靑鋼長劍) 한 자루. 그러나 쏟아져 나오는 검광은 눈을 아리게 한다.

"퇴(退)!"

백포인이 다급하게 명을 내렸다.

늦었다!

일섬단혼은 휘둘러 치는 검을 머리 위로 피해냈다. 그리고 한 걸음 더 다가섰다. 목표의 숨소리까지 들을 수 있는 거리. 교묘하게 미끄러진 검은 목표의 겨드랑이 사이로 파고들어 팔을 떼어냈다. 머리까지 반으로 갈라 버렸다.

다음 목표! 일섬단혼은 내삼합에서 외육합으로 가려던 자를 쫓았다.

일섬단혼에 비하면 벽파해왕의 움직임은 적었다. 그러나 공격반경을 훨씬 넓었다.

낚시 바늘이 백포인의 몸을 찍어 멀찌감치 내동댕이쳤다.

퍼억!

두개골이 바위에 부딪치며 호박 깨지는 소리를 냈다.

쒜에엑!

이어지는 공격은 더욱 날카롭다. 낚싯줄이 가는 막대기처럼 팽팽하게 당겨지더니 일직선으로 쏘아져 갔다.

푹!

송곳으로 쑤시면 이런 형상이 될까? 낚시 바늘이 밖에서 안으로 뛰어들던 백포인의 이마 한가운데를 뚫고 지나갔다.

"이, 이런 어이없는……."

그가 쓰러지기 직전에 흘린 말이다.

일섬단혼이 빠르고, 벽파해왕이 가공할 신위를 뿜어낸다면 천소사굉은 조용했다. 손짓, 발짓, 몸짓이 자연과 조화를 이뤄 바람이 불어오거나 가랑비가 내리는 느낌이었다.

퍼억! 파앗!

순식간에 두 명이 꼬꾸라졌다.

밖에서 안으로 들어오던 백포인, 안에서 밖으로 나가던 백포인. 그를 향해 지쳐들던 백포인은 '퇴'라는 명령과 동시에 신형을 물리는 바람에 그나마 목숨은 건졌다.

눈 깜빡할 사이에 전세는 역전되었다.

해남 세 기인은 건재한 반면, 백포인들은 열 명에서 네 명으로 줄어들었다.

"지둔술(地遁術)! 어처구니없군. 백팔겁은 몸을 뺄 여유가 없을 텐데……."

백포인의 음성이 떨려 나왔다.

싸움을 함에 있어서 지형을 알고 있는 것과 모르는 것은 하늘과 땅의 간격 만큼이나 큰 차이가 난다.

지금의 싸움터는 자신들이 해남 기인들보다 더 잘 안다. 해남 기인들은 도착해서 잠깐 쓸어본 것뿐이지만, 자신들은 은닉해 있으면서 곳곳을 살폈다.

그런데 백팔겁이 지형을 바꿔 버렸다.

땅속에서 튀어나온 검들은 아무 장애가 없던 땅을 한 발만 잘못 디뎌도 천길 나락으로 떨어지는 벼랑 끝으로 만들었다.

해남 기인들은 이러한 변화가 일어나리란 것을 알고 있었다. 반면에 자신들은 전혀 예측하지 못했다.

땅속에서 변화가 일어나고 있음은 감지했다. 하나 싸움에 집중하고 있던 터라 신경이 돌아가지 않았다. 진이 구성원 스스로 능동적으로 알아서 움직이는 형태라면 홀로 떨어져 있던 자신이라도 손을 써봤을 텐데, 명령을 받고 움직이는 수동 형태의 진이라서 한눈을 팔 수가 없었다.

결과가 바로 이거다. 열 명 중에 여섯 명이 죽고 네 명만 남았다. 일대 일의 승부도 결행할 자신이 있는 검총들이 허무하게 죽었다. 확실하게 끝낸다고 펼친 진법이었는데 오히려 사슬이 되어 목을 조여올 줄이야…….

사모(邪謀)…… 그 늙은이들이 좋지도 않은 대갈통을 굴리는 바람에 절정검수 여섯 명이 죽다니!

해남 세 노괴는 백팔겁이 아니라 음양쌍검과 같이 왔어야 했다. 무능력한 청화장 졸개들이 곁다리로 끼어올 수도 있을 것이라고 했다.

어쨌든 정면승부임에는 틀림없다. 암습을 가해올 수는 있지만 무공대 진법으로 겨루는 싸움에서 크게 벗어나지는 않는다. 그리고 그런 싸움이었다면 시신이 되어 누워 있는 쪽은 저놈들이다.

이건 잔머리를 굴리지 않고 정면승부를 결행한 것보다 못하지 않나. 여섯 명이나 목숨을 잃을 것 같았으면 무엇 때문에 진법을 펼쳤단 말인가.

일섬단혼이 검에 묻은 피를 땅에 흩뿌리며 말했다.

"그쪽에 사모가 있다면 이쪽에는 귀산과 하후가 있어, 이놈들아. 귀산이 있다는 건 알고 있지? 이제는 비밀도 아니고."

"늙은…… 이들!"

백포인은 분을 못 이겨 치를 떨었다.

그러거나 말거나 일섬단혼은 치기 어린 얼굴로 장난스럽게 웃으며 말을 이었다.

"이번 싸움은 피할 수 있었거든. 지절, 저놈만 나서지 못하게 하면 되니까. 아! 야, 이놈아! 넌 뭐가 무서워서 아직까지 꼴 같지 않은 곳에 틀어박혀 있는 거야! 어서 나오지 못해!"

지절은 한 바탕 욕지거리를 얻어먹은 후에야 진을 풀고 나섰다.

상합반혼진은 손댈 것도 없이 뚫고 나왔다. 한데 백포인들이 펼친 금문쇄혼진은······.

'아! 허장성세! 숨겨져 있는 것은 없어. 날 움직이지 못하게 만들면 그만이니, 백궁도가 지키고 있으니 따로 손써놓을 필요가 없지.'

지절은 금문쇄혼진을 발로 걷어차며 걸어나왔다.

예측했던 대로 당연히 숨어 있어야 할 암기 혹은 화살이나 비창(飛槍), 비검(飛劍) 같은 병기들이 발출되지 않았다.

일섬단혼은 지절을 못마땅한 눈짓으로 흘겨본 후, 백포인을 향해 고개를 돌렸다.

"그런데 저놈을 내보내지 않으면 오늘 저녁이 무척 힘들 거라고 하더군. 물리칠 수는 있겠지만 피로 목욕을 하게 될 거라고. 그래서 내보낸 거야. 너희들 계획을 살짝 비틀어서."

"미호령과 도참마는 누가 상대하고 있나?"

"젊은 놈이 혓바닥은 더럽게 짧네. 이놈아, 내가 네 친구냐! 반말지거리 짝짝 하게."

일섬단혼은 말해줄 생각이 없다. 그 점은 백포인도 감지했다. 분명한 것은 미호령과 도참마는 백팔겁을 상대하고 있다는 점이다. 땅속의 움직임을 감지해 볼 때 숨어 있는 자들은 겨우 십여 명에 불과하니까.

십여 명······ 검총이 아니라 백사마가 나섰어도 일 검에 해치울 수 있는 피라미들 때문에 검총이 여섯 명이나 죽다니.

계획이 틀어졌다. 어찌할 것인가. 싸울 것인가, 물러설 것인가.

'기회는 날아갔어.'

물러서야 한다는 생각이 든다.

검진의 힘을 빌리지 않아도 해남 세 노괴와는 붙어볼 만하다. 그러나 저들에게는 갇혔다가 풀려난 지절이 있다. 조금 전과는 정반대로 이번에는 저들이 검진을 펼칠 것이고, 자신들은 본연의 무공으로만 싸워야 한다.

천형필살진은 펼칠 수 없다. 진을 펼치기 위해서는 아홉 명이 필요하고, 한 명은 머리 역할을 해줘야 한다.

백포인은 마지막으로 말했다.

"해남파 최고 배분의 노고수. 그만하면 이름에 목숨을 걸 수도 있을 텐데. 어떤가? 나와 단 둘이서 검을 섞어볼 자는 없나!"

일섬단혼이 빙긋 웃었다.

"미친놈."

'틀렸어!'

"퇴(退)!"

백포인은 말을 쏟아내기 무섭게 신형을 뒤로 날렸다.

"귀산과 하후가 머리를 맞대니 정말 무섭군."

일섬단혼이 고개를 휘휘 내둘렀다.

그사이, 땅속에서 검을 쏘아냈던 백팔겁이 한 명, 두 명 모습을 드러냈다.

땅속을 제집처럼 여기는 사람들이다.

"자라 보고 놀란 가슴, 솥뚜껑 보고 놀란 거겠지. 지절이 있으니 우리도 검진을 펼칠 거라고 생각하는 것도 무리는 아니야."

벽파해왕이 사라지는 백포인들의 뒷모습을 보며 말했다.

"크크크! 멍청한 놈들. 해남파 이름에 똥칠을 할 게 따로 있지, 이

나이에 검진은 무슨 빌어먹을 검진. 그나저나 꼼짝없이 죽을 뻔했네. 이구!"

일섬단혼은 죽은 자들을 쳐다보다 부르르 치를 떨었다.

백팔겁의 응수가 조금이라도 늦었다면 죽은 것은 자신들이었으리라. 백포인들의 검진, 그들이 검을 쓰는 솜씨는 검을 평생 수련해 온 세 노인조차 감탄이 절로 나오게 만들었으니.

"글글…… 빨리 가…… 세. 글글…… 자칫하면…… 청화장이 발칵…… 글글…… 뒤집힐 거야."

천소사굉은 백포인들의 신형이 완전히 사라지는 것을 확인한 후에야 다급히 말했다.

백궁도가 청화장을 급습하던 지난밤, 하후는 오늘 있을 일을 예견했다. 한데 뭉쳐서 우르르 달려가는 방법도 있었으나, 그것 역시 백궁이 원하는 행동 중에 하나였다.

정면승부로는 열세.

하후는 어려운 상황을 뒤집고자 출행 인원을 분산시켰다.

인원이 분산될 경우, 사모는 그에 대비했던 방책을 구사할 게다.

해남파 세 고수가 앞서 나갈 경우, 백궁은 검총을 따라 붙는다. 그들로서 충분하니까.

당운미가 격정에 휩싸여 청화장을 벗어날 때, 해남 세 기인은 그녀보다 한 발 앞서서 청화장을 뛰쳐나갔다.

생각했던 대로 급습은 없었다.

백궁도가 가장 염려하는 사람은 당문사절과 빙사음. 그들만 빠지면 청화장은 종이호랑이로 전락한다.

하후는 빙사음을 당운미에게 붙였다.

이들 두 소조(小組)는 중간에서 각개격파 당한다.

이제 청화장에 남은 사람들 정도는 백사하로도 충분히 요리할 수 있다. 당문사절 중에 암절이 건재해 있고, 청화장 문도도 있지만 백사하를 막기는 역부족이다.

전면적인 공격이 시작될 것이다.

필패의 함정으로 걸어 들어간 것인가?

"패를 승으로 바꿔봐요."

하후가 귀산에게 한 말이다.

귀산은 백궁이 사용할 것 같은 모계를 모두 그렸다. 상책(上策)에서부터 하책(下策)까지 두루 망라하여. 그리고 그중에서 가장 실효성이 높은 책략을 선택했다.

적을 알면 방비책도 세울 수 있다.

이는 수천 갈래로 갈라진 갈림길에서 오직 하나의 길을 찾아가는 것과 같다. 자신이 걸어간 길로 백궁이 찾아오면 성공하는 것이고, 다른 길을 선택하면 모두 죽는다.

백궁의 인원, 무공, 심리 등을 손바닥 보듯이 들여다볼 수 있다면 모르겠거니와 조금이라도 잘못 읽는다면 큰 사고가 터진다.

귀산은 말했다.

"화부용과 빙후를 희생시키면 백궁 세력을 절반 정도 깎을 수 있겠는데. 이게 최선입니다. 내 머리로는."

"꼭 희생시켜야 하나요?"

"우리가 연락을 주고받는다면 백궁도 그럴 겁니다. 한쪽에서 승기를 잡는다면 다른 쪽도 안심하고 움직이는 법. 싸움에서 안심이란 늘 패배로 직결되죠."

 하후와 귀산은 두 여인의 희생을 감수하고 큰판을 짰다.

 그 결과다. 이십팔 검총…… 금하명에게 죽은 다섯 명을 제외한 스물셋 검총 중 열 명이 목숨을 잃은 것은.

## ❷

 삼명성은 달리 중원녹도(中原綠都)라고도 불린다.

 특히 강에서 볼 수 있는 수상팔경(水上八景)은 경치가 뛰어나 수상야유삼명성(水上夜游三明城)이란 말로 도읍 전체를 대변하기도 한다.

 금하명은 한가로이 뱃놀이를 즐겼다.

 눈에 보이는 풍경 모두가 한 폭의 그림이다. 어느 한 부분만을 도려내도 뛰어난 명화가 된다.

 강 한가운데 자리한 무인도가 가까워졌다.

 태곳적부터 버려진 섬이다. 물이 조금만 넘쳐도 섬을 덮어버리기 때문에 사람은 발길조차 들여놓지 않는다. 그렇다고 생물이 없는 것은 아니다. 온갖 새들이 알을 낳는 보금자리이며, 자라나 개구리도 득실거린다.

 무인도는 소무도(小無島)라는 이름을 갖고 있다.

 "저 소무도에서 강 이쪽저쪽을 보자면 마치 강 위에 둥실 떠 있는 느낌이 들어. 강을 걸어가고 있는 느낌말이야."

 "소무도에 배를 댈까?"

 "그렇다는 말이지 뭐. 더 내려가. 저곳까지."

금하명은 강안이 불쑥 튀어나온 곳을 손가락질했다.

금하명은 봉자명 사형만을 대동하고 삼하포(三下浦)로 들어섰다.
마을 전체 인구가 삼십여 명 남짓밖에 되지 않는 작은 마을이다. 하나 강을 건너려는 사람들은 발길을 들여놓지 않을 수 없는 곳이라서 삼명성만큼이나 널리 알려진 곳이기도 하다.
금하명은 강안을 따라 걸었다.
"지금 청화장에서는 난리가 났을 텐데…… 우리 이래도 될까?"
"하하! 우리가 뭘 어쩌고 있는데?"
"그러니까…… 이렇게 한가해도 되냐는 거지."
"내가 싸움에 끼어들면 존주도 끼어들어. 백궁도 한두 명쯤 더 죽일 수 있겠지만 우리도 적지 않은 사람이 죽을 거야. 차라리 이게 더 나아. 그리고…… 그들도 무림인이니까. 자기 길쯤은 알아서 갈 줄 알아야지."
"그래도……."
"다 왔군. 저녁은 개죽을 먹도록 하자고."
봉자명은 땅을 보고 걷다가 금하명이 하는 말을 듣고 고개를 쳐들었다.
"아!"
그의 입에서 경악으로 가득 찬 신음이 새어나왔다.
언제부터 삼하포 옆에 거지 소굴이 있었는지. 대충 어림잡아 세어보아도 오십여 명은 훌쩍 넘는데, 이 많은 거지들이 지척에 있는 것을 몰랐다니.
"이, 이곳은……!"

"개방 복건 총단.

"그, 그럼 환봉개 초지견이 여기에……?"

"당연히. 그러니까 복건 총단이지."

"총단주가 머무는 곳이 총단이다! 자, 잠깐만! 그런데 개방에는 왜……? 설마 개방도가 되려는 건 아닐 테고!"

봉자명은 불안한 신색으로 오도 가도 못하고 쩔쩔 맸다.

청화신군이 살아 계실 때만 해도 금하명처럼 단순한 사람은 없었다. 무공은 싫어하고, 그림은 미치도록 좋아하고. 그림에 대한 일이라면 십 리 길도 달려가지만 다른 일로는 한 걸음도 떼어놓지 않는다.

금하명의 행동은 항상 예측 가능했다.

그런데 지금은 전혀 알 수 없다. 머리 속에 무엇이 들었는지, 도대체 무슨 생각을 하고 있는지 짐작조차 하지 못하겠다. 시간이 지나보면 아, 그거였구나 하는 생각이 들지만 막상 어떤 사태와 부딪칠 때는 불안한 마음만 든다.

지금도 그렇다.

청화장을 나설 때만 해도 처참한 싸움을 지켜봐야만 하는 답답한 심정을 달래려는 줄 알았다. 그때까지만 해도 어떤 사건이 있으리라고는 생각지 못했다.

인피면구를 쓰고, 걸인보다도 못한 옷으로 갈아입을 때에서야 나들이 외에 다른 목적이 있다는 것을 감지해 냈다. 한편으로는 너무 많이 알려진 얼굴이라서 잠시 세인들의 이목을 속이려는 행동이지 않을까 하는 생각도 했다.

강을 따라 내려오면서 생각은 후자로 굳어졌다.

금하명은 태평했고, 이곳저곳 어렸을 적에 보았던 풍경들을 되새기며 옛날을 회상했다.

한가로움의 극치다.

상황은 또 급전했다. 난데없이 거지들이 우글거리는 마을, 이건 심상치 않다. 쉰 명이 넘는 거지 떼라면 개방도밖에 더 있는가. 금하명은 왜 개방을 찾았나. 개방도는 청화장과 인연을 끊는다고 공식 선언하지 않았나.

"무, 무슨 일인지 말 좀 해줄 수 없어?"

"말더듬이가 됐어? 오늘따라 많이 더듬네."

"구, 궁금해서 미, 미치……."

금하명은 대꾸할 생각이 없다는 듯 휘적휘적 걸어갔다.

"웬 거지새끼야?"

"밥 좀 얻어먹을 수 있을까 해서."

"뭐? 이 새끼, 간이 배 밖으로 튀어나온 놈이구만. 벼룩의 간을 빼먹지, 거지 밥을 얻어먹겠다는 거야?"

"인심도 야박타. 밥 주는 게 아까우면 무공이나 한 수 보여주고."

금하명은 태연하게 장검 길이의 단창(短槍)을 꺼내서 만지작거렸다.

"오라…… 단단히 시비를 걸 작정이로군. 가라. 오늘 같은 날은 피 보기 싫어. 날씨가 꾸물거리잖아."

거지들은 금하명을 소가 닭 쳐다보듯이 무시했다.

자신들은 깔끔하게 차려입었다고 여길 만큼 꾀죄죄한 몰골에, 전신에서 풍기는 기도도 전혀 드러나지 않아서 문약한 서생을 방불케 하니 그럴 만도 하다.

거지들은 금하명보다는 오히려 봉자명을 경계하는 눈치였다.

"차근차근히 하자고. 나도 자존심이 있으니 백의개(白衣丐)는 제쳐두고, 일결(一結)부터 족치면 되겠지. 총타주가 오결(五結)이지? 한참 두들겨야 되겠군."

"뭐야!"

성미 급한 거지가 벌떡 자리를 박차고 일어섰다.

"넌 이결(二結). 좋아, 이결부터 시작하는 것도."

쉬익! 빠악!

거지는 일어서기 무섭게 털썩 주저앉았다. 앉은 게 아니다. 머리를 툭 떨구는가 싶더니 풀썩 쓰러졌다.

"보, 보통 놈이 아니닷!"

고함 소리는 거지들을 기민하게 만들었다.

양지 바른 곳에 앉아 이를 잡기고 하고, 끼득끼득 농을 주고받던 거지들이 일사불란하게 움직여 포위망을 형성했다. 눈에서 형형한 안광을 토해진다. 숨소리가 가늘고 침착해진다.

"너희들로는 안 된다니까. 누가 분타주(分舵主)야? 분타주라면 이 초는 견뎌낼 것 같은데. 그래야 개방 체면도 서는 거고."

"누구냐!"

개방도 중 한 명이 날카롭게 물어왔다.

"배첩(拜帖)이 없어서 말이야. 혈첩(血帖)을 만드는 것도 귀찮고. 그런대로 형식은 갖췄으니까 비무 요청으로 인정해 주면 안 될까?"

"누구냐고 물었다!"

"그건 중요한 게 아니지. 정작 중요한 건 이거야. 잘 봐!"

쉬익! 따악!

눈에 보이지 않는 움직임, 그리고 정확한 타격.

개방도 중 한 명이 머리가 깨져 피를 철철 흘려내며 쓰러졌다.

비명도 없었다. 전개하는 수법은 본 것 같기도 하고, 보지 못한 것 같기도 하다. 초식이랄 것도 없이 그저 내려친 것에 불과한데…… 정작 그런 공격이었다면 봤다. 하나 자신들 눈으로 본 것을 공격당한 자라고 보지 못했을까. 충분히 피할 수 있는 공격이었는데.

초식에 수많은 변화가 숨겨진 것이라면 보지 못했다. 그리고 그러한 창법을 구사하는 고수라면 자신들 중 맞상대할 사람이 없다. 있다면 분타주뿐.

"부, 분타주님을 모셔와!"

개방도 사이에서 급한 음성이 튀어나왔다.


"뭐라고?"

"어떤 미친놈이 분타주님을 찾네요. 비무를 하자나 뭐라나. 아주 무식한 놈이에요. 배첩도 없고 혈첩도 없고……. 처음 보는 놈인데 다 짜고짜 창을 휘두르지 뭡니까. 전일(全一)과 한해(韓蟹)가 당했습니다."

"죽었나?"

"죽지는 않았고……."

"이놈! 분타주님이 어떤 분이신데 그깟 일로 번거롭게……."

분타주는 손을 들어 호법의 말을 제지했다.

"다급했던 모양이지. 그럴만한 놈이냐?"

"그것이…… 모두 일 초식에 당해서. 저항이고 뭐고 할 것도 없었고…… 피하지도 못했고……."

"나가보자."

분타주는 몸을 일으켰다.

복건 총타주 환봉개 초지견.

그는 어찌 된 일인지 삼결(三結) 문도가 맡아야 할 분타주 직을 수행하고 있었다.

허리 매듭은 아직도 오결이다. 총타주나 총단 당주가 되어야 할 신분이다. 그런데 두 단계나 아래인 직책을 수행하고 있는 것은 무슨 연유일까.

세인들은 개방에서 무슨 일이 벌어지고 있는지 알지 못한다.

그런 점에서는 금하명도 마찬가지다. 남의 집안 사정을 세세하게 알 수는 없지 않은가.

그래도 일관 취정관이 있기에 대충은 짐작한다.

현재 복건 개방에는 두 명이 총타주가 있다. 한 명은 초지견으로 삼명 분타 분타주의 직책을 수행하고 있다. 다른 한 명은 총단에서 내려온 인물로 삼명에서 이백 리나 떨어진 남부(南部) 옹진성(雍鎭城)에 있다.

단언할 수는 없지만 질책이 내려진 것만은 틀림없다.

질책 수준이 강등이라면…… 이유가 무엇일까? 초지견이 무슨 일을 했다고.

그가 한 일이 있다면 청화장과 손을 잡고 백궁을 조사한 일뿐이다.

만약 그 일 때문에 초지견이 강등을 당할 정도로 추궁을 받았다면, 개방 총단과 백궁의 연관성도 떼어놓지 못한다.

초지견에게 삼명 분타주를 맡긴 일도 과오를 만회하라는 질책성 인사였을 게다.

금하명이 개방을 찾은 이유이기도 하다.

초지견은 금하명을 대하는 순간 인상을 찡그렸다.

"여기는 개방 삼명 분타일세."

"알고 왔어."

초지견은 다시 인상을 찡그렸다.

애송이가 감히 반말이라니. 그는 불쾌함을 숨기지 않았다.

"시비를 걸러 온 건가?"

"시비면 어떻고 비무면 어때. 여기 있는 거지들…… 날 막지 못하면 오뉴월에 축 늘어진 개처럼 두들겨 맞을 거야. 막을 수 있다면 막는 거고. 내 목숨을 앗아가도 좋아."

"하하하! 애송이구나. 하지만 하늘 높은 줄 모르고 설쳐대다가는 제 명에 못 죽어."

"명대로 살 생각은 없고. 내 무기는 이 단창이야. 단창 대 타구봉이라… 잘 어울리겠군. 조심해야 돼. 난 인정이 메말랐다는 소리를 자주 듣는 편이라. 팔다리 하나쯤 분질러도 되겠지?"

금하명은 단창을 서서히 들어올렸다.

아! 변했다. 금하명의 모습이 문약한 서생에서 발톱을 드러낸 맹수의 형태로 변했다. 굶주린 늑대를 대하고 있는 느낌이다. 금방이라도 달려들어서 목줄을 물어뜯을 것 같다.

"다리는 당신이 조심해야지. 팔다리를 부러뜨리는 데는 나도 이골이 났으니까."

스윽!

환봉개는 타구봉을 꺼내 들었다. 그리고 천천히 개방의 독문보법인

묘공보(妙空步)를 밟아나갔다.

'이자는 맹수야! 살인마! 살인마다! 내가 죽거나 이놈이 죽는다. 죽인다. 죽여야 한다. 다른 승부는 없다. 인정이 가미되면 내가 죽을 테니까.'

초지견의 눈동자는 뜨거운 불길로 활활 타올랐다.

"아냐, 아냐. 묘공보는 허와 실을 구분할 수 없게 만드는 것이 요체인데, 내 눈에는 환히 보여. 계속 묘공보를 펼친다면 넌 일합에 져. 다른 걸 펼칠 생각은 없나?"

'거짓말!'

초지견은 금하명의 말을 믿지 않았다. 지금까지 서른 번이 넘는 접전을 펼쳐왔지만 묘공보를 꿰뚫어보는 사람은 없었다. 묘공보, 그대로 간다. 초식은 손에 익을 대로 익은 타구삼절초(打狗三絶招)로 한다.'

각 초에 십팔 변이 내포되니, 도합 오십사 변. 각 변마다 일곱 가지 신법과 여덟 가지의 보법이 응용되니 모두 팔백쉰 가지라는 공방(攻防)이 표현된다.

오결쯤 되는 개방도라면 팔백쉰 가지의 공방 중 최소한 오백 가지 정도는 능통하게 구사한다.

초지견 자신은 하루도 수련을 거른 적이 없다. 여행을 할 때나 공무가 다망할 때도 하루에 한 번씩은 꼭 수련을 했다.

오결제자들 중에서 팔백쉰 가지의 공방을 완벽하게 몸에 붙인 사람이 있다면 자신뿐이다. 그렇기에 젊은 나이에 총타주의 직위까지 오르지 않았나.

초지견은 자신의 무공에 대해서 한 번도 회의를 품어본 적이 없다.

물론 자신이 개방에서 최고는 아니다. 장로들만 수련하는 타구팔단도(打狗八段道)는 소림 칠십이종 절기에 절대 뒤지지 않는다. 양쪽 모두 극성으로 수련했다고 했을 때.
 방주님은 더 강한 무공을 수련한다. 반(絆), 벽(劈), 전(纏), 착(捉), 도(挑), 인(引), 봉(封), 전(轉)의 여덟 가지 구결로 이루어진 타구봉법은 무적이다.
 개방의 무공은 위대하다. 이름도 모르는 자가 내뱉는 헛소리에 마음이 흔들려서는 안 된다.
 '지금 내가 무슨 생각을…… 격장지계(激將之計) 따위에 흔들리다니.'
 마음이 흔들렸다는 것, 상대가 강하다는 것을 인정한 것이나 다름없다. 반면에 자신은 위축되었다는 뜻이고.
 "후우웁……."
 초지견은 긴 숨을 들이켰다.
 "묘공보로군. 계속 펼치기로 작정했어. 쯧! 안 된다고 했는데."
 "받앗!"
 초지견은 일직선으로 달려들며 타구봉을 쭉 내뻗었다. 허초다. 그는 신형을 허공에 띄워 양 발을 좌우로 쭉 벌린 다음 빙그르 한 바퀴 회전시켰다.
 팟팟팟……!
 타구봉이 화살이 되어 쏟아진다.
 그가 한 바퀴 돌았을 때, 쏟아져 나온 화살의 수는 무려 십여 개에 이른다.
 스으읏!

금하명은 느리게 다가섰다. 그런데,

"엇!"

초지견은 너무 경악해서 헛소리를 내지르고 말았다.

갑자기 공간이 사라져 버렸다. 천천히 다가온다 싶었는데, 불쑥 코앞에 얼굴을 들이밀고 있다.

'위험!'

아무 생각도 나지 않는다. 초식이고 뭐고, 공격해야 한다는 생각도 피해야 한다는 생각도.

그의 생각보다 몸이 먼저 반응했다. 땅으로 뚝 떨어져 내리며 양 발을 후려쳤으니까. 그 순간,

빠악!

경쾌한 타격음과 함께 눈에서 불이 번쩍였다.

썩은 지푸라기들…… 숭숭 뚫린 지붕…… 그 너머로 보이는 하늘.

초지견은 일생에서 처음으로 패배했음을 자각했다.

싸움하던 곳이 아니고 엉뚱한 곳에서 눈을 떴으니 패배는 인정하겠는데…… 생각이 나지 않는다. 그의 발목을 후려친 것 같았는데, 왜 자신이 이런 곳에서 눈을 떠야 하는지.

"괜찮으십니까?"

귀에 익은 소리가 들려왔다.

복건 총타주로 부임한 직후부터 늘 곁을 지켜주고 있는 호법이다.

"내가 진 모양이군."

초지견은 두 손으로 욱신거리는 머리를 움켜잡으며 일어나 앉았다.

"생각이 안 나십니까?"

"음……! 머리가 깨지는 것 같아. 물 좀."

초지견은 호법이 내민 주담자를 받아 벌컥벌컥 들이켰다.

처음 마실 때는 몰랐는데…… 어느 정도 갈증이 해소되니 이상한 맛이 난다. 향기도 있고. 조금 더 마신 다음에야 자신이 마시고 있는 것이 술이라는 것을 깨달았다.

"마저 드십쇼. 이럴 때는 물보다 술이 최곱니다."

초지견은 주담자를 내려놨다.

머리를 만져 보니 혹이 단단히 났다. 그자는 단창을 사용했는데…… 아마도 자루로 때린 듯싶다.

언제 어떻게 맞았을까? 어떤 초식에? 전혀 보지 못했다. 예기가 다가오는 느낌조차 없었다. 그자가 병기의 속성마저도 안으로 감출 수 있는 절정고수였단 말인가.

"그는……?"

"밖에 있습니다. 깨어나시면 만나보고 가겠다고. 만나시겠습니까?"

초지견은 일어서지 않을 수 없었다.


은밀한 이야기나 아쉬운 부탁을 하려고 할 때, 상대는 늘 독대(獨對)를 원해온다.

그는 독대를 원했다.

한바탕 실력 행사를 하고 난 다음에 청한 독대이니 부탁도 큰 부탁이리라.

'싸움에서는 졌지만 칼자루는 내가 잡은 셈인가.'

무인에게 패배는 큰 충격이다. 몇 날 며칠을 술로 지새워도 결코 지워지지 않는다. 그러면 그럴수록 더욱 팔팔하게 되살아나서 마음을 아리게 한다.

초지견은 자신의 패배를 추스를 시간도 갖지 못했다.

그러나 흥분하지 않았다. 패배에 연연하지도 않았다. 상대가 강하다는 것도 깨끗이 인정했다. 그리고 자신이 칼자루를 쥐고 있다는 사실은 더욱 확실하게 인식했다.

"당신은 큰그릇이군."

"과찬의 말씀. 패배자를 너무 추켜올리는 것도 비례(非禮)로 알고 있소만."

"생각 중이야. 싸움을 멈출지, 계속 할지."

"하하하! 내 위치에서 협박을 당할 줄은 정말 몰랐소."

"분타주가 그렇게 대단한 위치였나? 몰랐네."

"……."

"기분 상했다면 이해해."

금하명은 인피면구를 벗었다.

"다, 당신은!"

"혈살괴마."

"처, 청…… 화장주!"

"내 말은 협박이 아니었어. 개방과 백궁이 무슨 관계인지 모르지만, 알 필요도 없고. 우린 지금 백궁과 싸우는 중이야. 백궁이 적이지. 그런데 백궁에게 정보를 주는 사람이 있다. 어떻게 해야 돼?"

'정말…… 이다. 요구를 들어주지 않으면 삼명 분타는 몰살한다.'

칼자루를 잡지 못했다. 칼자루는 아직도 금하명에게 있다.

"내…… 권한 밖이오."

"알아. 그렇지 않다면 분타주로 쫓겨날 리도 없겠지. 닷새. 닷새만 잠자코 있어. 아무 정보도 주지 말고. 내 요구는 이것뿐이야."

"좋소."

초지견은 뜻밖에도 흔쾌하게 대답했다.

금하명은 고맙다는 말 한마디쯤, 아니면 너무 무례해서 미안하다는 말쯤은 해줄 수 있을 터인데 자신의 권리를 되찾은 사람처럼 당연한 표정으로 일어섰다.

"잠깐! 개방이 간여됐다는 건 어떻게 알았는지…… 취정관 눈은 속였다고 자부하오만."

"백납도와 싸울 때 둔한 자가 눈에 띄더군."

"당신은…… 운이 좋은 사람이오. 둔한 놈을 보지 못했다면 청화장에 귀산과 하후가 있어도 이 싸움은 백궁 승리로 돌아갔을 거요."

"아니, 이 싸움은 우리가 이겨. 개방이 간여했어도. 내가 이런 짓을 하는 것은 개방과 싸우기 싫어서야. 개방과 싸우면 중원이 피로 넘쳐날 텐데, 그럴 수야 있나."

'오만에 가까운 자부심……'

부럽다. 이런 자부심을 가질 수 있다니. 무섭다. 개방도 두려워하지 않는 패기가. 패기를 뒷받침해 주고 있는 무공이.

그날, 개방 삼명 분타는 홀연히 사라져 버렸다.

\* \* \*

어떤 미친놈이 비무를 청해왔다는 소리를 들었을 때, 난 솔직히 웃었다.

"어떤 미친놈이 분타주님을 찾네요. 비무를 하자나 뭐라나."
꼭 그렇게 들었다.

그는 '미친놈'으로 불려도 하등 이상할 게 없어 보이는 자였다.

제일 먼저 눈에 들어온 것은 형편없는 몰골이다.

산발한 머리는 비웃을 게 못 된다. 거지들도 몇 달 정도는 머리를 감지 않는다. 찢어지고 때에 찌든 의복도 말할 게 못 된다. 그 정도였다면 개방에 속하지 않은 걸인 정도로 생각했을 게다.

몰골로 말하자면 걸개들도 내놓을 것이 없지만, 거지 중에서도 상거지인 그를 보고는 걸개들조차도 눈살을 찌푸렸다.

거기까지는 단지 더러운 정도다.

그가 제정신을 지닌 자라고 볼 수 없게 만드는 요인은 따로 있었다.

지저분함.

그게 이상했다. 더러움이나 지저분함은 별반 다를 바가 없는데 그가 훨씬 지저분하게 생각되었다.

그의 몸에서 풍기는 악취 때문이다.

그에게서는 묘한 악취가 풍겼다. 걸인들이 내뿜는 악취는 코에 익숙해져 정겹기까지 한데, 그가 내뿜는 악취는 인상을 찡그리게 만들었다.

우습지 않은가, 개방도가 악취 때문에 인상을 찡그리다니.

그와 마주 서고 몇 마디 말을 나눌 때까지도 난 그의 몸에서 풍기는 악취의 정체를 알아차리지 못했다. 아니, 관심조차 갖지 않았다. 대신 다리 하나 정도 부러질 각오를 하라고 충고했던 것 같다.

그가 내게 창을 겨눴을 때…… 화염이 이글거리는 눈동자를 보았을 때…… 난 비로소 악취의 정체를 짐작해 냈다.

피와 땀이 켜켜이 쌓여 자연스럽게 뿜어져 나오는 살인마의 냄새.

그는 허명(虛名)을 좇아 비무를 즐기는 낭인(浪人)이 아니라 야성(野性)이 살아서 꿈틀거리는 진짜 살인마였다.

타구봉을 으스러져라 움켜잡았다. 투지가 끓어올라 활화산처럼 꿈틀거렸다. 그의 눈길을 정면으로 맞받으며 묘공보(妙空步)를 밟기 시작했다.

생애를 통틀어 단 한 번의 패배가 기록되는 순간일 줄은 까마득히 모른 채.

우리의 첫 만남은 그렇게 시작되었다.

난 변변히 무공도 펼쳐 보지 못하고 패했다. 그가 선공을 취했다면 타구봉을 움직여 보지도 못하고 당했을 완벽한 패배였다.

혈살괴마, 청화장 장주.

해남 세 기인과 연관을 맺어 혈살괴마에 대한 소문을 때로는 좋게, 때로는 나쁘게 퍼뜨려 주었다. 혈살괴마에 대한 소문도 귀가 따갑게 들었다. 하지만 정작 그를 만난 것은 그때가 처음이었다.

그는 권력과 암계와 안락에 젖어들어 가던 나를 일깨워 주었다.

그가 걸어온 길은 혈로다. 그가 걸어갈 앞으로의 길도 혈로다. 그는 혈로를 걸으며 그 누구도 넘보지 못할 무공의 세계를 스스로 깨쳐 나간다. 그는 진정한 무인이다. 날 패배시킨 자이지만 그는 넘을 수 없는 태산처럼 보였다.

난 본문을 배신하고 그의 말에 따랐다.

전폭적으로 백궁을 지원하라는 본문의 명을 거역하고 삼명 분타를 잠적시켰다.

이유는 단 하나다. 목적을 위해서라면 수단 방법을 가리지 않는 백궁과 정도를 걷는 청화장.

난 그때 그 생각만 했다.

외람되게도 내가 방주라면…… 이권이나 욕심을 버리고 순수한 무인의 입장으로 돌아갔을 때, 둘 중 한 명의 손을 들어주어야 한다면 누굴 택하게 될지 생각해 봤다.

우리는 장사꾼이 아니다. 무인이다.

이것이 본문의 명을 거역한 이유다.

개방(丐幇) 십칠대(十七代) 용두방주(龍頭幇主)<br>
환봉개(幻棒丐)의 회고록(回顧錄) 중(中)에서.

### ❸

조용한 죽음이 있다.

잠을 자다 죽은 것처럼 주위를 어지럽히지도 않고, 신색의 변화도 없다. 죽은 자를 보면 참 편안하게 잘 갔구나 하는 생각이 절로 떠오른다.

나무 그늘에 앉아서 편히 쉬다가 맞이한 죽음, 수련을 끝내고 흠뻑 몸을 적신 땀을 식히던 모습. 한결같이 일상생활에서 흔히 볼 수 있는 모습으로 죽음을 맞이한다.

사람들을 경악케 하는 것은 그런 죽음들이 피살이라는 것이다.

미호령.

세상에서 가장 조용한 죽음을 내리는 죽음의 손에게 아름다운 이름이 붙여졌다.

참혹한 죽음이 있다.

마차에 깔려죽은 고양이는 처참함 속에 끼지도 못한다. 사지육신이 떨어져 나간 것은 기본이다. 오장육부가 삐져 나오고, 장기란 장기는 모두 난도질당해서 어육(魚肉)이 된 모습을 봐야만 진정한 처참함이 무엇인지 알게 된다.

인간의 감정을 지닌 자들이라고는 믿지 못할 만큼 잔혹한 살수를 구사하는 집단.

그들에게도 이름이 있다. 도참마.

미호령과 도참마는 이름은 있으나 세상에 존재하지 않는다. 세상에 존재하지 않지만 중원 전역을 무대로 살인 행각을 벌인다.

얼마만큼 비밀에 가려진 집단인지 단적으로 설명해 주는 부분이다.

그들이 어디에 있는지, 몇 명이나 되는지, 누가 그들에게 청부를 하는지, 청부 방법은 어떤 식인지…… 드러난 것이 아무것도 없다. 딱 하나 밝혀진 것은 미호령은 의관을 정제했고, 도참마는 낭인처럼 허름한 차림새라는 것뿐이다.

그들이 복건 무림, 그것도 삼명성에 모여들었다.

중원을 공포로 몰아넣는 사대살맥 중 한녀문(恨女門)을 제외한 삼대살맥이 한곳에 모인 것이다.

"현재 드러난 자는 미호령으로 추측되는 자가 여섯 명, 도참마가 여섯 명이오. 그들이 미호령과 도참마를 움직이는 것으로 생각되는데…… 현장에 투입되는 살수는 전혀 꼬리를 잡지 못했소. 반면에 백팔겁은 낱낱이 드러난 상태고. 괜찮겠소?"

취정관이 정보를 입수하지 못했다면 그야말로 그림자나 다름없다.

수재불출문(秀才不出門), 능지천하사(能知天下事)

"몇 명인지도 모를 자들을 상대해야 한단 말이지? 괜찮고 자시고 할 것도 없이 선택할 여지가 없잖소."

"……."

귀산은 침묵했다.

백팔겁이 미호령과 도참마를 상대해야 한다는 점은 불변이다. 백팔겁의 전설대로 모두 전멸하는 한이 있더라도 마주쳐야 한다. 그리고 전멸을 두려워하는 백팔겁도 아니다.

"좋아. 죽이고 또 죽이면 되는 거지. 탈태환골한 백팔겁의 무서움을 단단히 보여주지."

야괴는 외눈을 번뜩였다.

야괴는 백팔겁을 이끌고 청화장을 나섰다.

은밀히 빠져나온 것이 아니라 호호탕탕 웃고 떠들어 단풍놀이라도 가는 형색이었다.

배웅은 귀산과 하후가 했다.

청화장 식솔들 중 잡일을 하는 사람들 대부분이 백팔겁의 일족들이지만 그들은 배웅에 나서지 않았다.

죽으러 가는 사람들.

어쩌면 마지막이 될지도 모를 순간이지만 인간의 정보다는 하후와 귀산의 큰 그림을 좇았다.

백팔겁이 음양쌍검의 구류음둔공을 소화해 냈다면 충분히 겨뤄볼 수 있다. 취정관의 이목에도 걸려들지 않을 만큼 귀신처럼 행동하는 자들이지만 구류음둔공이라면 해볼 만하다.

하나, 구류음둔공은 아직 미완성이다.

독절 당운미가 경세적인 단약을 내놓지 않는 한, 구류음둔공을 소화해 내기까지는 수십 년의 세월이 소요될지도 모른다.

애초부터 무리한 수련이었다.

타고난 무재도 아니고, 어려서부터 무공에만 몰두해 온 사람들도 아닌 사람들, 죽음을 두려워하지 않는 투지를 제외하고는 삼류무인과 다를 바 없는 백팔겁이 절정무공인 구류음둔공을 어떻게 수련해 낸단 말인가.

누가 봐도 이 싸움은 어림없다.

남은 것은 오직 명예뿐이다. 백팔겁의 명예를 더럽히지 않기 위해 죽어야 하는 일만 남았다. 차후에 선택된 백팔겁의 운명 또한 별반 다르지 않겠지만…… 모든 백팔겁의 운명이 똑 같겠지만…….

"미호령과 도참마는 강한 적이지만 백팔겁보다는 못할 거예요. 부상은 걱정 마세요. 제 의술이 뛰어나다는 것, 알죠?"

"하후께서 그렇게 말씀하시니 마음 놓고 싸워야겠습니다."

"문파 대 문파 간의 싸움에서, 객관적인 전력으로 판단할 때 일 할의 승률을 움켜잡은 문파는 없었소. 아마도 백팔겁이 처음일 것이고, 무림사에서 잊혀지지 않을 것이니, 내게 고맙다는 말부터 하고 가야 되는 것 아니오?"

"하하! 귀산께서 그렇게 말씀하시니 체면상 꼭 이겨야겠소."

야괴의 외눈에서 투지가 일렁거렸다.

그는 머뭇거리지 않았다. 몇 마디 말을 주고받고는 신속히 신형을 날려 사라져 갔다.

청화장은 다시 옛날로 돌아갔다.

하인이나 시비가 새사람으로 바뀌었지만 무인은 옛 무인들이다. 하후, 귀산, 암절. 이 세 사람만 낯설 뿐, 옛날과 다름없다. 백팔십여 명에 이르던 문도가 예순두 명으로 줄었고, 무공이 배로 강해졌으니 전혀 다른 사람들로 채워졌다고도 할 수 있다.

능완아는 오랜만에 검을 잡았다.

"꼭 지금 해야 하나요?"

"지금. 지금이 아니면 기회가 없어. 동생, 우리가 가족이라면 지금 검을 들어줘."

능완아는 평소답지 않게 강경한 하후의 말을 좇아 검을 들어올렸다.

청화장 기구 개편시 내총관이라는 직책을 맡았지만 실질적으로 일을 한 사람은 봉자명 사형이었다.

그녀는 아무 일도 하지 않았다. 몸조리라는 것은 형식적인 명분에 불과했다. 억겁의 세월이 지나도 씻기지 않을 마음의 상처는 상상외로 깊어서 그녀를 좀처럼 일으켜 세우지 못했다.

모사재인(謀士在人)이요, 성사재천(成事在天)이라. 일은 사람이 꾸미되, 성사는 하늘에 달렸다고 하더니 그 말이 꼭 맞다.

뛰어난 머리는 살아가는데 도움이 된다. 하나 절대적이지는 않다. 삶이란 것에는 인력으로는 어찌할 수 없는 부분이 있다.

능완아는 그 점을 이해할 수 없었다. 아니, 이미 이해했지만 인정할 수 없었다. 인정한다는 것은 자기 스스로 폐인(廢人)임을 자인하는 꼴이었으니까.

청화장에 돌아왔지만 그녀가 할 일은 없었다.

금하명의 무공은 머리를 필요로 하지 않는다. 인간이 강해질 수 있는 최상의 경지에 올라선 듯싶다. 또 그에 버금가는 여인이 있다. 빙후, 빙사음의 무공은 금하명을 제외하곤 최상이다.

머리는 어떤가? 그녀가 머리 속에서 그려낸 그림쯤은 웃음으로 받아넘길 사람이 둘이나 있다.

여인의 무기는 미모라고 한다. 그럼 미모는? 하후, 빙후, 당운미…… 누구 하나 능완아에게 뒤지는 미모가 아니다.

한 단계 밑으로 내려가 할 일을 찾아봐도 할 것이 없다.

외총관 역할은 당운미보다 뛰어날 수 없다. 내총관의 역할도 봉자명 사형보다 꼼꼼하지 못하다. 봉자명 사형은 흙속에 묻혔던 진주다. 무공은 빈약하나, 살림살이를 꾸려가는 데는 따를 자가 없다. 인정을 베풀 때는 넉넉하게 베풀면서 공사도 엄격히 구분한다.

천루주, 지루주, 담정영, 성금방, 조자부, 조가벽.

삼루에서도 그녀가 할 일은 없다.

그녀의 좌절은 쓸모없는 사람이라는 자괴심에서 비롯되었다.

그런 그녀를 다시 일으켜 세운 사람은 네 여인이다.

"네가 잘못되면 그 아이는 평생 한을 안고 살아가게 될 게다."

소현 부인은 더럽혀진 계집을 옛날과 다름없이 보듬어 안았다.

"그 사람의 아내라면 일어나, 강하게. 평생 피를 밟으며 걸어갈 사람이야. 우리가 걷는 길도 핏물이 될 거야. 피를 밟으며 걸어갈 용기가 없다면 이대로 주저앉아. 그럼 우리도 다시는 쳐다보지 않을 거야. 하지만 일어났으면 좋겠어. 같이 손을 잡고 핏물 속이지만 우리끼리만은 웃었으면 좋겠어."

빙후는 매몰차게, 그러나 강하게 일으켜 세웠다.

하후는 포근하게, 당운미는 아무 일도 없었던 듯 활짝 웃으며 상처를 감쌌다.

하후의 반강제적인 강요 때문에 검을 드는 것이 아니다.
그들의 말이 진심인 것을 안다. 그렇기에 일어났고, 검을 잡는다. 핏물을 밟으며 가야 한다면 그러리라. 그가 원한다면 웃으면서 안기리라. 체면, 염치, 과오…… 과거는 다 잊고 앞만 본다.
'핏물. 혈로(血路). 이게 내 길…….'
차앙!
검을 뽑아 천천히 대삼검을 펼쳐 나갔다. 사형제들은 대환검에 몰두해 있지만 대삼검에 대한 감각부터 되살려야 한다. 급할 건 없다. 하루 이틀 수련하다 말 것도 아니고 평생을 수련해야 할 것이기에.
가볍게 초식을 시전한 후, 본격적으로 수련하기 위해 진기를 끌어올렸다.
고오오오……!
진기가 물밀듯이 일어난다.
'어!'
일순, 능완아는 잠시 당황했다.
자신의 진기가 아니다. 상상하지 못했던 거력이다. 황하(黃河)가 좁은 수로로 방향을 틀어버린 듯 거센 진기에 경맥이 터져 버릴 것 같다.
'어, 어떻게 이런 일이!'
당황은 했지만 정신은 놓지 않았다. 진기가 경맥을 굽이돌고 있다. 잠시라도 정신을 분산시키면 진로를 놓쳐 버린 진기가 마구 흐트러지며 경맥을 손상시킨다.
'일심(一心)으로…….'
마음을 가라앉히고 구결대로 차분하게 진기를 이끌었다.
'으……! 어, 어떻게 이런 일이……!'

이번에는 정말 당황했다. 도인(導因)으로 진기를 이끌자, 강맹한 진기가 따라오는 듯싶더니 곧 제멋대로 날뛰기 시작한다.

아! 진기의 흐름이 완전히 바뀌었다. 단전에서 시작해야 할 흐름이 회음혈(會陰穴)에서 시작된다.

'이, 이게 무, 무슨 조화……'

생각할 시간도 없다. 진기는 독맥을 거세게 솟구쳐 곧바로 백회혈을 두들겼다.

쫘앙!

능완아는 아찔한 충격에 몸을 부르르 떨었다. 그때,

"거둘 생각을 하지 마. 곧바로 백회혈을 통해 쏟아버려. 이 순간부터 백회혈은 존재하지 않아, 사라졌어. 구멍이 뚫린 거야. 임맥은 생각할 필요가 없어. 오직 독맥만 생각해."

'하후……'

어찌 된 영문인지 알고 싶다. 하나 지금은 시간이 없다.

'백회혈은 없다. 그럴 수는 없어. 아니, 있어야 해.'

"백회혈은 없다. 백회혈은 없다."

하후는 마치 최면을 거는 것처럼 같은 말을 반복했다.

'백회혈은 없다……'

쫘앙!

독맥을 솟구친 진기가 백회혈에 부딪치며 아래로 쏟아져 내렸다. 역시 존재하는 백회혈을 의식만으로 지우기에는 역부족이었다.

뜻밖의 상황은 또 발생했다.

스스슷……! 스으읏……!

개미 기어가는 소리가 들린다. 거미가 거미줄을 타고 기어 내려온다. 지렁이가 꿈틀거리며 기어간다.

"죽인닷!"

능완아는 느닷없이 솟구치는 살심을 이기지 못하고 검을 뻗어냈다.

백회혈에 부딪친 후, 전신으로 쏟아져 내리는 진기의 빗줄기가 검에 주입된다. 그리고 전신 진기를 한 올 남김없이 끌어 모아 토해 버린다.

'이, 이러면 진기가 고갈되어 죽는…… 이, 이런……!'

놀라움의 연속이다. 전신 진기는 검을 통해 한 점 남김없이 쏟아져 나갔다. 그러나 전신에는 여전히 진기가 넘칠 듯이 꿈틀댄다. 독맥의 진기가 끊임없이 공급된다. 쏟아져 나가는 것보다 더 빨리 채워진다.

이상한 점은 진기가 강해지면 강해질수록 살심도 깊어진다는 것이다. 살아 있는 것은 모조리 죽여 버리고 싶어서 몸이 경련을 일으킨다.

파아앗! 스으읏! 쒜에엑!

검기가 광란을 일으켰다.

'안 돼! 안 돼! 이래서는 안……'

쓰으윽! 가가각……!

검이 감촉이 닿는다. 무엇인가 베어져 나가고 꿰뚫린다. 그것도 모자라서 난도질을 한다. 꼭 그런 느낌이다.

'어, 언니! 언니야! 안 돼!'

사람이라고는 하후밖에 없었다. 무엇을 하고 있는 겐가. 지금 하후를 죽이고 있는 것인가!

처음에는 자신이 진기를 제어했다. 조금 지나서는 진기가 제어를 벗어났다. 그런데 시간이 흐를수록 진기가 자신을 잡아먹고 있다. 육신은 꼭두각시가 된 지 오래고, 정신마저 혼미해진다. 주위를 분간하지 못할 지경이라면 견딜 수 있겠는데, 혼절을 하듯 까마득한 나락으로 빠져드는 기분이다.

'주화입마? 아, 아냐. 이건 주화입마도 아냐. 엇! 이 냄새! 냄새를 맡아야 해. 이 냄새를 꼭 잡아야 해!'

정신이 깊은 나락으로 침몰해 갈 즈음, 밝은 세상으로 끌어올려 줄 사다리가 내려졌다.

향긋한 냄새다. 무슨 냄새인지는 모르겠지만 향긋함을 맡으니 답답하던 가슴이 뻥 뚫리고, 묵직하던 머리가 맑아지며, 통제를 거부하며 요동치던 독맥진기를 잠잠하게 가라앉는다.

"휴우!"

진기의 사슬에서 벗어난 능완아는 거친 숨부터 토해냈다.

한바탕 악몽을 꾸고 난 사람처럼 정신이 멍하다. 아무 생각도 나지 않는다.

챙그렁!

손에서 검이 떨어지며 경쾌한 소리를 흘려냈다.

검을 쥐고 있을 힘도 없다. 천 리 길을 단숨에 달려온 사람처럼 온몸이 가라앉는다. 욕지기도 치민다. 역한 냄새를 맡았을 때처럼, 상한 생선을 먹었을 때처럼 뱃속이 울렁거리더니 기어이 속엣것이 토해져 나온다.

"우욱! 욱!"

능완아는 털썩 무릎을 꿇어앉아 토악질을 해댔다.

넘어오는 것은 없다. 헛구역질이다. 무엇이…… 무엇이 구역질까지 끌어내는가.

잠시 후, 정신을 수습한 능완아는 무엇인가 검에 걸렸던 일을 생각해 냈다.

누군가를 베었다. 그건 분명히 사람의 살을 가를 때와 똑같은 느낌이었다.

"아, 안 돼! 언니!"

당황한 마음에 급히 고개를 쳐들었다. 그런데!

"아!"

놀라운 광경, 믿지 못할 광경!

검을 들 때는 앙상한 마른 가지를 늘어뜨린 고목들뿐이었는데……

피, 피, 피…… 시신, 시신, 시신……

"이, 이게! 도대체!"

"수고했어."

하후가 다가와 두 손을 마주 잡았다.

"언니! 사, 살았어! 언니가…… 그, 그럼 이건…… 이 사람들은……!"

"동생, 됐어. 다 끝났어."

"어, 언니! 이 사람들은!"

"됐어! 다 끝났어!"

하후는 능완아의 양볼을 두 손으로 감싸안으며 두 눈을 똑바로 들여다봤다.

침묵이 길게 이어졌다.

"마음 좀 진정됐어?"

능완아는 고개만 끄덕였다.

"동생이 펼친 무공은 상공을 지금으로 만들어주었고, 고난도 안겨주었고, 나도 만나게 해주었던 무공이야. 귀사칠검이라고."

"귀…… 귀사칠검이요? 그, 그게 무슨…… 난 처음 듣는……."

"동생이 잘 때 수혼대법(垂魂大法)으로 구결을 전수했어. 이 귀사칠검은 마공이야. 살인마가 되거나 색마가 되는 아주 몹쓸 마공이야. 백팔겁이 떠나면 청화장에는 청화장 문도만 남아. 암절은 외장을 지켜야 하니 몸을 뺄 수가 없어. 내원에는 나와 동생만 남는데 우리도 존주가 노리는 대상이야. 존주가 이런 기회를 놓칠 리 없지."

"……."

"방법은 이것뿐이었어. 우리는 우리 스스로 지켜야 했으니까."

"그렇군요. 그래서 지금 검을 잡아야 한다고…… 평소의 모습이 아니라서 엉겁결에 검을 들기는 했는데, 잘 됐어요."

능완아는 영민한 여인이다. 그녀는 하후의 몇 마디 말만 듣고도 상황을 짐작해 냈다.

귀사칠검인가 무언가 하는 마공이 자신을 살인마로 만들었다. 자신과 하후를 노리고 잠입한 백궁도는 자신이 의식도 못한 채 휘두른 검을 맞고 절명했다.

숨어든 자는 대략 십여 명. 암절과 기절이 설치한 기진을 뚫고 잠입한 자라면 보통 자들이 아닌 것 같은데, 속절없이 죽게 만들다니 엄청난 마공이다.

이성을 잃은 채 전개한 무공이 이 정도라니.

후회는 없다. 아니, 이렇게라도 청화장에 빚진 것을 갚았다고 생각하니 마음이 후련하다.

'빚은 갚았어. 이제는 청화장을 떠날 때가 된 거야. 이걸로 된 거지 뭐. 살인마, 색마…… 추한 모습을 보이느니…….'

"됐어요. 이해해요."

능완아는 활짝 웃었다. 웃어 보였다.

"호호호! 동생…… 그러면 안 돼. 가족이 되었으면 세상 사람들이 다 손가락질해도 믿어줄 줄 알아야지. 내가 아무 대책도 없이 마공을 전수했겠어? 귀사칠검이 마공이긴 하지만 정종무공으로 탈바꿈시킬 방법이 있어. 빙후도 귀사칠검을 익혔었는데, 마녀 같아 보여?"

"빙 언니가…… 하명이…… 아니, 그 사람이요?"

하후는 빙긋이 웃기만 했다.

웃는 얼굴을 보니 갑자기 희망이 움튼다.

마공…… 나쁘지만은 않다. 어렴풋이 짐작컨대 금하명과 인연을 맺어줄 무공인 것 같아서 기대도 된다. 백궁도의 처참함을 보면 자신이 저지른 짓이라고는 믿어지지 않는다. 그래도 답답하지는 않다. 앞으로는 이런 일이 한두 번 일어날 것이 아니기에.

"축하해. 동생도 이 순간부터 우리처럼 혈인(血人)이 된 거야. 피를 밟고 가야 할 운명이."

능완아는 하후의 손을 꼭 쥐었다.

"호호호! 역시 동생은 대단해. 상공 첫사랑이 될 만하단 말이야. 동생, 이들이 누군지 알아? 모습을 드러낸 미호령, 도참마 열두 명 중에서 열 명이야. 동생은 중원 살맥 두 개의 뿌리를 흔들어 버린 거야. 호호호!"

하후는 맑게 웃으려고 애썼다. 웃어야 하나, 도전해 오는 적은 죽여야 하지만, 그러기에는 마음이 너무 여리다. 그런 여인이 하후다.

'언니……'

"언니, 나 이제 검을 잡을 수 있겠어."

두 여인은 마주 잡은 손을 놓지 않았다.

# 第五十五章
## 열과상적마의(熱鍋上的螞蟻)
### 뜨거운 솥 위에 개미

열곡상적마의(熱鍋上的螞蟻)
…뜨거운 솥 위에 개미

우미산(牛尾山).

산의 형태가 소꼬리처럼 생겼다고 해서 우미산이라고 불린다.

야괴는 백팔겁을 우미산으로 이끌었다.

중도에서 요격당할 것을 염려했으나 공격은 없었다.

이로서 한 가지 사실은 확인되었다.

믿고 싶지는 않지만 개방은 정말로 이들과 연관있었다. 이들의 눈과 귀가 개방이었다.

명문정파와 속성이 애매모호한 백궁의 연합?

이를 어떻게 해석해야 하나.

안심하기는 이르다. 백궁은 눈과 귀를 잃고 잠시 혼란스럽겠지만 곧 전열을 가다듬어 공격해 올 것이다. 우미산까지 오면서 많은 흔적을 남겨놓았으니 뒤따라오지 못한다면 병신들이다.

"전개(展開)!"

중언부언 떠들 필요도 없다.

명이 떨어지기 무섭게 백팔겁은 열여덟 명이 한 조를 이뤄 몸을 날렸다. 사 개 조는 산자락에, 두 개 조는 산중턱에. 우미산 지형을 속속들이 알고 있는 것처럼 움직이고 은신하는데 일점 망설임이 없었다.

야괴는 산 정상에서 가부좌를 틀고 앉았다.

"혈하유만리(血河流萬里), 부시고만장(腐屍高萬丈)."

자신도 모르게 흘러나온 음성이다.

백팔겁의 완전 몰살을 네 번이나 봤다.

세 번의 몰살은 백팔겁을 중원사대살맥으로 만들어주었고, 한 번의 몰살은 살맥과 정통문파 간의 까마득한 괴리를 느끼게 해주었다. 남해검문의 살각과 전각은 정통 무인들의 진가를 여실히 보여주었다.

이번에는 살맥 대 살맥의 싸움이다.

전혀 경험해 보지 못한 새로운 싸움이다. 향후, 중원 살맥의 판도를 결정짓는 싸움이다. 청화장과 백궁의 싸움뿐만이 아니라 백팔겁의 존재가치를 증명해 주는 싸움이다.

피의 강이 만 리를 흐르리라. 부패한 시신이 만 장 높이로 쌓이리라. 살수들 간의 싸움이니 비명 소리는 극히 낮겠지만 살이 찢어지는 파육음만은 천지를 진동하리라.

검을 뽑아 땅에 찔러 넣었다. 그리고 푸른 하늘에 눈길을 두었다.

'여기서 끝장낸다. 도참마는 사라지는 거야.'


척! 척! 척! 척……!

일사불란하게 발을 맞춰 걷는 발걸음 소리가 산 정상까지 들려왔다.

해가 지려면 아직도 두 시진은 남았다. 백팔겁을 초토화시키기에는 충분한 시간이다.

'한낮에 붉은 피, 절규, 이승을 떠나는 혼. 많은 것을 볼 수 있으니 아름다운 시간이군. 아름다운 시간에 찾아왔어.'

적의 모습이 어렴풋이 보이기 시작했다.

들판을 빼곡히 메웠다고 해야 할까? 많으리라 예상은 했지만 이건 너무 많다. 족히 천여 명은 됨직하지 않은가.

허름한 회색 무복에 장도를 허리춤에 찔러 넣은 모습, 얼굴을 반쯤 가리는 폭 좁은 방갓.

도참마다. 도참마의 단일 세력이 무려 천여 명이나 된다.

'운을 말할 수 없는 지경이군. 옛날의 백팔겁이었다면 일진이 사나워도 전멸, 천신의 도움을 받아도 전멸. 후후후! 이제는 달라졌어. 죽는 건 네놈들이야.'

늑대의 피를 이어받은 사람처럼 온몸이 뒤틀려 온다. 검을 움켜잡고 달려 내려가 한바탕 거센 회오리를 일으키고 싶은 충동이 혈관을 팽창시킨다.

살수들은 영역이 서로 다르다.

호랑이와 늑대는 맹수로 분류되나 서로 마주치는 경우가 극히 드물다. 영역이 중첩되어도 현명하게 피해간다. 선호하는 먹이가 다르기 때문에 가능한 일이다.

지금까지 미호령, 도참마, 한녀문, 백팔겁은 중원 사대살맥이라는 이름을 공유했고, 중원 전역을 무대로 활약했지만 서로 마주치거나 시비가 일어나는 경우는 없었다.

미호령은 고관대작만을 먹는다. 도참마는 명성 높은 고수들을 선호한다. 한녀문은 치정 관계가 아니면 손을 대지 않으며, 백팔겁은 경중(輕重)을 가리지 않는 잡식성이지만 주로 표면화되어서는 곤란한 문제를 다룬다.

엄격히 분류하면 미호령과 도참마는 고급살수이고, 한녀문과 백팔겁은 하급살수다.

그럼에도 중원사대살맥으로 같이 거론되는 것은 살수들의 가치가 유용함에 달려 있기 때문이다. 이들은 약속을 지킨다는 공통점이 있다. 맡은 일은 몰살을 당하거나 해결하고 마는 끈질김도 있다. 청부자의 입장에서는 완벽한 믿음을 가지고 일을 맡길 수 있는 집단들이다.

이번에는 먹이가 같다. 청부받은 것이 없는데 싸운다는 이상한 인연도 있다. 어중간하게 끝낼 일이 아니라 완전히 숨이 넘어가는 것을 확인하고도 한 번 더 물어뜯어야 끝장이 나는 싸움이다.

'미호령…… 미호령이 없군.'

이것 역시 예상했다. 하후와 귀산의 족집게 같은 신산(神算)은 눈앞의 일뿐만이 아니라 멀리서 벌어지는 일까지 정확하게 짚어냈다.

'그놈들…… 한참 들떠 있겠군. 백팔겁과 연관된 사람들을 모두 죽인다고 했나? 이만여 명을 모두…… 아냐, 싫을 수도 있겠어. 고관대작만 죽이던 놈들이 비천한 사람들을 죽이려니 나 같으면 씁쓸하겠어. 손이 더렵혀진다고 툴툴대겠지.'

숨을 사람은 숨었다. 그러나 굶어죽으나 칼을 맞고 죽으나 죽는 게 매일반인 하루벌이 인생들은 아직도 생업에 몰두하고 있다.

지은 죄도 없고, 먹고살기 바쁜 사람들인데…… 백팔겁과 연관있다는 이유로 그들마저 죽인다면 정말 인간이 아니다. 그래도 미호령은 죽일 것이다. 노인, 여자, 아이…… 저항할 능력조차 없는 사람들까지 차디찬 주검으로 만들어놓을 게다.

　백팔겁은 몰살당해도 되살아난다. 또 다른 지원자들이 백팔겁을 구성한다.

　미호령과 도참마는 백팔겁뿐만이 아니라 그들을 받쳐 주는 밑바탕까지 긁어내려는 것이다.

　죽음으로써 되살아나는 불새를 죽이는 방법, 백팔겁의 종말.

　"백팔겁의 일이라면 상관하지 않아요. 서운하게 들려도 할 수 없고요. 하지만 그들이 청화장 인루를 존재하게 만드는 사람들이니 상관해야죠. 아셨어요? 이건 백팔겁의 싸움이 아니라 인루의 싸움인 거예요. 루주께서는 도참마만 신경 쓰세요."

　하후를 믿는다. 그녀가 한 말을 믿는다. 싸움이 끝난 후에도 비천한 인간들이 여전히 삶의 터전에서 움직이고 있는 모습을 보고 싶다.

　척척! 척척척……!

　도참마의 모습이 명확하게 보인다.

　그들은 서로 검 한 자루도 크게 펼칠 수 없는 공간을 유지하며 다가선다. 광범위하게 포위망을 형성한 것이 아니라 송곳으로 그물을 뚫는 형세다.

　백팔겁의 무기는 은신술, 은신술을 푸는 순간 백팔겁은 삼류무인으로 전락한다.

　백팔겁은 은신술을 풀 수가 없다.

　은신해 있는 상태에서 발각되면 허무하게 죽음을 맞이할 것이고, 어떤 행위를 하기 위해서 몸을 움직이면 그 순간이 죽음을 맞이하는 시간이 된다.

공격을 가하는 순간, 사방에서 날아온 도에 난도분시될 것이니 죽음을 각오하지 않는 한 공격할 길이 없다.

백팔겁은 죽음을 두려워하지 않으니 공격을 가할 것이다. 그 정도 예측하지 못할까. 일인일살(一人一殺)은 성공할 수도 있다. 그래 봤자 백팔 명이다.

백팔 명의 목숨을 주고 백팔겁을 지워 버린다.

도참마는 역시 중원사대살맥이다. 하나뿐인 목숨을 가벼이 여긴다는 점에서.

야괴는 픽 웃었다.

왜들 하나같이 이런 진법을 짜는 것일까? 백팔겁을 상대하는 방법이 이것밖에 없다는 것인가.

과거, 백팔겁을 몰살시켰던 모든 싸움이 이런 진법에서 비롯되었다. 가장 마지막 몰살이었던 남해검문의 살각, 전각과의 싸움도 이런 식의 접근 방식에 당하고 말았다.

상대도 상당한 타격을 받는다. 실례로 살각 무인들 중 절반가량이 무너졌으니 그만하면 백팔겁 목숨 값은 받아낸 셈이다.

죽음은 두렵지 않으니 이런 진법인들 상관없다. 얼마나 많은 타격을 줄 수 있느냐가 관건일 뿐.

'한 명당 열 명을 죽여야 하는 싸움…… 욕 나오는군.'

도참마가 우미산에 들어서며 도를 뽑아들었다.

도신(刀身)이 햇빛에 반사되어 번쩍거린다. 수십 개의 동경이 사방에 흩어져 있는 것 같은 장관이 연출된다.

삼사백 명 정도는 예상했는데 천여 명이라니… 너무 많다. 그래도 자신있다.
 백팔겁의 안위는 아무래도 좋다. 도참마만 꺾는다면 몰살을 당한다고 해도 의미가 있다.

 "믿어요. 백팔겁이 이길 거예요. 아주 큰 승리를 하게 될 거예요. 백팔겁이 다시 태어나는 거죠. 백팔겁이 아니라 인루로. 가세요. 가서 인루의 무서움을 보여주세요."

 야괴의 귓전에 하후의 속삭임이 들려왔다.
 도참마는 진형을 흩뜨리지 않은 채 산을 타기 시작했다.
 한 걸음, 두 걸음…… 일 장, 이 장……
 선두에 선 자가 산중턱에 이르렀을 때, 맨 후미를 따르는 자는 그제야 산자락을 밟았다.
 '조금만 더 기다린다. 마지막 놈까지 모두 들어서야지.'
 도참마는 이상한 기분을 느끼고 있을 게다.
 백팔겁이 은신해 있다는 것을 알고 있는데, 은신처를 찾아낼 수 없으니 불안감이 밀려들 것이다.
 이런 심정 변화는 중요한 변수를 낳는다. 자신을 믿지 못하고 곁에 있는 자를 의지하고 싶은 마음이 들게 된다. 그리고 그런 마음이 깊어질수록 도참마의 간격은 치밀하게 좁혀진다. 안에 있는 자는 자유롭게 도법을 구사할 수 없게 되는 것이다.
 "탄(彈)!"
 야괴가 드디어 고함을 내질렀다.
 마지막 일인까지 우미산에 들어선 것을 확인한 후에 내린 일갈이다.

슈웃! 타다닥……!

추수가 끝난 들판에서 어린아이들이 들불놀이를 하듯이 우미산 곳곳에서 일어난 불길은 순식간에 꼬리에 꼬리를 물고 커다란 원 형태로 타올랐다.

불길 속에서 솟구치는 것도 있다.

뿌연 연기다.

우미산의 바위는 바위가 아니다. 마른 나무에 종이와 천을 붙여서 만들어놓은 인공지형물이 많다. 안에는 냄새가 진한 향나무도 들어 있고, 연기를 많이 뿜어내는 마른 쑥도 있다.

우미산은 숨 몇 번 들이쉴 동안에 뿌연 연기로 뒤덮였다.

"파(破)!"

두 번째 명이 떨어졌다. 동시에 야괴 자신도 검을 뽑아들고 산중턱을 향해 성난 멧돼지처럼 달려 내려갔다.

손을 들어올려도 손가락이 보이지 않으니 시력은 쓸모가 없다. 이런 상황에서는 오직 감각으로만 싸워야 한다. 앞에 무엇이 거치적거린다고 무조건 공격해서도 안 된다. 자칫하면 아군끼리 죽고 죽이는 경우도 벌어진다.

슈욱! 파앗!

검이 솟구쳐 올랐다. 그리고 뿌연 안개 속에 붉은 피보라가 흩뿌려졌다.

"크으윽!"

검을 맞은 도참마는 저미한 신음을 내뱉으며 쓰러졌다.

자신의 죽음을 최대한 널리 알려야 한다. 다른 사람들이 손을 쓸 수 있게끔. 하지만 비명을 삼키는 것이 버릇이 되어버렸는데, 죽는 마당에 내뱉으려니 잘 되지 않는다.

비명 소리는 극히 낮았다.

쒜에엑! 파앗!

방갓을 쓴 머리가 허공에 둥실 떠올랐다.

이것도 의외다. 도참마는 주로 하체 쪽에 신경을 집중했다. 은신한 자가 공격을 가하려면 하체나 몸통을 노릴 것이므로. 그런데 머리라니! 목이 떨어져 나가다니!

더욱 힘든 것은 두 명이나 비명횡사를 했건만 백팔겁의 움직임이 전혀 감지되지 않는다는 점이다.

"어엇! 도, 독이닷! 몸이, 몸이 마비…… 크으윽!"

도참마 중 한 명이 제법 긴 소리를 늘어놓다가 비명 소리로 끝맺음했다.

"독! 아…… 크윽!"

"아악!"

"끄으윽……!"

도참마는 사전에 비명 소리를 크게 내자고 약조했다. 서로 도움이 되자고 한 약조였지만 지금은 장애가 되고 있다. 백팔겁의 종적은 찾을 수 없는 반면에 이쪽은 죽어나가기만 하니 심란하고 불안해진다.

"백팔겁이 이 정도였다니!"

"놈들! 나와랏!"

선혈은 계속 뿌려졌다. 바깥쪽에 있던 자들이 많이 당하는 편이니 좌우에서 협공을 가해온다고 볼 수 있다. 꼭 그렇지만도 않았다. 안에 있던 자들도 부비불식간 비명을 토해내며 쓰러진다.

"나무에 가까이 다가가지 마라! 바위에 몸을 붙이지 마라!"

안에서 죽은 자들의 공통점이 나무와 바위에 몸을 가까이 했다는 것이다. 그렇다고 백팔겁이 은신해 있지도 않았다. 즉시 도를 날려봤지만 단단한 물체만 가격할 뿐이다.

시간이 지날수록 연기는 진해졌다. 더욱 견딜 수 없는 것은 향나무가 타오르면서 내뿜는 향내다. 적게 피우면 은은하고 마음을 맑게 해주지만 무더기로 쏟아내니 머리가 지끈거린다.

그 정도는 참아낼 수 있다. 향내 때문에 피 냄새도, 땀 냄새도 맡을 수 없다는 것이 고역이다.

"물러섯! 진형을 흩뜨리지 말고 뒤부터 물러섯!"

드디어 퇴각 명령이 나오기에 이르렀다.

전세는 뒤집을 수 없는 지경에 빠졌다. 퇴각을 결심한 자들의 속성은 싸우려는 투지가 대부분 사라져 버리기 때문이다.

"크윽! 뒤, 뒤에도……."

"무, 물러설 수가…… 커억!"

백팔겁의 공세는 좌우뿐만이 아니라 앞뒤에서도 시작되었다.

천여 명에 이르는 도참마가 겨우 백팔 명밖에 되지 않는 백팔겁에게 포위 공격을 당하다니, 말이 되는가.

믿기 어려운 일이 벌어졌다.

사태를 더욱 악화시킨 것은 독이다. 무슨 놈의 독이 이렇게도 지독한지 중독되었다는 느낌도 없는데 몸이 마비 증세를 일으킨다. 손발이 천 근이나 된 듯이 무겁게 느껴지니, 병기를 들고 있기도 힘이 든다.

시간이 지날수록 도참마는 무력해졌다.

진기가 녹아버렸고, 육신마저 둔해지니 남은 것은 도륙을 당하는 일뿐이다.

"노, 놈들이 어디 있는 거…… 크윽!"
"여기 있…… 아악!"
도참마의 비명은 의미를 잃었다. 너무 많은 비명이 동시다발로 터져 나오고 있으니 손을 쓸 방도가 없다. 뿌연 연기에 시력을 잃은 것이 다행이다. 죽는 모습을 보지 않아도 되니.
백팔겁…… 그들의 은신술이 이 정도였다면…… 중원 살수집단은 명성을 달리해야 한다. 백팔겁이 최고봉에 오르고, 그 밑으로 미호령, 도참마, 한녀문이 각축을 벌여야 한다.
하급살수들로 봤는데, 쉽게 끝날 싸움이라고 생각했는데…….
"아악!"
"크윽!"
비명 소리는 한 시진 넘게 이어졌다.


혈하유만리(血河流萬里), 부시고만장(腐屍高萬丈).
야괴가 우미산에 올라 읊조렸던 소리는 현실로 나타났다.
물이 없는 산에 시냇물이 흐른다. 핏물이 시냇물이 되어 흐른다. 낙엽마저 삭아버린 땅에는 새로운 거름이 던져졌다. 떨어져 나간 팔다리, 살점들…….
온갖 살행을 경험했고, 사람 죽이는 일에도 이골이 난 야괴지만 우미산에 펼쳐진 참혹함에는 눈살을 찌푸리지 않을 수 없었다.
"사망 열일곱, 부상 넷. 참살한 적은 팔백구십오 명입니다."
조금은 떨리는 음성이 등 뒤에서 들려왔다.
대승이다. 이만한 대승이면 귀산의 말대로 무림사에 길이 남을 공적이다. 과거에도 없었고, 앞으로도 이런 싸움은 보기 힘들게다.

구백여 명을 죽이는 데 열일곱만 희생되었다면 누가 믿을까.

보고하는 자도 그런 점을 알기에 흥분을 감추지 못하는 게다.

'후후후! 죽일 만큼 죽였으니 우리도 가야지. 가야겠지. 이만큼 살업을 짙게 쌓았으니…… 염라대왕이 대면을 꺼릴지도 모르겠군.'

야괴는 손을 들어보았다.

얼룩진 피가 끈적끈적하게 달라붙어 있다. 살을 녹인 진물이 피딱지를 감싸고 있다.

전엽초(戰葉草).

평범한 사람을 단숨에 극상승의 내공을 지닌 독인으로 만든다는 마초(魔草).

내일 이 시간쯤, 백팔겁은 한 줌 핏물이 되어 녹아 있으리라. 괜찮다. 덕분에 도참마를 쓸어버렸으니. 전엽초를 복용하지 않았다면 구류음둔공을 극성으로 끌어올릴 수 없었을 것이고, 도륙당하는 쪽은 이쪽이었을 테니.

"해납백천(海納百川) 전사들이 전엽초를 복용하며 읊조렸다는 말이 뭐지?"

"진정적전사(眞正的戰士), 감여면대림리적선혈(敢與面對淋漓的鮮血), 감여정시참담적인생(敢與正視慘淡的人生)입니다."

"진정한 전사는 과감하게 선혈과 마주칠 줄 알아야 하며, 참담한 인생을 피하지 말아야 한다. 좋은 말이야. 꼭 우리를 두고 한 말이군."

저녁놀이 진다.

아마도 이승에서 보는 마지막 저녁놀이 될 것이다.

금하명은 전엽초에 중독되었다. 빙사음도 마찬가지다. 그들이 살았으니 자신들도 살 수 있지 않을까?

힘든 일이다. 금하명은 백독혈독술의 도움을 받았다. 귀하디 귀한 독재가 백여 개나 있어야 한다. 더욱이 금하명의 독문심법인 태극음양진기가 독성을 이끌어줄 정도는 되어야 한다.
　빙사음은 아무것도 없는 상태에서 중독되었다. 그 결과, 그녀는 음양합일(陰陽合一)의 과정을 거쳤다.
　여인이라면 금하명의 도움을 받을 수도 있으리라. 그러나 사내들이니, 백팔 명이나 되는 사내들이니.
　살 수 있는 가망이 없다. 더군다나 전엽초는 전염성이 강하다. 살만 닿아도 전염된다.
　"각기 좋은 장소를 골라서 쉬어. 못 다한 말이 있으면 마저 나누고."
　야괴도 편한 자리를 골라 앉았다.

　"철수한다."
　목이 메는지 탁 갈라져 나온 음성이었다.
　"저놈들이 가진 수는 다 드러난 것 같은데, 도참마의 복수를 해줘야 하지 않겠습니까?"
　감정을 숨긴 음성이 맞받았다.
　"너는…… 저들을 죽일 수 있나?"
　"충분히."
　"그럼 해봐."
　"영주님! 그 말씀은……?"
　"난 자신없다."
　너무도 단호하게 나온 말이었다.
　"저들의 은신술은 천하제일이다. 이 방면에서 최고수는 해남과의 음양쌍검인 줄 알았는데, 한 술 더 떠. 저들이야말로 최고수들이다. 숨기로 작정하면 못 숨을 곳이 없고, 죽이기로 작정하면 못 죽일 자가 없다. 우리가 모습을 드러내는 순간, 우리는 죽는다."

"믿지 못……."

"해봐. 말리지는 않겠다."

영주는 진심인지 몸을 돌렸다.

"그럼 쓰레기들을 처리하는 것만이라도……."

"바보 같은 놈!"

영주는 걸음을 떼어놓았다. 뒤돌아 걸어가면서 말을 이었다.

"하후를 잡겠다고 들어간 자들이 감감무소식이다. 모두 죽었겠지. 해남 노괴물들을 잡겠다던 놈들도 소식이 없고. 백팔겁은 아예 작심하고 우릴 기다렸어."

"……."

"우린 졌다. 최소한 삼명성에서 청화장을 어찌할 수는 없어. 개방이 사라져 버린 일도 청화장과 연관이 있겠지. 눈을 가리고 귀를 막고, 불구덩이 속으로 뛰어들어 어쩌자는 건가."

영주의 명에 불복하던 자는 말을 못했다.

미호령의 살업은 치밀함에 근거를 둔다. 적을 내 자신처럼 속속들이 알 때까지는 아무리 기회가 좋아도 참는다. 참고 참았다가 억눌렀던 살심을 쏟아낼 때, 목표는 가장 조용한 죽음을 맞게 된다.

이번에는 반대다. 청화장은 백궁을 알고 있는데, 백궁은 청화장을 모른다.

도참마 같으면 공격을 가할 수 있겠지만 미호령의 입맛에는 맞지 않는다.

어쩌면 그런 치밀함이 미호령을 죽음에서 구했는지도 모른다.

개방이 잠적해 버린 순간, 영주는 고개를 갸웃거렸다. 그리고 쓰레기들을 처리하는 대신 도참마를 미행했다. 쓰레기들을 처리하는 것은 도참마의 결과를 보고난 후에도 늦지 않다면서.

혹시나 하던 일이 현실이 되어 나타났다.

도참마가 형편없이 무너졌다. 미호령이 쓰레기들을 죽이고자 했다면 같은 입장이 되고 말았으리라.

"영주님, 한 가지만 물어보겠습니다. 청화장이 우릴 치려고 했다면, 누구입니까?"

"청화장에는 인물이 없다는 말이냐?"

"솔직히 그렇습니다. 지나친 염려가 아닌지."

"청화장에는 사람이 있다. 분명히. 청화장 문도들. 그들을 잊었나?"

"하하! 그놈들이라는 말씀입니까?"

"웃는군. 도참마도 웃었지. 백팔겁 정도야 하고."

"……."

"하고 싶으면 지금 해라. 하지 않을 거면 조용히 따라와. 더 이상은 질문은 용납 않는다."

영주는 망설임없이 신형을 날렸다.

❷

금하명은 삼하포의 일이 끝난 다음에도 삼명성으로 돌아가지 않고 계속 강을 따라 내려갔다.

인피면구는 벗어 던졌다. 의복도 깔끔한 백삼으로 갈아입었다.

개방을 방문하기까지는 백궁도의 이목을 가릴 필요가 있었지만 공적인 일이 끝나고 유유자적 산보를 하는 것과 다름이 없는 지금은 위치가 드러나도 아무 상관이 없다.

금하명은 안전을 보장받은 상태나 다름없다.

존주의 적으로 선택되었으니 세상 어디를 가도 그를 가로막는 사람은 없으리라. 혹여 그에게 도전을 하는 사람이 있다면 백궁도가 아니라 복건 무림인일 것이다.

그런 비무라면 얼마든지 상대해 준다. 흔쾌한 마음으로 창을 든다. 살심을 심을 필요도 없다. 즐거운 마음으로 웃으면서 비무를 할 작정이다.

비무는 무인의 낙(樂)이다. 서로의 무공을 비교해 보고, 부족한 점을 보완하여 좀 더 강한 무공을 성취하는 길은 의무나 책임 또는 생존이 아니라 즐거움이다.

유유히 산천의 아름다움을 즐기는 사람은 금하명뿐이다.

봉자명은 바빴다. 그는 어떤 사람을 만나고, 어느 마을을 지나치던 조그만 서책을 꺼내 문득문득 떠오른 착상을 기재했다. 농부의 삶, 어부의 삶, 올해의 작황…….

사람들의 즐거움과 어려움이 조금씩 서책을 메워갔다.

"개방에 오 일만 피해달라고 하지 않았나?"

너무 한가한 것 아니냐는 반문이다.

개방을 들른 지 꼬박 하루가 다 지나도록 금하명이 한 일이라고는 아름다운 경치를 찾아 심신을 가라앉히는 일뿐이었다.

청화장에서는 난리법석이 났을 텐데. 많은 사람들이 죽어가고 있을 텐데.

"이제 겨우 하루가 지났을 뿐인데…… 너무 조급한 것 아냐? 긴장을 풀어. 잔뜩 긴장한 상태에서는 일을 좋게 풀지 못해."

"긴장을 푸는 건 좋은데 너무 푸니까 탈이지."

두 사람은 대화를 나누면서도 계속 걸었다.

강을 옆에 끼고 걷자니 매서운 바람이 칼날이 되어 스며든다. 입도 얼어붙고, 코도 얼고, 손발도 제 살이 아닌 것 같다. 어디 조그마한 불씨라도 있으면 쪼르르 달려가 불기를 쐬고 싶은 생각이 간절하다.

"아!"

"왜?"

"우리 점심 걸렀지?"

"에구! 난 또 무슨 말이라고. 장주님, 장주님! 지금 밥이 넘어가십니까! 청화장에서 무슨 사단이 벌어지고 있는지 궁금하지도 않으십니까! 난 속이 숯검덩이가 되었는데, 참 속도 편하십니다!"

"왜 안 하던 존대는 갑자기 하고 그래?"

"휴우! 내가 말을 말아야지. 잠깐만 기다려. 어디 가서 찬밥덩이라도 얻어올게."

"칼바람 맞고 서 있기도 싫고, 찬밥덩이는 더 싫고."

"배불렀네. 배불렀어."

"사형, 저기 가서 고기나 몇 마리 사. 매운탕 끓여줄 수 있는지도 물어보고."

봉자명은 금하명의 손가락을 좇아 강가에 배를 대고 있는 어부를 쳐다봤다.

"이 추운 날 고기질이라니. 어지간히 부지런한 사람이 아니면 끼니 걱정에 절절매는 사람이겠네."

봉자명은 마침 잘 됐다는 표정으로 단숨에 달려갔다.

잠시 후, 기이한 일이 벌어졌다. 봉자명이 화들짝 놀라더니 덥썩 절을 올리는 것이 아닌가.

'후후! 오늘 매운탕은 공짜로 먹겠군.'


"헌앙해졌구나."

"매운탕 맛이 기막혔죠. 잊지 못해 찾아왔습니다."

"떼끼 놈! 그것뿐이냐!"

"건어(乾魚) 생각도 간절했습니다. 구준할 때 씹어먹으면 아주 그만이었는데."

"네놈은 뭐가 됐든 축만 내고 가는 놈이야. 일없다! 가라."

"이거 왜 이러십니까. 매운탕 생각하고 아침부터 굶었는데."

금하명은 어부의 손에서 잉어를 낚아챘다.

"매운탕은 저놈도 잘 끓여. 저놈보고 끓이라고 해."

"당연한 말씀."

"당연해?"

"그동안 노수어옹께서는 숨겨두었던 술을 꺼내 오셔야죠."

"잉? 가라 가! 이놈 알고 봤더니 순 상거지에 날강돌세. 어디 빼앗아 먹을 게 없어서 술까지 탐을 내!"

노수어옹, 정처없이 떠돌아다니는 의원이라고 해서 부평의(浮萍醫)라고도 불리는 노인.

금하명은 노수어옹을 찾아온 것이다.

능 총관의 죽음을 담보로 백궁도의 손에서 간신히 벗어난 후에도 석부에 이마를 찍혀 목숨이 경각에 달렸을 때, 천신처럼 나타나 여생을 이어준 노인.

어떤 말로도 고마움을 표시할 수 없기에 정 깊은 말로 인사를 대신했다.

노수어옹도 금하명의 마음을 기꺼이 받아들였다.

주름살이 자글자글한 노안(老顔)에 떠오른 빛은 반가움이다.

"그런데 널 뭐라고 불러야 하냐? 혈살괴마? 청화장주? 어느 쪽이 진짜야?"

"아무렴 어떻습니까. 몸뚱이는 하나인데."

"아니, 다르지. 청화장주라면 영웅이 될 수 있는 이름이고, 혈살괴마는 마웅(魔雄)에게나 어울릴 이름이지. 사람들이 떠받들더냐?"

"어딜요."

"손가락질은 당하는 편이고?"

"그럴 겁니다."

"그럼 혈살괴마네."

"그런가요? 하하하!"

"젊은 놈이 대범한 척하기는…… 명성에 구애받지 않으니 사람이 되기는 됐구나."

"……."

"내가 이곳에 있는 줄은 어찌 알았누."

"밤에도 볼 수 있는 올빼미가 있죠."

"그럼 그놈이 있는 것도 알고 왔겠네?"

금하명은 대답 대신 고개를 끄덕였다.

"그놈요? 그놈이 누군데요?"

봉자명이 불쑥 끼어들었다.

"떼끼! 네놈에게도 놈이냐!"
 봉자명 사형은 기어이 알밤을 얻어먹고 말았다.

 노수어옹의 거처는 언제나 초라했다. 사람이 떠나고 삭풍에 시달려 간신히 기둥뿌리만 남아 있는 폐가를 비바람만 피할 수 있게 손질을 한 것에 지나지 않았다.
 많은 사람들이 모여드는 점도 전과 같다.
 노수어옹이 뛰어난 의원이 아니라 돌팔이라고 해도 모여들었을 사람들. 돈이 없어서 약 한 첩 제대로 쓰지 못하는 환자들이 계란 몇 개 들고서 줄을 선다.
 "올해는 폐로(肺癆:폐병)가 극성이야. 제대로 치료받아도 살까말까 한 사람들인데…… 쯧!"
 노수어옹이 거적때기를 들추고 안으로 들어섰다.
 봉자명은 무심결에 노수어옹을 따라 들어서다가 온몸이 딱딱하게 굳어졌다.
 "초, 총…… 귀, 귀신!"
 "왔구나. 허허허! 귀신이라니. 숨을 쉬는 귀신도 있더냐. 찬바람 들어온다. 들어오려거든 빨리 들어와."
 다정다감한 음성, 귀에 익은 음성!
 "초, 총관님!"
 봉자명은 와락 뛰어들어 가 중년 사내의 두 손을 움켜잡았다.
 "초, 총관님! 사, 살아…… 살아……."
 봉자명은 말을 제대로 잇지도 못했다.
 봉자명 뒤를 금하명이 따라 들어갔다.

"뭐야, 이게. 코빼기도 뵈지 않기에 잘 먹고 잘사나 했더니 집 한 칸 없는 신세잖아."

잔잔한 말, 하나 뜨거운 걱정이 가득 담겨져 있는 말이었다.

"소문은 들었는데…… 강해졌구나."

"코딱지만한 눈썰미로 누굴 어림잡으려고. 의원은 언제 되셨소?"

"노옴! 잘난 체하기는."

"잘난 체 좀 하고 싶었는데 누구에게 말할 수가 있어야지. 속으로만 끙끙거리자니 화병까지 생기더라고."

"그래서 내게 잘난 체를 하는 거냐?"

"그럼 장인에게나 하지 누구에게 할까?"

"자…… 장인?"

"소문을 반쪽만 들으셨나, 아니면 모른 척하시는 건가."

"그, 그 애를……."

이번에는 결코 잊지 못할 사람, 능 총관의 음성이 떨려 나왔다.

"일어납시다. 오늘은 술이나 실컷 마셨으면 좋겠는데, 하는 일도 없으면서 늘 시간에 쫓긴다니까."

금하명이 손을 내밀었다.

"그, 그 애를 어떻게……."

부정(父情)은 숨길 수 없는 것인가. 죽여야 한다면 자신의 손으로 죽이리라 작심하고 무공 수련을 거듭했던 능 총관이지만 여식이 잘 됐다는 생각은 숨기지 못했다.

누구나 두 사람이 혼인할 것이라고 생각했다. 그러나 두 사람은 헤어졌고, 단초는 능완아가 제공했다. 그것도 벌어질 수 있는 일 중에 가장 최악으로.

무림을 떠나 평범한 아낙으로 살았으면 싶었지만, 능완아의 성격으로 그럴 리는 없고…… 결국 누군가에게 죽임을 당할 운명이라고 생각했다.

금하명의 내자라니. 이것은 하늘이 준 선물 중에 최상의 선물이지 않은가.

"지, 진정으로 용서한 건가?"

"늙으셨네."

"노망났다고 해도 좋아. 한마디만 듣고 싶네. 진정으로 용서하고 받아들인 건가?"

"태산을 오르는 길이 하나뿐은 아닌데 용서는 무슨. 서로 오르는 길은 달랐지만 태산을 오르고자 한 건데. 무엇보다…… 살아 있어줘서 고맙습니다, 장인."

"후후! 살아 있는 꼴을 보니 아침 먹은 게 얹히겠네. 이게 네 말투 같은데?"

"말투고 뭐고 일어섭시다. 남은 바빠 죽겠다는데……."

그제야 능 총관은 금하명의 손을 잡았다.

뼈만 앙상하게 남은 손아귀가 갈퀴처럼 꽉 쥐어졌다.

'얼마나 마음을 상하셨으면…….'

정말 고맙다, 능 총관이 살아 있어줘서. 정말 고맙다. 능 총관이 살아 있다는 것을, 지척에 있다는 것을 알려줘서. 귀산에게는 술 한 독 거나하게 사야겠고, 아비가 지척에 있는데도 말도 꺼내지 못한 능완아는 꼭 안아줘야겠다.

"닷새면 싸움이 끝난다고? 오냐, 그럼 내 담가놨던 술 모두 꺼내서 가지고 가마. 대신 네 재산 좀 우려먹어야겠다. 청화장 기둥뿌리가 흔들릴 각오해."

노수어옹의 음성을 뒷전으로 하고 총총히 걸음을 떼어놓았다.

하늘의 도우심인가? 능 총관을 만난 것은?

아니다. 이것 역시 귀산과 하후의 머리 속에서 그려진 그림의 일부다. 아마도 그들은 능완아가 삼명 백가에 감금되어 있다는 사실을 접하는 시점에서 능 총관의 존재여부도 알았을 게다.

고약한 사람들. 능 총관에 대한 마음을 알고 있으면서 감췄다니. 생명의 은인인데. 자신의 목숨을 기꺼이 내던진 분인데.

지금에서야 능 총관의 거처를 알려준 것도 그림인가?

그럴지도 모른다. 일찍 말해줬다면 만사를 제쳐놓고 찾아왔을 것이고, 그림의 한 부분이 잘못 되었을 수도 있다.

금하명은 천계(闡屆)로 달려가면서 귀산이 건네준 밀지를 꺼내 읽었다.

"늦어도 내일모레 자시까지는 능 총관을 만나야 하네. 이 밀지는 능 총관을 만난 후에 펼쳐보고. 명심하시게. 그전에 펼쳐보면 안 되네. 꼭 능 총관을 만난 후에."

무슨 내용을 기재해 놨기에 그토록 신신당부했던 것일까.

이번 싸움과 관계가 있을 것 같기는 한데…… 능 총관의 무공은 백사검도 당해낼 수 없는 수준, 몸을 건사하기도 바쁜 판인데 무슨 역할을 맡기려는 것일까.

밀지를 읽어가던 금하명의 눈동자가 부릅떠졌다.

"큰…… 모험을 했군."

음성도 가늘게 떨려 나왔다.

천계에서 금하명을 맞이한 사람은 청화장에서 가장 빠른 신법의 소유자 중휘다.

"어서와. 급해."

중휘는 금하명을 보자마자 뒤도 안 돌아보고 치달려 나갔다.

"또 무슨 일이 벌어지……."

봉자명은 묻지도 못했다. 금하명은 말할 것도 없고 능 총관의 신법만 하더라도 봉자명보다는 몇 수 위다. 중휘는 사제가 되지만 무공이 둔한 봉자명보다는 훨씬 낫다. 하물며 그는 신법만큼은 청화장에서도 손꼽아준다.

어물거리다가는 그림자도 따라가지 못한다.

밀마(密碼)를 남긴 사람은 이 분야에서 상당히 정통한 고수임이 틀림없다.

눈에 딱 띄는 곳에, 밀마를 모르는 사람은 알아볼 수 없도록 정교하게, 그러면서도 명확한 이정표를 만들어놓았다.

그렇게 십 리를 치달려 속강(謖江)에 도착했을 때, 이번에는 이가가(李佳加)가 기다렸다는 듯이 나타났다.

하후 직속인 호법들, 자령(紫靈)이 총동원된 모양이다.

총동원이라고 해봐야 다섯 명밖에 안 되니 음양쌍검과 진초봉(陳楚鋒)밖에 남지 않았지만.

"두 시진 전에 우현(禹縣) 쪽으로 방향을 잡았어. 경계가 아주 대단해. 쉽게 질러갈 길도 요리조리 비틀고. 우리야 덕분에 시간을 벌어서 좋지만 여간 힘든 게 아냐."
"천계, 속강, 우현. 생각나는 것 없어요?"
금하명이 능 총관을 쳐다보며 물었다.
"성가촌(成家村)이군."
능 총관은 머뭇거림도 없이 대답했다.
"여기서 삼십 리 정도 떨어진 곳이야."
중휘가 즉시 받았다.
"앞에는 또 누가 있나?"
"진초봉이 기다리고 있을 거야."
금하명은 능 총관을 다시 쳐다봤다.
"성가촌이 맞죠?"
"내 손에 장을 지지지."
금하명은 고개를 끄덕였다.
"증 사형, 이 사형, 지금 이 길로 진 사형을 만나서 청화장으로 돌아가. 아무리 조심했다고 해도 지금쯤은 눈치를 챘을 테니까 왔던 길로는 가지 말고 산길이나 논길을 이용해서 가도록 해."
"우리 염려는 마."
중휘와 이가는 촌각이 아깝다는 듯 신형을 날려 사라져 갔다.
"봉 사형, 여기서 일 리 정도 떨어진 곳에 적당한 곳 없을까? 우리가 만날 장소로 말이야."
"일 리? 일 리 정도라면…… 은밀히 만나야겠지? 묘산촌(苗山村) 뒷산에 관제묘(關帝廟)가 있어. 묘산촌 사람들이 땔감을 구하러 올라가는 게 고작이니까 은밀히 만나는 데는 아주 좋을 거야."
"묘산촌으로 해. 묘산촌에 가장 빠른 말로 여덟 필 정도 준비해 줘,

마차도. 천리마를 타고 쫓아와도 따돌릴 수 있어야 돼. 물론 소문나서는 안 되고."
"무슨 일인지는 모르겠지만 걱정 마. 그 정도야."
"가죠."
금하명은 말을 툭 내뱉음과 동시에 신형을 띄웠다.

삼명 백가, 청화장, 백궁…… 모두들 능 총관을 잊어버렸다. 죽은 사람으로 알고 있어서, 죽은 사람과 다를 바 없다고 생각해서, 또는 신경 쓸 존재도 못된다고 생각해서 거들떠보지도 않았다.
잘못 생각한 거다. 여인이 한을 품으면 오뉴월에도 서리가 맺힌다고 했다. 힘없는 여인이 그럴진대, 하물며 능 총관 같은 무인에게 한을 심어놓고 망각한다는 것은 큰 실수다.
능 총관은 삼명성 인근에 둥지를 틀고 이제나저제나 기회만 닿기를 기다려 왔다.
절치부심(切齒腐心)의 세월이다. 그러나 복수를 한답시고 쉽게 달려들지는 않았다. 삼혈마가 되어서 숱한 고수들에게 쫓겨 본 경험이 그를 아주 속 깊은 능구렁이로 만들어주었지 않은가.
십 년의 세월을 기다려도 안 된다면 이십 년을 기다리면 된다. 완벽한 기회를 잡는 것이 중요하지 세월을 중요치 않다.
기회는 쉽게 오지 않았다. 날이면 날마다 백납도와 얼굴을 마주치는 능완아도 잡지 못한 기회인데, 멀리 떨어져 있는 그에게 기회가 주어질 리 없다.
대신 그는 땅속 깊숙이에서 흐르는 암류(暗流)를 발견해 냈고, 은밀히 추적했다.

아마도 복건무림에서 백궁의 존재를 가장 빨리 발견한 사람이 능 총관일 게다. 또한 백궁에 대해서 가장 소상히 알고 있는 사람도 능 총관이다.

능 총관이 아는 것에도 한계가 있겠지만 그건 중요치 않다. 백궁의 비밀 거점 몇몇 곳만 알고 있으면 된다.

하후와 귀산의 큰 그림은 능 총관이 존재하지 않았다면 대폭 수정되었을 게다. 최소한 오 년 이상 백궁을 뒤쫓은 집념을 믿지 못했다면, 비밀거점 정도는 파악해 놓았으리라는 믿음이 없었다면 참으로 힘든 싸움을 벌여야만 했을 게다.

능 총관의 무공은 큰 도움이 되지 못한다. 하나 그가 지닌 경륜, 그가 알고 있는 것은 싸움의 판도를 완전히 뒤바꿔놓을 만큼 큰 것이다.

능 총관은 익숙하게 길을 안내했다.

삼십 리는 상당히 먼 길이다. 그러나 중도에서 어린아이 한 명 마주치지 않았다. 백궁 고수들의 눈을 피해 험한 길만 다닌 덕에 능 총관만의 길을 갖고 있었기 때문이다.

성가촌은 평화로웠다. 집집마다 저녁 짓는 연기가 솟구치고, 몇몇 집은 호롱불도 밝혀 놨다. 모르는 사람이 보았다면 평범한 마을 이상으로는 절대 보지 않을 마을이다.

"저 집 보이나?"

성가촌이 환히 내려다보이는 언덕길에서 한 집을 가리켰다.

초가집, 방이라고 해봐야 두세 칸이 고작일 것 같은 작은 집, 마당 역시 삼십여 평 정도 되니 넓은 편이 아니다.

"저기가……."

"놈들 성가 분타네. 놈들은 뭐라고 부르는지 모르지만 분타처럼 이용하고 있으니 분타지."

"음……!"

"겉보기에는 십여 명 정도만 들어가면 바글거릴 것 같지만 서른 명까지 들어가는 걸 봤어. 아마도 지하에 무언가 있지 않을까 싶어. 궁금하기는 하지만 내 무공으로야."

능 총관이 어깨를 으쓱거렸다.

"저런 게 몇 개나 있어요?"

"복건에? 스물아홉 개. 우릴 공격했던 놈 있지?"

"백사검요?"

"백사검이라고 부르나? 그건 잘 모르겠고. 그놈 같은 놈들이 한두 명씩은 꼭 기거해. 네가 나타나서 흙탕물을 일으키는 바람에 빈집이 많이 늘었지만. 거의 모두 삼명으로 몰려들었거든. 여긴 삼명과 가까우니 못해도 십여 명쯤은 있을 거야."

"여기서 기다려요. 참! 우릴 공격했던 놈, 이미 저승으로 갔는데. 고마우면 나중에 술 한 잔 사고."

뒷말은 허공 속에서 들려왔다. 인피면구를 뒤집어 쓴 금하명은 벌써 사라지고 없었다.


쉰은 넘어 보이고, 환갑은 안 된 것 같고. 무엇인가 깊은 생각에 몰두한 듯 대문가를 서성이는 사람은 영락없는 촌로(村老)다. 무림과는 거리가 먼 사람, 평생 땅만 일구며 살아온 농사꾼 냄새가 풀풀 난다.

잘못 본 거다. 촌로는 무인이다. 그것도 절정검을 수련한 고수다. 백포를 입지 않았지만 백궁도의 특색인 수궐음심포경에서 수태음폐경으로 흐르는 상화(相火)의 기운이 읽혀진다.

능 촌관이 맞았다. 이곳은 백궁도의 비밀거점이다.

'기운의 강도로 보아 오류하는 아니고 백사검. 가능한 빨리, 최대한 투박하게.'

병기는 비수로 한다. 양손에 하나씩 두 개.

결심은 행동으로 이어졌다.

파앗!

어둑어둑해지는 밤 그늘 속으로 비조 한 마리가 날아올랐다.

"웬…… 끄으윽! 꺼억! 어헉!"

촌로는 참담한 비명을 내질렀다.

복부에 틀어박힌 비수가 창자를 긁으며 끌어올려져 폐를 찔렀다. 그리고 방향을 바꿔 옆으로 틀며 심장까지 갈라냈다.

인간이 느낄 수 있는 최대한의 고통이 가해졌으니 비명인들 고울 리 있을까.

그뿐만이 아니다. 힘껏 도약하며 내지른 발길질은 촌로의 얼굴마저 묵사발로 만들어 버렸다.

덜컹! 쒜엑!

과연 백궁도. 밖에서 비명 소리가 울림과 동시에 방문을 부숴 버리며 곧바로 공격을 펼쳐 온다.

촤악! 츄욱! 끼이익!

백궁도의 검은 섬광을 방불케 했다. 금하명은 섬광조차도 비웃었다.

백궁도의 검에서는 인정을 찾아볼 수 없다. 그런 일을 바라느니 차라리 죽은 사람이 살아오는 걸 기대하는 편이 낫다. 금하명은 한술 더

떴다. 악마의 재림이라도 표현하려는 듯 치명적인 일격을 가한 것으로도 모자라서 뼈를 깎아내고 오장육부를 뒤틀었다.

싸움은 눈 깜짝할 사이에 끝났다.

절정고수 일곱 명이 죽은 싸움치고는 너무 빨리 끝났다. 복부를 완전히 헤집어 놓다시피 했는데 걸린 시간은 일 다경도 되지 않았다.

능 총관의 목숨을 담보로 도주케 했던 백사검이 이제는 상대가 되지 않았다.

'본의는 아니었으니…… 극락왕생하기를.'

초절정고수의 솜씨는 어딘가 티가 난다. 아무리 숨기려고 해도 숨길 수 없다. 상대가 존주라면 한눈에 알아볼지도 모른다.

청화장으로서는 힘든 싸움이지만 존주는 웃으면서 지켜보고 있을지도 모른다. 백사검은 절반 이상이 손을 쓰지 않고 있으며, 이십팔검총도 싸움에 나선 자들은 십여 명뿐이다. 오류하 중 살아남은 세 명도 건재하다.

존주가 마음을 바꿔 전면전으로 나온다면 청화장 역시 살아남는 사람이 거의 없을 게다.

아직은 약속이 지켜지고 있다는 것을 보여줘야 한다. 약속대로 자신은 싸움에 가담하지 않고 있다는 것을. 백사검 일곱 명을 죽인 것은 다른 사람이라고 생각하기를.

고통이 배가되지만 투박하고 잔인한 손속을 쓴 이유였다.

'지름길로 왔으니 놈들이 오려면 자시쯤 되어야겠군.'

알고 있을까? 미리 와서 기다리고 있다는 걸.

## ❸

 능 총관의 짐작이 맞았다.

 방 안은 어느 초가집이나 다를 바 없었으나 문 하나를 더 열고 들어가자 비밀스런 냄새가 풍겨났다. 탁자 하나와 의자 세 개, 그리고 한쪽 구석에서 떡 입을 벌리고 있는 지하계단.

 계단 안쪽은 한 치 앞을 분간할 수 없는 어둠으로 가득했다. 마치 끝이 없는 무저갱의 입구에 서 있는 기분이랄까.

 횃불을 밝혀들고 계단을 따라 내려갔다.

 깊이는 거의 오 장에 이른다. 계단 끝은 삼십여 장 넓이의 넓은 광장으로 이어져 있다.

 마음만 먹는다면 백 명도 숨길 수 있는 공간이다.

 금하명은 지하광장을 꼼꼼히 살폈다.

 평소에는 백궁도의 수련 장소였던 듯, 목각 인형이 일 장 간격으로 세워져 있다. 계단 옆에 검대(劍臺)가 놓여 있고, 평범한 청강장검이 세 자루 보인다. 검은 손때가 묻어 반질거리고, 목각인형은 찔리고 베인 자국이 가득하다.

 횃불 하나로는 조금 어둡다는 생각이 든다. 사면 벽을 따라 유등(油燈)을 밝힐 수 있는 구조라서, 불을 모두 밝히면 어둡다거나 답답하다는 느낌은 들지 않을 것 같지만 그럴 필요까지는 없다.

 얻고자 하는 것은 아무것도 없었다.

 백궁에 대해서 실낱같은 흔적이라도 찾아보고 싶었는데, 단서는커녕 종이쪼가리 한 장 없다.

 예상은 했지만 너무 허탈하다.

일 할 밖에 되지 않는 승산을 칠팔 할로 끌어올린 하후와 귀산도 알아낼 수 없는 것이 있다. 취정관을 총동원시키고도 지푸라기 하나 건져낼 수 없는 것이 있다.

백궁 같은 세력이 어떻게 아무도 모르는 가운데 존재할 수 있었느냐는 것이다. 또한 개방 같은 명문정파가 눈과 귀의 역할을 하는 이유가 뭐냐는 거다. 이름만 말해도 알 만한 문파 중에 백궁과 연관된 문파가 또 있지는 않느냐는 것이다.

결국 백궁의 탄생 배경과 발전 과정을 살펴봐야만 한다는 결론에 이르게 된다. 현재 알고 있는 백궁이 빙산의 일각은 아닌지. 지금은 해변에서 바닷물을 적시는 정도지만 곧 끝을 알 수 없는 망망대해로 빨려 들어가는 것은 아닌지.

생존을 걸고 싸우면서도 적을 모른다니 기가 막힐 노릇이다.

하후와 귀산이 무리수를 둔 배경에는 조그마한 실마리라도 건지기를 기대하는 마음이 컸다.

'수포로 돌아갔어. 아무것도 알아낼 것이 없네.'

능 총관은 복건에만 백궁의 비밀 거점이 스물아홉 개가 있다고 했다.

능 총관이 파악한 것만 그러니 실제로는 더 많을지도 모른다. 복건에 국한된 것이 아니라 중원 전역에 깔려 있다면 그 숫자는 어마어마하다.

미호령과 도참마가 중원 전역을 무대로 활동하고 있다. 그들은 백궁의 영향을 받고 있고. 백궁만한 무력을 갖춘 문파라면 복건무림쯤은 신경도 쓰지 않을 게다. 당연히 시선은 중원으로 돌아갈 것이고.

여러모로 백궁이 복건성에만 국한되어 있다고 보기는 어렵다.

그런 신비가, 비밀이, 궁금증이 조금은 풀리기를 기대했건만.

백궁의 치밀함이 이 정도라면 나머지 비밀거점들은 뒤져 볼 필요도 없다. 백사검이나 이십팔검총을 제거할 목적이 아니라면.

금하명은 지하광장을 벗어나 마당으로 내려섰다.

"무슨 일이야?"

"쉿! 태준(泰俊)이 죽었어. 그놈 이상한 놈들과 어울리더니 기어이 비명횡사를 하는구먼."

"비명 소리가 여럿이던데."

"조용히 하라니까, 이 사람아! 태준을 죽인 자가 아직 있단 말이야."

"그래? 한 번 볼까?"

"아서, 이 사람아. 괜히 날벼락 맞지 말고."

성가촌 곳곳에서 수군거리는 소리가 울렸다.

한 순간이나마 성가촌 사람들이 모두 백궁 사람이 아닐까 하고 의심한 적도 있다. 능 총관이 절대 아니라고 말하지 않았다면 오늘 성가촌에 피바람이 불었을지도 모른다.

마을 사람들의 수군거림을 들어보면 죽은 자는 성가촌 사람으로 인정받았다는 이야기인데…… 성태준. 평범한 농사꾼으로 위장한 세월이 그 얼마인가. 그 오랜 세월을 한두 명도 아니고 마을 전체를 속일 수가 있었던가. 백사검의 역할도 완벽하게 수행하면서.

백궁…… 참으로 용의주도한 자들이다.

시신에서 진한 피 냄새가 피어난다.

금하명은 시신을 쳐다보며 시간이 가기를 기다렸다.

자시로 예측했는데, 한 시진이나 빨리 왔다.

그들은 대문가에서 잠시 멈칫하더니 태연히 앉아 있는 금하명을 보고는 어쩔 수 없다는 듯 걸어 들어왔다.

"네놈 소행이냐!"

절정고수의 음성답지 않게 격분으로 가득 차 있다.

"세 명…… 이 정도였군. 오류하의 무공이."

나타난 사람은 네 명이다. 백납도와 비견되는 자가 세 명, 이십팔검총으로 짐작되는 자가 한 명이다. 이십팔검총의 옆구리에는 당운미가 축 늘어져 있고, 오류하 중 한 명이 빙사음을 옆구리에 끼고 있다.

금하명은 이십팔검총은 안중에도 두지 않았다.

이십팔검총과는 청악산에서 팔 대 일의 승부를 가져본 적이 있다.

당시는 혈혼창을 사용하고도 승산을 점치지 못했다. 다섯 명을 죽이고 세 명을 물러서게 하는 결과를 얻었지만, 감히 태만하지 못하고 최선을 다해 싸웠다.

그로부터 불과 한 달하고 보름 남짓 지났을 뿐인데…… 이십팔검총이 눈에 들어오지 않는다.

오류하와는 참 이상한 인연이 있다.

청양문주도 오류하고 백납도도 오류하인데, 청양문주는 쉽게 여긴 반면에 백납도는 참 어렵게 여겨졌다. 실제로 청양문주는 혈살괴마로 변신하는 순간에 죽일 수 있었는데, 백납도는 이십팔검총을 다섯 명이나 죽일 만큼 강해진 후에도 자신을 갖지 못했다.

아버지의 죽음을 머리 속에 담지 않으려고 했으나, 자신도 모르는 사이에 담아놓고 있었던 모양이다.

이제 다시 세 명의 오류하를 만났다.

청양문주처럼 가볍게 여기지도, 백납도처럼 어렵게 여기지도 않고 있는 그대로 봤다.

이 정도다. 존주를 만났을 때 느꼈던 압박감이 없다. 강하다는 것은 인정하지만 위협은 안 된다. 복건 무림인에게는 천신처럼 군림할 수 있겠으나 자신에게는 빈말조차 늘어놓을 상대가 아니다.

백납도도 이 정도였던 것이다.

누군가가 적을 만났을 때 어떤 마음으로 싸워야 하냐고 묻는다면 이런 말을 해주고 싶다. 마음을 버리고 싸우라고. 마음으로 상대를 느끼는 것과 마음 자체를 버린 것과의 차이는 하늘과 땅 사이처럼 큰 격차가 있다고.

금하명의 눈빛을 접한 세 오류하는 어깨를 움찔거렸다.

궁지에 몰린 맹수가 최후를 각오하며 토해내는 혈안(血眼)이다.

"받앗!"

빙사음을 끼고 있던 오류하는 이십팔검총에게 빙후를 내던졌다. 그리고 말했다.

"사혈을 짚고 있어. 우리가 죽으면 여자들을 즉시 죽이도록."

"죽입니까?"

"죽여. 우리가 당하면 너 역시 당할 테니. 어차피 여자들은 존주에게 넘어가지 못한다. 죽이는 게 낫다."

이십팔검총은 땅에 주저앉으며 두 여인을 내려놓았다.

손가락은 백회혈을 짚고 있다. 진기를 주입한 손가락이니 마음만 먹으면 두개골이 두부처럼 으스러져 나가리라.

이십팔검총이 준비를 끝내자, 세 사내는 검을 뽑아들고 금하명을 향해 다가섰다.

"후후후! 오류하라는 작자들이 셋씩이나 있으면서 기껏 생각한다는 게 죽음인가. 바보 같은 놈들! 넌 존주에게 돌아가서 말해! 해월(海月)이 나섰다고. 쓰레기 같은 청화장 놈들 하나 어찌지 못하고 쩔쩔 매는 꼴이라니…… 쯧!"

금하명은 귀산이 적어준 대로 읊었다.

반응에 따라서 한 가지 단서는 얻을 수 있으리라. 또한 걸려들기만 하면 빙사음과 당운미를 어렵지 않게 구해낼 수 있다.

금하명의 말을 들은 이십팔검총은 꼼짝하지 않았다. 하지만 얼굴에는 동요의 빛이 역력했다. 이쯤에서 쐐기를 박아야 한다.

"움직이지 않는다는 것은 항명인가! 그럼 이 자식들처럼 죽어야지. 존주에게는 네놈들이 필요할지 몰라도 난 아냐. 갈래, 죽을래?"

백사검들의 죽음이 무엇인가를 항명했기 때문인가? 금하명의 말에는 그런 뜻이 담겼다.

"후후후!"

반응은 오류하에게서 왔다.

"당신 말은 틀렸소. 우린 존주에게도 필요없는 존재들이지. 허드렛일을 하는 수준이니까. 그건 그렇고…… 난 해월이란 자가 있다는 말을 처음 들었어. 그러니…… 넌 죽어야겠어!"

쐐엑!

푸른 섬광이 날아왔다. 번갯불처럼 번쩍하더니 목젖을 후벼온다.

금하명도 반응했다. 손에는 어느새 비수가 들렸다. 날아오는 장검을 간발의 차이로 비켜내고, 빙그르 몸을 돌렸다. 그사이, 오른손이 식별할 수 없는 빠르기로 움직였다.

푸욱!

비수는 오류하의 등 뒤에 꽂혔다. 정확하게는 척추를 가르고 쑤셔

박혔다.

"이, 이런 무공이!"

단 일 초의 승부. 초식이 없으니 단 한 번의 가름이라고 해야 할까? 파락호들의 싸움처럼 단순히 육체적인 빠름과 강함만으로 승부가 결정 났다. 꼭 그렇게 보였다. 오류하는 금하명보다 느렸고, 그래서 당했다.

"말했잖아. 난 네놈들이 필요없다고. 내가 여기서 기다린 건 저 계집들 때문. 중원일미(中原一美)를 존주에게 양보할 수는 없지. 출도한 기념으로 저 계집들은 이 몸이 상납받는다. 이해를 못하겠나! 그럼!"

피유웃!

신법을 펼치자 한줄기 연기가 되었다. 눈앞에서 하늘거린다 싶었는데 허공으로 사라져 버렸다.

"위험!"

공격을 감지한 오류하가 재빨리 장검을 떨쳐냈으나, 금하명은 장검이 그리는 호선을 알고 있다는 듯 유유히 피하며 바짝 다가섰다.

푹! 뿌우욱! 가가각……!

비수가 복부에 틀어박혔다. 창자를 그으며 솟구쳐 가슴뼈까지 갈라냈다.

"큭! 끄으윽……!"

오류하는 사지를 부르르 떨다가 숨을 떨궜다.

금하명은 거기서 멈추지 않았다. 오류하를 끝장내기로 작심한 상태이니 머뭇거릴 필요가 없다. 오류하가 상황 판단을 빨리 해서 합공을 펼쳤다면 그럭저럭 어울릴 싸움이었지만 불행히도 각개격파를 당하고 말았다.

파앗! 슈우욱! 뿌욱!

마지막 일인의 장검도 허공을 그었다.
이들의 검법은 극쾌를 추구한다. 인간의 한계를 넘어선 빠름이다. 하나 넘치면 모자람만 못하는 법, 검로(劍路)가 일정하다는 치명적인 단점을 안고 있다. 물론 극쾌를 능가하는 빠름을 구사하지 못하는 한은 알면서도 당할 수밖에 없는 검공이기는 하다. 반대로 말하면 극쾌를 능가하는 빠름만 구사한다면 이들의 검공은 종이처럼 찢어진다.
"꺽! 꺼어억……!"
살아 있는 상태에서 최대한으로 육신을 갈라버리는 잔인한 속속.
인간의 심성이 사라져 버린 야수라야 가능한 죽음이 베풀어졌다.
오류하 중 한 명이 복건 무림을 휘어잡았다. 복건제일의 무인이라던 청화신군을 죽였다. 그런데 이제 오류하 세 명이 한 사람에게 변변히 손도 써보지 못하고 죽었다.
이십팔검총이라는 백궁도는 투지를 잃어버렸다. 뿐만 아니라 자신이 어떻게 행동해야 하는지도 모르는 백지상태가 되었다.
"존주에게 가라는 말이 안 들리나! 네놈은 운 좋은 줄 알아. 말을 전해줄 놈이 또 있었다면 네놈도 죽었을 테니까. 가서 전해. 청화장은 내게 맡기고 흑운이나 신경 쓰라고."
"그, 그럼 저는 이만."
"여자들은 내가 상납받는다고 했지."
이십팔검총은 두 여인을 안아들려다 주춤거렸다. 그러나 이내 마음을 결정한 듯 손을 놓고 신형을 날렸다.
'귀신같군. 정말 귀신이야.'
금하명은 자신이 말하고 행했으나 정작 자신도 믿기 어려웠다.
자신이 했던 모든 말은 귀산의 밀지에 적혀 있었다. 해월이란 존재를 순순히 인정하면 존주 위에 다른 집단이 있는 것이다. 그러나 인정하지 않는다면 존주가 최고봉이다.

 오류하가 극강의 무인들이지만 그들보다 더 강한 사람이 존주이고, 주인은 하인에게 모든 비밀을 털어놓지 않으니까 말이다. 그래도 대충은 짐작할 위치이니 의중을 탐지하는 정도는 가능하다고 봤다.

 백궁은 존주가 이끄는 집단이다. 백궁을 능가하는 극강의 집단에 예속되어 있지도 않고, 공조하지도 않는다.

 이십팔검총은 조금쯤 믿은 것 같다. 그러니 두 여인을 해하지 않고 사라진 것이겠고. 이것은 비밀을 접하는 위치가 아주 엄격하다는 것을 뜻한다.

 여러 가지를 알았다. 마지막으로 한 가지만 더 알면 된다. 이십팔검총의 뒤를 쫓고 있을 음양쌍검이 존주의 위치만 찾아내 주면 된다. 백궁의 총단을.

 존주는 이십팔검총의 보고를 받고 금하명을 떠올리겠지만 차마 눈 뜨고는 볼 수 없는 잔인한 현장을 보여주었으니 가능성있는 다른 사람에게로 생각이 옮겨갈 게다. 그런 사람이 없다면 더욱 혼란스러울 것이고.

 금하명은 빙사음과 당운미의 혼혈(昏穴)을 풀어주었다. 그리고 백궁도의 시신들을 초가집 안에 밀어 넣고 불을 당겼다.


두두두두두……!
 팔두마차는 뿌연 먼지를 일으키며 전력으로 질주했다.
 "그걸 복용했단 말이에요!"
 질색해서 내지른 당운미의 음성이 마차 바퀴 소리를 잠재웠다.

"여기서 청화장까지는 반나절밖에 안 걸려, 반나절. 그 안에 무슨 방법이든 찾아내야 해."

금하명의 음성은 의외로 차분했다.

가장 빨리 청화장으로 가려면 신법을 전개하면 된다. 하나 차분하게 마음을 가다듬고 정신을 집중하기 위해서는 힘을 아낄 필요가 있다. 급하게 돌아가 봤자 뾰족한 수가 생기는 것도 아닌 바에야.

마차를 타고 가도 어쩔 수 없을 것이라는 절망감이 들지만 최선을 다해본다는 심정으로 팔두마차를 준비시켰다.

"말도 안 돼! 몇 달이 걸릴 지, 몇 년이 걸릴 지 모를 일인데……."

"말도 안 되는 일을 해낸 사람이 있잖아. 하후와 귀산. 이젠 우리가 그 두 사람의 짐을 덜어줄 차례야. 당 매(唐妹)는 해독 방법을 찾아보고, 빙후는 진기 쪽에서 생각을 해봐."

빙사음과 당운미는 혼절에서 깨어난 후에야 자신들이 미끼로 이용되었음을 알게 되었다.

투정을 부릴 생각이었다. 하후를 꼬집어볼 수 있는 좋은 기회였다. 그런데 수많은 사람들의 목숨이 경각에 달려 있다고 하니 투정이고 뭐고 정신이 하나도 없지 않은가.

그 와중에도 당운미는 청화장 사람들이 부르는 것처럼 독후라고 부르지 않고 당 매라고 불린 것이 좋은지 얼굴을 활짝 폈다.

"넷째는 가가께서 도와주시면 괜찮을 텐데…… 사형제들과 백팔겁이 문제네요. 그 사람들은……."

빙사음은 가망이 없다는 말을 차마 하지 못했다.

백팔겁은 도참마를 상대하기 위해서 전엽초를 복용했다. 또 있다. 청화장 문도들. 그들은 백팔겁의 뿌리를 지키기 위해 전엽초를 먹었다. 미호령이 물러서지만 않았다면 청화장 문도들과 검광을 섞었을 게다.

오늘내일 사이에 유명을 달리할 사람이 백칠십여 명이나 된다.

그나마 다행인 것은 그들이 복용한 전엽초가 창파문에서 가져온 진초(眞草)가 아니라 당운미가 회배묵사의 독으로 중화시키고 황련주의 거미줄로 둘둘 말아 감은 제독(制毒)이었다는 점이다.

덕분에 그들은 복용 후 하루면 즉사하는 전엽초를 삼키고도 아직 생존해 있다, 이틀이나 지났는데도.

어쩌면 하후는 이런 점까지 고려하여 그림을 그렸는지도 모르겠다.

그렇다면 자신들은 꼭 해독을 해야 하지 않는가. 하후의 믿음을 저버려서는 안 되지 않나.

'실험조차 하지 않았는데…… 세 가지 독이 체내에서 어떤 작용을 하는지 알 수가 있어야지.'

당운미는 깊은 생각 속으로 침잠해 들어갔다.

'방법이 없어. 전엽초의 독기를 몰아내는 방법은 태극음양진기뿐이야. 그러자면 가가의 도움을 받아야 하는데…… 백칠십 명. 너무 많아. 그 사람들을 모두 치료하면 아무리 가가래도 진기가 고갈되어 죽고 말 거야.'

빙사음은 해독 방법을 찾으려고 했으나 끊임없이 밀려오는 잡념에 좀처럼 집중할 수 없었다.

금하명은 눈을 감고 묵상에 잠겼다, 운공조식을 할 때처럼.

팔두마차는 청화장에 도착한 다음에도 멈춰 서지 않았다. 대문을 거쳐 중원에 이를 때까지 전력을 다해 질주한 다음, 거칠게 멈췄다.

히히히힝! 꾸두두……!

마차가 전복될 것같이 휘청거렸다.
"다, 다 왔어!"
사정을 알게 된 봉자명이 줄줄 흐르는 땀을 닦을 생각조차 하지 못한 채 급박하게 토해내듯 말했다.
금하명의 눈길이 당운미에게로 향했다. 묘산촌에서부터 청화장까지 오는 동안 그들은 한마디도 주고받지 않았다. 각기 자신들의 세계로 침잠하여 동원할 수 있는 모든 방법을 생각하기에도 급급했으니까.
당운미는 고개를 가로저었다.
"…미안해요."
빙사음도 당운미와 마찬가지다.
"태극음양진기로 가능할지 모르겠어요. 남녀사이라면 가가의 도움으로 어떻게 되겠지만……."
빙사음은 말을 잇다 말고 얼굴을 붉혔다. 남녀 사이라고 해도 백칠십여 명이나 되는 사람들과 음양교합(陰陽交合)과 다름없는 행위를 한다는 것은 말도 안 된다는 걸 뒤늦게야 생각났기 때문이다. 또 있다. 옛 생각도 난다. 결코 싫지 않은 일이었지만 그때만 생각하면 얼굴이 화끈거린다. 지금 같으면 못할 텐데, 그때는 왜 그토록 당돌했는지.
"당 매, 회배묵사와 황련주를 갖다 줘."
"어떻게 하려고요?"
"빨리. 시간이 없어."
금하명은 말을 끝냄과 동시에 마차에서 내려 사형제들이 묵고 있는 숙소로 향했다.

인생을 포기한 사람들처럼 축 늘어져 있는 모습들.

여인의 몸으로 나병환자처럼 온몸이 녹아들고 있는 조가벽은 고개조차 들지 못한다. 난관은 또 있다. 전엽초에 중독된 백팔겁이 우미산에서 돌아오지 않고 있다.

이들에게 무엇을 해줄 것인가. 어떻게 해야 하는가.

금하명은 사형제들을 모두 모아놓고 한가운데 털썩 주저앉았다.

"미호령, 그놈들이 빠져나가는 바람에…… 한바탕 검이라도 휘둘러 보고 싶었는데. 후후후!"

노태약 사형이 일그러진 미소를 보내왔다.

"대환검은 수련하셨소?"

"전엽초라는 것…… 기막힌 물건이더군. 내력이 배는 강해진 것 같아. 그런 내력을 얻고도 수련해 내지 못한다면 말이 안 되지. 사형들을 바보로 아는 게냐."

기완 사형이 툴툴거렸다.

금하명은 단호하게 말했다.

"우리는 동문(同門). 생사도 같이 해야지."

회배묵사가 들어 있는 가죽주머니, 황련주가 스멀거리고 있을 목갑.

금하명은 두 개를 동시에 열어 회배묵사와 황련주를 꺼내 들었다. 그리고 입 안에 넣고 우적우적 씹어 먹었다.

"뭐, 뭐 하는 짓!"

"이게 무슨 짓인가!"

그들은 경악하여 만류하려 했으나 한 발 늦었다. 회배묵사와 황련주는 벌써 잘게 씹어져 뱃속으로 넘어가 버렸다.

파아아아……!

독기가 흐른다. 만독불침의 몸이라고 해서 독기가 침입조차 하지 못하는 것은 아니다. 몸 안에 들어온 독기를 해독시키는 능력이 다른 사람들보다 몇 배는 강하기 때문에 만독불침이라는 소리를 한다.

금하명은 제 삼자가 되어 몸속의 변화를 살폈다. 뭉게구름처럼 피어나는 진기를 흩뜨려 두 가지 상반된 독기가 몸속을 마음껏 누비게 내버려 두었다.

얼마 전까지만 해도 진기는 다른 사람 것이었다. 스스로 일어나 움직이는 모습을 지켜보기만 할 뿐, 제어할 수 없었다.

이제는 제어가 가능하다. 마음을 버리면 진기 또한 가라앉는다. 만독불침의 몸이 될 수도 있고, 만독침범의 몸도 가능해졌다.

몸이 자르르 저려온다. 신경이 가닥가닥 끊어지는 통증도 치민다.

제각각 자신들이 길을 가던 두 독기가 심경(心經)에서 충돌한다. 어느 한 쪽 밀리지 않고 용호상박(龍虎相搏)의 형세로 어울린다.

회배묵사와 황련주는 용호상박처럼 뒤엉켰지만 싸우지는 않았다. 암수가 만난 것처럼 급하게 뒤엉키는 바람에 싸우는 것처럼 보였을 뿐이다. 그런데 그렇게 좋아서 죽겠다던 두 독기가 한 몸으로 엉키는 순간…… 녹아든다. 죽는다.

'지금!'

금하명은 전엽초마저 복용했다.

두 번 다시 손대고 싶지 않았던 독초다. 이런 독초를 사용하는 창파문을 곱지 않게 본 것도 사실이다.

'시간이 없어. 독성을 최대한으로 이끌어 올려야 돼.'

진기를 피워냈다. 독성을 견제하는 진기가 아니라 흐름을 유도하여 활성을 더욱 강하게 해준다.

전엽초의 독기는 먼저 들어와 있던 두 독기를 단숨에 제압했다. 전엽초는 왕이 되었고, 두 독기는 시종이 되었다. 왕의 입김에 소멸되지 않고 왕이 가는 대로 뒤따라간다.

'전엽초의 성질은 극음(極陰). 회배묵사와 황련주는 서로 같은 극양(極陽)이다. 회배묵사는 극양 중에서도 청양(青陽)의 성격이 강하고, 황련주는 적양(赤陽) 쪽이다. 회배묵사와 황련주는 천적이 아냐. 오히려 동질성에 이끌려 다가가는 편. 그러다 숨어 있는 극과 극이 부딪치는 관계로 동사(同死)하는 거지.'

금하명은 진기를 밀어올려 전엽초의 독기를 중심에 놓았다. 그리고 회백묵사의 독기를 오른쪽에, 황련주의 독기는 왼쪽으로 밀었다. 두 독기가 전엽초의 독기에 소멸되지 않는다는 점을 믿고 실행해 봤다.

극양의 힘이 반으로 갈라졌으니, 실패한다면 두 독기는 녹아버리게 되고 전엽초만 살아남게 된다.

두 독기는 갈라짐으로써 왕성해졌다. 청양과 적양이 서로를 견제하는데 사용했던 힘조차 극음을 상대하는 데 쏟아 부어졌다.

'됐다! 독기를 해소시키지는 못해도 발작을 억누르는 효과는 있어!'

금하명은 급히 눈을 떴다.

"지금 빨리 사람을 보내! 백팔겁을 돌아오라고 해! 노사형! 명문혈(命門穴)을. 빨리!"

초상집 같던 분위기가 활기를 띠기 시작했다. 무슨 일이 벌어지고 있는지 아는 사람은 없지만 또 모르는 사람도 없다. 금하명이 어떻게 하려는지는 모른다. 청화장 문도와 백팔겁에게 희망이 생겼다는 것은 안다.

열과상적마의(熱鍋上的螞蟻) 277

"중휘! 발바닥에 물집이 잡히도록 뛰어! 빨리 백팔겁에게 돌아오라고 해! 장주님이! 장주님이 고칠 수 있다고 전하란 말이야!"
 언성을 높여본 적이 없는 봉자명도 고함을 내질렀다.

# 第五十六章
## 가화불여야화향(家花不如野花香)
집에서 키운 꽃보다 들꽃이 더욱 향기롭다

가화불여야화향(家花不如野花香)
…집에서 키운 꽃보다 들꽃이 더 향기롭다

 귀산이 밤이 깊도록 잠을 이루지 못하고 화원을 서성거렸다.
 느낌이 좋지 않다. 아니, 더럽다. 온몸에 오물을 뒤집어쓴 것처럼 지독한 악취가 풍긴다.
 '숙부……'
 너무 오래되어서 기억에서조차 가물거리는 얼굴이 떠올랐다.
 암절이나 지절, 독절은 본 적이 없겠지만 그는 딱 한 번 숙부의 얼굴을 보았다.

 "눈망울이 초롱초롱하구나. 크게 되겠어."
 "어쩐지 당문에는 어울리지 않을 놈 같아서 말이지. 학문이나 가르쳐 볼까 생각 중이야."
 "그것도 좋겠죠. 무공이 능사는 아니니."

아버님과 숙부님이 나눈 말까지 기억한다.

그 후로 숙부를 본 적이 없다. 누군가에게 피살되었다는 소리만 들은 것 같다.

그런데 당운미가 그린 세 장의 용모파기 중에 숙부가 끼어 있으니 이게 무슨 조화인가.

숙부가 오류하였다니. 조카들을 죽이는데 앞장섰다니. 그도 당운미가 누구인지 알고 있었을 터인데, 존주란 자가 음심을 품었다는 사실까지 알고 있으면서 납치에 가담했다니.

무엇이 숙부를 더러운 시궁창으로 내몰았는가. 암기와 독을 버리고 검을 택한 연유가 무엇인가.

귀산은 기다렸다. 숙부가 오류하였다는 사실을 당문에 보고했으니 곧 무슨 지시가 내려올 것이다. 그러나 그러자면 족히 보름은 기다려야 한다.

보름…… 보름 동안 무슨 사단이나 일어나지 않을지.

하후도 잠을 이루지 못하고 뜬눈으로 밤을 밝혔다.

취정관의 보고 중에 누락된 부분이 있다. 삼명성에서 벌어지는 일들, 청화장과 연관된 일들은 빠짐없이 전달되었지만 복건 무림 전반에 걸쳐서 일어나는 일 중에 큰 사건이 빠져 있다.

남해십이문 중 해주문의 몰락.

해남도로 건너가는 길목, 뇌주반도에 위치한 해주문이 재기가 불가능할 정도로 큰 타격을 받았다. 단애지투에서 금하명을 쩔쩔매게 만들었던 십이천녀는 몰살했고, 해주문을 실질적으로 이끌어가던 화향 부인도 간신히 몸을 빼내는 지경이었다고 한다.
 해주문을 습격한 사람들의 정체는 알 수 없었다고 한다.
 '흑운이야. 백궁에 흑운이란 자들이 있다고 했으니까⋯⋯ 그런데 흑운이 왜 해주문을 친 거지? 취정관은 또 왜 이런 사실을 말하지 않았고⋯⋯.'
 취정관에 정보가 접수되지 않았다고 믿기는 어렵다. 분명히 귀산의 손에 전달되었으나 선별 과정에서 누락된 것이다.
 해남파와 음양쌍검은 떼려야 뗄 수 없는 관계다. 음양쌍검에게 해주문의 몰락은 놀라운 일이었고, 역시 해남파와 밀접한 관계가 있는 하후, 빙후에게 알리지 않을 수 없었으리라.
 그들이 비밀리에 전서를 보내오지 않았다면⋯⋯ 뇌주반도에서 벌어지고 있는 변괴를 어찌 알랴.
 음양쌍검이 뒤쫓는 이십팔검총도 삼명성(三明城)을 지나 용암성(龍巖城)으로 들어섰다. 장평(藏平), 용암(龍巖), 수정(水定)⋯⋯ 행로를 추정해 보면 뇌주반도로 가고 있다.
 금하명이 해월의 등장을 존주에게 전하라고 했으니 그가 가고 있는 곳은 바로 존주가 있는 곳. 존주는 삼명성에 없다. 뇌주반도에 있다. 청화장의 일을 제쳐두고 다른 곳으로 갔다.
 하후는 그 의문을 풀기 위해 숙고를 거듭했다.
 '상공이 싸움에 가담하지 않으리란 것을 확신했겠지. 상공이 나서면 존주도 나설 것이고, 백궁의 모든 전력이 쏟아 부어질 것이라고 생각하는 건 당연한 것. 백궁이 내세운 인물들이라면 청화장쯤 지워 버리는 것은 문제도 아닐 것이고. 믿은 거야.'
 아무 정보도 없는 가운데 추론만으로 결론을 내린다는 것은 위험천

가화불여야화향(家花不如野花香) 283

만하지만 지금은 달리 방도가 없었다.

'뇌주반도에는 해주문과 창파문이 있는데…… 해주문만 쳤다면 개인적인 은원이겠지만 창파문까지 건드렸다면…… 해남파를 노린 거겠지. 뇌주반도를 쓸어버리고 해남도로 건너갈 거야.'

청화장의 싸움터는 삼명성이었다. 하나 존주의 전장은 뇌주반도에서 시작하여 해남도에 이른다.

'청화장이 승리했다는 소식을 접하면 통곡을 하겠네. 실수한 거야. 호랑이가 토끼를 잡을 때도 전력을 다하는 법인데.'

"삼령(三靈), 있어요?"

"명만 내리십시오!"

중휘, 이가가, 진초봉이 천장에서 뚝 떨어져 내렸다.

그들은 이제 어디 내놔도 손색이 없는 호법이 되었다.

"취정관에 알리지 말고 최대한 빨리 뇌주반도의 소식을 알아오세요. 특히 창파문의 현황에 유의하시고요."

"그런 일쯤은."

세 사내는 나타날 때와 마찬가지로 소리없이 사라졌다.

그들이 다시 나타난 것은 날이 밝고도 해가 중천에 떠 있을 무렵이었다.

**창파문 괴멸 직전. 전엽초에 중독된 결사무인들 덕에 몰락은 면하고 있지만 시간문제로 사료됨. 해주문 화향부인을 창파문에서 보았다는 목격자가 있음.**

하후는 삼령이 가져온 소식을 접하고 고개를 끄덕였다.

해주문의 몰락을 접할 때부터 이런 상황을 예견했다.

존주의 의도를 알겠다. 복건 무림에 만족하지 못하고 구파일방 중에 하나인 해남파를 멸문시킬 속셈이다. 그리고 해남파가 차지하고 있는 구파일방의 자리를 넘겨받으려는 것이다.

큰 실수다. 그는 복건 무림부터 완전히 장악한 후에 다음 행동을 옮겼어야 옳았다.

존주 정도라면 욕심을 과하게 부릴 자격이 있으나 신중하지 못했다.

하후는 비로소 자리를 털고 일어섰다.


"청화장을 떠나실 생각이세요?"

귀산은 느닷없는 질문에 눈을 질끈 감았다.

한마디면 열 마디를 알아듣는 사람들, 긴 문답은 필요없다. 그러나 암절이나 지절은 하후의 말뜻을 이해하지 못했고, 어리둥절한 표정을 지었다.

"그렇군요. 그동안 고마웠어요. 취정관 업무는 독후에게 넘겨주시면 될 거예요."

하후는 몸을 돌렸다. 그러자,

"오류하…… 오류하 중 한 명이…… 아니오. 없었던 말로 합시다. 취정관은 본래 내 것이 아니었으니 운미에게 넘겨주리다."

역시 한마디면 열 마디다. 하후는 눈을 빛냈다.

오류하 중 한 명이 당문과 연관있다. 이는 당문 역시 백궁과 연관있다는 것을 의미한다.

"그전에 장주님을 뵙는 게 순서일 거예요. 같이 갈까요?"

귀산은 순순히 일어섰다, 어리둥절한 표정을 짓고 있는 암절과 지절

가화불여야화향(家花不如野花香) 285

을 뒤에 남겨놓고.

개방, 당문이 백궁과 연관있다. 또 어떤 문파가 개입되어 있는지 알지 못한다. 어쩌면 중원 무림 전체가 연루된 엄청난 사건일지도 모른다.

금하명의 대답은 간단했다.

"난 중원 전체가 적이라고 생각한 적이 있었어. 도전해야 할 상대라고 생각했지. 이런 걸 왜 나한테 물어? 마음에 물어보면 돼. 부끄럽지 않은가 하고. 부끄럽지 않다면 망설일 것도 없고."

하후가 방긋 웃으며 대답했다.

"여필종부니까 묻죠."

귀산은 농담조차 흘리지 못했다.

'아버님의 전언을 듣고 난 다음에 행동을 취해야 해. 자칫하면 본문이 망가져.'

"보름만, 보름만 시간을 주면 안 되겠는가?"

금하명은 고개를 끄덕였다.

"그동안 할 일도 있으니까."

청화장은 텅 비었다.

전엽초의 독성을 빌어서 강력한 내공을 얻게 된 사람들이 흔적도 없이 사라졌다.

천루, 지루, 인루…… 그들이 사라진 청화장은 공동묘지처럼 을씨년스럽기까지 했다.

"이래서 사람이 필요한 거군. 든 자리는 몰라도 난 자리는 안다고 하더니만……."

"허전해?"

"그럼. 허전하지. 오죽 시끄러웠던 사람들이었어야 말이지."

금하명과 능완이는 다정하게 손을 맞잡고 산책을 했다.

"부인이 많으니까 피곤하지 않아?"

"그러니까 그때 날 꼭 잡았어야지."

"가벽이는 어떻게 할 거야?"

"좋은 사람이 나타나겠지."

"무책임해. 어려서부터 한 사람만 쳐다보고 있는 걸 알면서."

"가벽이가 원하는 자리에 네가 앉아 있잖아."

"피이! 넷씩이나 되면서 뭘 그런 걸 따져. 거둬줘. 사람 마음 너무 아프게 하는 게 아냐."

귀사칠검의 혜택을 가장 크게 받은 사람은 능완이다. 그녀는 잃었던 웃음을 다시 찾았다. 옛날의 발랄함이 곳곳에서 스며 나온다. 전에는 마음속에만 담아놓고 하지 못했던 말도 이제는 스스럼없이 한다.

이번 사건으로 가장 바빠진 사람은 당운미다. 그녀에게는 억눌러 놓은 세 독기를 융화시키거나 풀어헤칠 의무가 주어졌다. 삼루를 구성하는 천루, 지루, 인루의 무인들은 언제 터질지 모르는 화약이나 다름없으니 가능한 빠른 시간 내에 어떤 결과를 만들어내야 한다.

"고마워."

"뭐가?"

"여러 가지로."

'이것이면 됐어. 이 정도면······.'

행복이란 멀리 있지 않았다.

살인은 조용하고 조그맣게 일어났다.

인적이 없는 곳에서, 혹은 모두들 잠이 든 야밤에. 죽은 사람들도 한 명 내지는 두 명, 많아도 네 명을 넘지 않았다.

또 그런 죽음들은 소문도 나지 않았다. 검에 맞아 죽었으니 비명횡사다. 검과 관련없는 사람들이 어느 날 갑자기 피살되었으니 의문이 꼬리를 문다. 그러나 한두 마을이 발칵 뒤집히는 선에서 조용히 마무리되었다.

사라졌던 청화장 문도들이 다시 모습을 보이기 시작했다.

천루가 가장 빨리 돌아왔고, 지루, 인루의 순서로 복귀했다. 그리고 맨 마지막으로 능 총관과 빙사음이 대문을 밀치고 들어섰다.

능 총관과 빙사음은 곧장 금하명의 거처로 향했다.

그곳에는 십여 명의 사람이 앉아 있었다.

"열세 곳이나 비어 있었네. 열다섯 곳에서 스물두 명을 죽였고."

하후는 능 총관이 말한 것을 종이에 받아 적었다. 그리고 말했다.

"오류하는 모두 죽었어요. 이십팔검총은 열세 명이 살아 있고, 백사검은 정확하게 오십 명이 살아 있어요."

복건 무림에 존재하던 스물아홉 비밀 거점의 봉쇄.

청화장은 존주가 내건 사람들을 넘어서 역공까지 취한 것이다.

금하명은 귀산에게 고개를 돌렸다.

"창파문 사정이 급박해서 더 이상 방관할 수 없을 것 같네요. 처남께서는······."

귀산은 고개를 가로저으며 서신 한 통을 내밀었다.

"나도 오늘 아침에야 받아서······."

당문사절(唐門四絶) 파문(破門).

단 여섯 글자. 그러나 많은 생각을 하게 만드는 글이다.
"됐군요."
하후가 웃으며 말했다.
"됐소. 이제 자유의 몸이 되었으니."
귀산도 담담하게 받았다.
영문을 전혀 모르고 있는 암절, 지절, 그리고 느닷없이 벼락을 맞은 당운미만 사색이 되었을 뿐.

    \*    \*    \*

"정말 미치겠더군요. 꼭 혈살괴마를 보는 느낌이었어요. 도무지 상대할 방법이 없으니."
창파문 소문주가 말했다.
자신만만해하던 패기는 초췌한 몰골에 가려져 보이지 않았다.
"맞아요. 꼭 혈살괴마였어요. 일심천녀를 칠대(七隊)나 보냈는데도 모두 당하고 말았어요. 몽환십살진은 금하명밖에 깬 사람이 없는데."
화향부인이 소문주의 말을 이었다. 그녀 역시 피곤한 기색을 숨기지 않았다.
"한데…… 이상한 게 있어요. 어찌 된 영문인지 놈들이 우리 무공을 속속들이 알고 있단 말입니다. 우리끼리도 공유하지 않는 자파의 절기들을 모두 알고 있었어요."
백전백패(百戰百敗). 상대의 수를 알고 있으면서도 이기지 못한다면 바보나 다름없다. 더군다나 상대의 수를 모르고도 이길 수 있는 강자들이라면.

"어떻게 그런 일이!"

남해검문 장로 칠보단명이 놀란 눈으로 말했다.

창파문 소문주의 말을 빌리자면 해남파의 모든 무공이 누설되었다는 말이지 않은가.

불가능한 일이다. 그런 일이 가능하려면 각파에서 한 명씩, 최소한 열 명 이상이 뜻을 맞춰야 가능하다. 해남 사람들, 해남도를 생명처럼 아끼는 사람들인데 그럴 리가 있나.

노도문 전임문주, 아니, 현 해남파 제일문주인 일검파진도 정황이 손을 휘휘 내저었다.

"한 가지만 명심합시다. 우리 해남에는 해남법이 있어요. 침범하지 않으며 침범한 자는 반드시 응징한다. 우린 응징을 하면 되는 거예요. 무공이 노출됐다. 그렇다고 물러날 수도, 물러설 곳도 없지 않겠소."

금하명 사건으로 봉문을 선언한 천풍문과 장현문까지 뇌주반도로 건너왔다. 가장 큰 문파인 남해검문과 대해문도 전력을 아끼지 않고 데려왔다.

해남 무림인이라면 사정을 남기나 대륙 무인이 도전해 온다면 생존을 걸고 싸우는 것이 해남의 율법이다.

물러날 곳은 망망대해밖에 없다. 물러날 곳이 없으니 목숨이 다할 때까지 싸운다. 팔다리가 떨어져 나가도 일 검을 매길 수 있다면 기꺼이 시도한다.

비무 몇 번 해봤다고 해남무림을 모두 아는 것처럼 말해서는 안 된다. 해남 무림을 진정으로 알고 싶으면 싸워봐야 한다, 목숨을 걸고.

"남해검문과 대해문이 존망을 걸어주셔야겠소."

"해주문이나 창파문이 힘도 써보지 못하고 당했다면 우리도 마찬가지 일 겁니다. 허허허! 오늘부로 남해검문은 사라지겠구려. 뒷일이나 부탁드리겠소."

"하하하! 남해검문주가 오랜만에 배짱 맞는 소릴 하네. 대해문 운명 역시 오늘을 넘기지 못할 것 같은데, 우리 마지막으로 승부나 내봅시다, 누가 더 많이 죽이나."

"좋소이다. 허허허!"

남해검문주와 대해문주는 통쾌하게 웃었다.

적은 기껏해야 오십여 명 남짓이다. 그러나 두 문주는 창파문과 해주문이 당한 것을 잊지 않았다. 전엽초를 복용한 독인들이라면 전각 무인이나 대해문의 삼십팔 전단으로도 상대하기가 버겁다. 일심천녀의 몽환십살진 칠대는 살각과 팔기단에 필적한다.

승산 따위는 그리지 않는다. 무조건 싸워서 죽이는 것이 해남 율법이니까.

그때, 적의 동태를 감시하던 대해문 밀당 무인과 남해검문 구령각 무인이 나란히 도착했다.

"싸움이 벌어지고 있습니다!"

**❷**

폭풍 같은 기세로 들이닥친 무인들은 찬 서리가 풀풀 피어나는 한검(寒劍)을 매몰차게 뻗어냈다.

가화불여야화향(家花不如野花香)

"ㄲㄲㄲㄲ……!"

 백궁과는 정반대로 전신을 흑의로 감싸 귀기스러움을 연출해 내는 자들이 생긴 것처럼 괴이한 소리를 내질렀다.

"실혼인(失魂人)?"

"실혼인에다가 맹수를 더한 놈들이야. 빠르기는 바람 같고, 패력(覇力)은 태산 같아. 이놈들에게는 동귀어진이 장난이야, 소꿉장난."

쐐엑! 쐐에엑……! 파아앗!

말을 나누는 도중에도 환상적인 검무(劍舞)가 피어났다.

천지를 휘감는 변화에 바위를 단숨에 갈라 버릴 강함이 스며 있다. 그러면서도 십 초가 일 초나 되는 듯이 빠르다. 쾌환중(快幻重), 성격이 전혀 다른 검들이 하나로 밀집될 수 있다니 믿을 수 있는가.

퍼억! 파아앗……!

화려함은 피를 불러왔다. 그토록 상대하기 어렵던 적도 기어이 피를 뿜어냈다. 그러나 겨우 복부를 그은 것뿐. 이성을 상실한 실혼인들은 내장이 삐져나오는 상처쯤은 아랑곳하지도 않는다.

파앗! 슈우욱……!

아무도 없는 곳에서 느닷없이 검이 튀어나오기도 했다. 일단 모습을 드러낸 검은 벼락이 되어 쏘아져 갔고, 어김없이 뇌인(雷印)을 찍었다.

"ㄲㄲㄲㄲ…… ㄲㄲㄲ……."

흑포인들의 반격도 만만치 않다. 순간을 열로 쪼갠 듯한 빠름은 습격자들을 여지없이 궁지로 몰아넣었고, 그때마다 처절한 비명이 터졌다.

"처남들께서 수고해 주셔야겠습니다. 당 매, 저쪽을 도와줘. 빙후, 능 매. 괜찮겠어?"

금하명이다. 그는 흑포인들 중에서도 유독 펄펄 나는 열두 사내를 노려보며 말했다.
"당 매, 능 매. 왜 나만 빙후예요?"
"어! 난 후라는 말이 좋던데. 앞으로는 독후라고 불러줘요. 알았죠, 내 낭군?"
"수련한 지 얼마 되지 않아서 잘 될지 몰라."
세 여인은 진반 농반의 말을 건넨 후, 재빨리 싸움판에 끼어들었다.
암절과 지절도 뒤질세라 싸움에 가담했다. 그들의 무공은 가장 빈약한 편이나 그래도 당문사절로 불리던 몸이다. 암기는 흑포인들의 두 발과 두 눈을 집중적으로 노릴 것이다. 지절의 진법은 흑포인들의 몸을 둔하게 만들어주리라.
"글글…… 저놈들…… 글글…… 어디서 본…… 것…… 같지 않나?"
천소사굉이 가래 섞인 음성으로 말했다.
"귀사칠검! 파검문의 귀사칠검!"
일섬단혼이 경악성을 내뱉었다.
"아냐. 더 강해. 귀사칠검의 원류는 저들인 것 같군."
남해검문 장로들을 절반이나 죽음으로 몰아넣은 귀사칠검이 훨씬 강한 무공으로 변신하여 나타났다.
"생각이 맞은 것 같군. 이게 백궁의 전부네."
귀산이 말했다.
"잔인한 사람이군요. 평생 햇빛도 보지 못하고 수족 노릇을 해온 사람들인데 이 모양으로 만들다니."
하후가 인상을 찡그리며 말했다.

가화불여야화향(家花不如野花香) 293

백사검 중 오십 명이 실혼인이 되었다. 이십팔검총 중 열두 명도 같은 운명이다. 음양쌍검이 뒤쫓던 자는 시신으로 발견되었다.

존주의 성격이 단적으로 드러나는 부분이다.

백궁도, 그들이 지녔던 무공은 실혼인이 되면서 배는 강해졌다. 전엽초의 독성을 빌리지 않았다면 백팔겁과 청화장 문도들은 추풍낙엽처럼 나가떨어졌으리라.

다행히도 인원수 면에서는 이쪽이 세 배나 많다. 구류음둔공을 수련한 백팔겁 두 명이 암중에서 도움을 주고, 대환검을 깨달은 청화장 문도가 정면에서 승부를 벌이는 모양새다.

"처남, 하후를……."

"염려 말게."

귀산이 통소를 꺼내 들었다. 능 총관도 석부 아홉 자루를 비껴 찬 채 하후 옆에 섰다. 숨소리도 내지 않고 있는 음양쌍검도 있다.

"최대한 빨리 부탁드립니다."

"글글…… 우리도…… 글글…… 염려 말게."

금하명과 세 노인은 질풍처럼 달려들었다.

존주는 호피가 깔린 의자에 앉아 싸움을 지켜봤다.

어떤 이유로 청화장 문도와 백팔겁의 무공이 괄목상대(刮目相對)할 만큼 강해졌는지는 몰라도, 흑포인들 역시 기상천외한 방법으로 강해진 것이니 놀랄 일은 아니다.

싸움은 팽팽한 형국이지만 백궁이 유리하다. 청화장 문도들은 시간이 흐를수록 밀리고 있다. 대환검…… 놀라운 검공이지만 아직은 손에 붙지 않았다. 백팔겁의 도움이 없었다면 벌써 끝났을 싸움.

그러나 십여 명이 더 가세하면서 형국은 역전되었다.

흑포인들이 죽어나간다. 한두 명에서 시작된 죽음이 걷잡을 수 없게 번져 간다.

"봤나? 이래서 머리를 쓴다는 놈들은 믿을 게 못 돼. 열 놈이 있으면 뭐 하나. 한 놈에게도 뒤질 수 있는 게 대가린데. 너희가 그 꼴이야. 일모, 청화장은 신경 쓸 것 없다고 했지? 남은 놈들이면 모두 해결할 수 있다며?"

"죄송합니다."

일모는 머리를 조아렸다. 하나 그의 말이 끝나기도 전에 장검 한 자루가 그의 목 동맥을 긋고 지나갔다.

일모는 놀란 눈으로 고개를 쳐들었으나 꺼지기 시작한 생명을 붙잡을 수는 없었다.

"삼모, 계집들이 저기 있네. 내 품에 안겨주겠다며?"

삼모는 조용히 비수를 꺼내 들었다. 그리고 미련없이 가슴에 찔러 넣었다.

"눈치는 있어가지고. 사모."

사모는 신형을 날려 도주했다. 있는 힘껏…… 젖 먹던 힘까지 쥐어 짜서…… 그렇다고 날아오는 삼척장검을 피할 수는 없었지만.

존주는 마지막 실혼인이 난도질당할 때까지 즐거운 표정으로 지켜봤다.

두 사람의 싸움은 좀처럼 시작되지 않았다. 존주는 검도 뽑지 않았다. 금하명은 혈흔창을 축 늘어뜨리고 있어서 싸울 마음이나 있는지 의심스럽게 만든다.

가화불여야화향(家花不如野花香) 295

"한 가지만."
"물어."
"귀사칠검."
"아! 그거…… 내가 창안한 거야. 괜찮지? 내가 수련하기 찝찝해서 몇 가지 수정해서 흘려보냈지. 그걸 해남파가 주웠더군. 그놈들이 어떻게 변하는지 보면서 수정할 부분이 어딘지 알아냈지."
"당신, 천재군."
"맞아."
"악마이기도 하고."
"맞아."
"우린 같은 무공에 연원을 두고 있으니 동문인가?"
"너 같은 놈이 어딜. 그런가? 어쩐지…… 느낌이 비슷하다 싶었어. 그렇지. 내 무공이 아니고는 이렇게 강해질 수 없지."

말을 나누는 동안 두 사람은 천천히 거리를 좁혔다.

금하명의 등 뒤에서 일섬단혼의 거친 고함이 터져 나왔다.

"무슨 짓을 하는 거야!"

무공을 아는 사람은 모두 같은 생각을 했다. 금하명의 행동을 이해할 수 없었으니까.

금하명과 존주의 거리는 삼 척에 불과하다. 그런 거리까지 금하명은 자진해서 걸어갔다. 검을 전개하기는 좋은 거리지만, 창을 쓰기에는 너무 짧지 않은가.

존주의 얼굴에 웃음기가 번졌다.

파앗! 슈욱! 퍼억!

동시에 터져 나온 소리들.

"이, 이런!"

 존주는 믿을 수 없다는 듯 가슴에 틀어박힌 혈혼창을 쳐다봤다.

 그가 검을 쓰는 순간, 금하명은 물러서지 않고 오히려 한 걸음 다가섰다. 왼팔을 들어 존주의 팔목을 움켜잡음과 동시에 창을 가슴에 찔러 넣었다.

 창을 꼭 자루만 잡으라는 법이 있는가. 아니다. 그는 자루를 잡고 있었다. 아니, 아니다. 다른 말은 다 필요없다. 공격하는 손을 잡았다는 자체가 두어 수 윗길의 무공이 아니고는 불가능하다.

 "귀사칠검에서 어떤 무공을 얻었는지 모르겠지만, 난 실(實)을 얻었어. 만물을 있는 그대로 보는 법. 그러다 보니 숨소리가 잘 들리더군. 네 무의식보다 내가 더 빨리 공격 의도를 알아차렸다면 위안이 될까?"

 "나… 난… 일초검(一招劍)의… 극의(極意)를… 깨달……."

 존주는 선채로 숨을 거뒀다.

 싸움이 끝나자 하후가 재빨리 걸어와 존주의 가슴을 풀어헤쳤다.

 어이없게도 그녀의 손에 들린 것은 빨간 비단으로 만든 여인의 고의(袴衣)다. 사내가 여인의 고의를 품고 있다니, 이런 해괴한…….

 하후는 고의를 자신의 품속에 찔러 넣으며 겸연쩍게 말했다.

 "어머님께서 찾아보라고 하셔서…… 짚이는 게 있으시다고. 어머님을 사랑했던 것 같은데, 애증이 변태로 변하게 한 것 같아요. 상공과 존주가 처음 만났던 날, 어머님께 여쭤봤는데…….."

 "어머님이 아는 자…… 였어?"

 "무인이었는데, 자칭 천재라며 구애를 해오셨다고… 마음이 가지 않아서 거절했더니 강간을 시도… 그때 아버님이 나타나셔서 위기는 모

가화불여야화향(家花不如野花香) 297

면하셨다고…….”
 하후는 말을 제대로 잇지 못했다.
 하늘이 도와주셨는가. 때마침 해남파 사람들이 우르르 몰려들어 어색한 말을 그칠 수 있었으니 말이다.

 뇌주반도 평산(坪山) 싸움이 벌어진 지도 두 달이 흘렀다.
 그 후에도 취정관은 한시도 쉬지 않았다. 당문사절은 파문된 사람들답지 않게 당문을 들락거리며 중요 정보를 얻어왔다.
 "용모파기로 수소문해 본 결과, 해남파를 제외한 팔파일방 문도들이 모두 포함되어 있어요. 오대세가 문도들도 섞여 있고요. 중원 전 무림의 집약체라고 해도 좋을 것 같아요.”
 하후의 말을 귀산이 이었다.
 "어느 문파나 불만을 가진 사람은 있지. 정공(正功), 사공(邪功), 마공(魔功)의 분류 자체가 의미없다고 생각하는 사람들 말이야. 무공이란 사용하는 사람에 따라서 정공도 될 수 있고, 사공도 될 수 있다는 무론(武論)을 맹종한 사람들.”
 귀산의 얼굴에 어두운 그림자가 스쳐 갔다. 백궁…… 그 속에 당문도는 여섯 명이나 있었다.
 "그런 사람들이 한 명, 두 명 모여 백궁을 만든 것 같네. 이목을 비교적 쉽게 피할 수 있는 복건 무림에 정착해서 그들만의 수련을 했겠지. 처음 의도는 단순히 제약없는 무공 수련이었겠지만 힘이 길러지니 생각도 달라졌을 것이고. 무림을 경악시켜 자신들의 생각이 옳았다는 걸 입증하고 싶었겠지. 복건 무림을 장악하고 해남파까지 무너뜨린다면 누가 그들을 무시할 수 있겠나.”

"그런 마음을 갖는 사람은 많으나 행동에 옮기는 사람은 드물죠."
빙사음이 이해할 수 있다는 표정으로 말했다.
"단 하나, 구파일방 장문인들을 능가하는 고수가 있냐는 것인데, 존주가 그런 역할을 한 셈이지. 존주가 탄생하지 않았다면 백궁은 아직도 어둠 속에 숨어 있을 걸세. 아! 개방! 존주 그놈, 용두방주의 친동생이었나 봐. 용두방주가 이 사건 때문에 은거에 들어갔다는 소문인데…… 모르지, 남 사정이야."
금하명은 아무 소리도 하지 않았다. 묵묵히 듣기만 했다.

### ❸

금하명은 비무행을 멈췄다. 비무행뿐만이 아니라 아예 무공을 잊어버린 사람처럼 청화장에 틀어박혀 나서지 않았다. 왕개가 정상을 밟으라며 만들어준 혈혼창도 곳간에 틀어박혀 녹슬어갔다.
그러나 청화장은 문턱이 닳을 정도로 사람들이 드나들었다.
활의(活醫) 하후가 있고, 독의(毒醫) 당운미가 있으며, 부평의 노수어옹이 있으니 청화장이야말로 중원 제일의 의가(醫家)라고 할 수 있고 모든 치료가 무료로 제공되었으니 문턱이 닳을 수밖에 없었다.
환자들만 드나드는 것도 아니었다. 하루에만도 수십 명씩 무인들이 대문을 넘어섰다. 비무를 하기 위해서, 또 비무 구경을 하기 위해서.

"비무는 무림을 발전시킨다. 청화장 문은 하루 십이 시진 언제든 활짝 열려 있으니 비무를 원하는 자, 언제든 오라!"

청화장의 사자후는 복건 무림을 넘어 중원 전역에 울려 퍼졌다.

복건 무림은 해남파의 율법을 받아들였다.

청화장을 건드리려면 인간 같지 않은 삼루 무인들을 염두에 두어야 한다. 그러나 무공을 발전시키고자 하는 자는 수십 번이라도 비무를 청할 수 있다.

많은 무인들이 도전했다. 청화장의 비무는 사람을 상하지 않기로 유명하니 무공을 배운 사람이라면 부담없이 들락거리며 한 수 지도를 받을 수 있는 요처였다.

일 년 동안의 전적은 오백사십팔전(五百四十八戰) 오백사십팔승(五百四十八勝).

일 년이 지날 무렵, 구파일방은 공동명의로 현판을 기증해 왔다.

-복건제일세가(福建第一世家).

잔치를 벌여도 모자랄 경사였다. 멀리 해남도에서는 해남파 제일문주와 남해검문주까지 참석했다. 그러나 정작 가장 기뻐해야 할 금하명은 별 관심이 없다는 듯이 담담했다.

남해검문주가 물었다.

"무공에 흥미를 잃은 겐가?"

"계속 수련하고 있는데, 안 보이시나요?"

"허허! 비무라면 사족을 못 쓰던 사람이 하도 조용해서 말일세. 해남도를 그 지경으로 만들어놨으면 중원도 그래야 할 것 아닌가?"

금하명이 말했다.

"비무요? 타인과의 비무는 무의미하게 느껴집니다. 자신과의 비무가 가장 큰 싸움. 혈로가 아니라 고투(苦鬪). 무인의 길은 고투죠. 전 지금 저와 싸우고 있습니다. 지금은 여기까지입니다. 나중에는 어떤 길이 보일지 모르겠지만. 기대됩니다. 어떤 길이 나타날지."

"허허허! 무봉(無峰)이라…… 피를 보지 않아도 되는 것만큼 다행스러운 일은 없을 걸세. 많은 피를 흘렸으니 흘린 것만큼 거둬주게. 피를 흘리지 않도록. 어련히 알아서 잘하겠네만……."

남해검문주와 금하명의 대화는 널리 퍼져 나갔고, 금하명에게는 청화장주라는 명호 외에 다른 별호가 주어졌다.

무봉무자(無峰武子).

〈大尾〉

## FANTASTIC ORIENTAL HEROES

무한 상상·공상 세계, 청어람 신무협&판타지

『두령』,『사마쌍협』을 보았다면
꼭 섭렵해야 할 월인의 최신작!

2005년 무협계를 평정할
거대한 놈이 나타났다!

## 『천룡신무』
### (天龍神舞)

천룡신무(天龍神舞) / 월인 지음

처음에는 운 좋게 병신춤만 추는 인간들을 만나 사지육신을 온전히 보존하고 있는 줄 알았다.
그리고 십 년 동안 이상한 춤만 가르쳐 주고 몽둥이 휘두르는 법은 물론, 주먹 쥐는 법 하나
가르쳐 주지 않은 사부를 원망하기도 했었다.

하지만 이젠 그딴 거 필요없다.
사부께서는 용무(龍舞)를 열심히 수련하면 네놈 몸뚱이 하나는 네 마음대로 움직일 수 있다고 하셨다.
그리고 그렇게 만들어주셨다.
사부께서는 한계를 뛰어넘고 초식을 무너뜨리는 춤을 가르쳐 주신 것이다.

중원의 무공 따위는 눈 아래로 내려다볼 수 있는 춤!
그래서 천룡신무(天龍神舞)이리라……

**매력적인 작품 세계를 보여온 월인만의 매혹에 다시 한 번 유혹당한다!**

유행이 아닌 자유추구 -
**WWW.chungeoram.com**

## 청어람 신무협 판타지 소설

제1회 신춘무협 공모전에 『보표무적』으로
금상을 수상한 작가 장영훈의 신작!!

일도양단(一刀兩斷) / 장영훈 지음

한 겹 한 겹 파헤쳐지는
음모의 속살을 엿본다!

# 『일도양단』
## (一刀兩斷)

그의 이름은 기풍한.

**천룡맹(天龍盟) 강호 일급 음모(一級陰謀) 진압조(鎭壓組)
질풍육조(疾風六組)의 조장이다.**

임무를 위해 출맹한 지 사 년이 지난 어느 겨울날 새벽,
돌아온 그에게 천룡맹 섬서 지단 부단주가 말했다.

"질풍조는 이미 해체되었네."

그리고…
그의 존재를 알던 모든 이들이 죽었다.

유행이 아닌 자유추구 -

**무한 상상·공상 세계, 청어람 신무협&판타지**

『무상검』의 전설이 끝나고,
이제 『지존검(至尊劍)』의 신화가 시작된다!

무협계의 히트&화제작
『무상검』의 작가 일묘의 신작!

# 『지존검』
## (至尊劍)

지존검(至尊劍) / 일묘 지음

누구도 어찌할 수 없는 강함과 엉뚱함을 지닌 주인공과
한 겹 차가움을 둘렀지만 속알맹이는 너무나 사랑스러운 그녀.

정반대 성격의 둘이 만나 얽히고설키며 엮어내는
예측불허&상상불허의 기대를 뛰어넘는 재미!
갈수록 깊어져 가는 신비와 비밀의 철문 너머를 엿보는 재미!

오랜 숙고의 기간을 끝내고 나타난 작가 일묘의 최신작!
색다른 상상, 오묘한 재미와 맛깔나는 캐릭터의 호화로운 경연!

『지존검』은 지금까지 맛보지 못한 색다른 재미의 보고(寶庫)다!

유행이 아닌 자유추구 -
**WWW.chungeoram.com**